ラーシュ・ケプレル/著
瑞木さやこ/鍋倉僚介/訳

砂男(上)
Sandmannen

扶桑社ミステリー
1527

砂男（上）

登場人物

ヨーナ・リンナ――――――――国家警察の警部
サーガ・バウエル ――――――公安警察の警部
カルロス・エリアソン ――――国家警察長官
ヴェルネル・サンデーン―――公安警察長官
ナータン・ポロック ―――――殺人捜査特別班のメンバー
ニルス・オレン(ノーレン) ――法医学者
マグダレーナ・ロナンデル――ヨーナの同僚
ディーサ ――――――――――ヨーナの恋人
レイダル・フロスト―――――ベストセラー作家
ロセアンナ・コーラー ――――レイダルの妻
ミカエル・コーラー=フロスト ――レイダルの息子
フェリシア・コーラー=フロスト ―レイダルの娘
ヴェロニカ・クリムト――――レイダルの著作権エージェント
ユレック・ヴァルテル ――――閉鎖病棟に収容されているシリアルキラー
アンデシュ・レン―――――――閉鎖病棟の精神科医
ペトラ・レン ――――――――アンデシュの妻
ローランド・ブロリーン―――閉鎖病棟の医長
ミー ――――――――――――閉鎖病棟の看護師

深夜、海から雪が吹きつけている。ひとりの若い男が、空中に高く架かった鉄道橋の上をストックホルムの方向に歩いていた。顔は曇りガラスのように白い。凍った血でごわついたジーンズをはいた青年は、レールのあいだの枕木を踏みしめた。五十メートル下には、細く裂かれたシーツのように浮いた内海の氷が見える。雪に覆われた樹木や港の石油タンクが霞(かす)み、はるか下ではコンテナクレーンの明かりが渦を巻く吹雪を照らしている。

あたたかな血が青年の左腕を流れ落ち、手をつたい、指先からしたたり落ちた。ひゅうひゅうと風を切る音にまじり、レールがかすかにうなりはじめる。夜行便の貨物列車が全長二キロメートルの鉄道橋にさしかかり、接近してきた。

青年はよろめいて線路にしりもちをつき、また立ちあがって歩きつづける。列車は空気を巻きあげ、雪煙が運転士の視界をさえぎる。運転士が線路上の男に気づいたとき、TRAXX型機関車(ボンバルディア・トランスポーテーション製の機関車)はすでに橋の中央に達していた。運転士が警笛を鳴らす。人影は倒れかけ、左に大きく一歩踏みだし、反対側の線路に移って細い手すりをつかんだ。

青年の衣服がはためく。橋が足もとで激しく揺れる。青年は目を見開き、手すりをつかんだまま身じろぎもせずに立っていた。

すべてが、渦巻く雪と底なしの闇にのみこまれる。

青年が再び歩きはじめたとき、手についた血は凍りはじめていた。

彼の名はミカエル・コーラー＝フロスト。十三年前に行方不明となり、七年前に死亡が宣告されている。

一

レーヴェンストレムスカ病院
司法精神医学局閉鎖病棟

スチール製のゲートが、新任の医師の背後で重い音をたてて閉まる。金属的な反響音が彼を後方から追い抜き、下へとつづくらせん階段に吸いこまれていく。あたりが突然の静寂に包まれ、アンデシュ・レンは背筋に寒けを覚えた。

司法精神医学局閉鎖病棟。今日から、ここが彼の新しい職場だ。

厳重に隔離されたシェルターには、十三年前から、あの年老いたユレック・ヴァルテルが収容されている。判決により無期限の措置入院を命じられ、行政裁判所の許可がない限りここを出ることはできない。

ユレック・ヴァルテルの診断結果は、「非定型の統合失調症。思考の錯乱あり。奇妙かつきわめて暴力的な衝動をともなう精神病性障害が反復的に現れる」。担当医として着任した若いアンデシュも、これ以上のことはあまり知らない。

アンデシュは、閉鎖病棟につながる地上階で身分証を提示し、携帯電話を預け、ロッカーの中にゲートの鍵をおさめた。守衛が二重扉の第一の扉を開ける。アンデシュは中に進み、背後で扉が閉まるのを待つ。信号音ののち、守衛が第二の扉を解錠する。アンデシュは振りむいて守衛に向かって手をあげると、閉鎖病棟のスタッフルームにつづく廊下を歩いていった。

医長のローランド・ブロリーンは髪を短く刈りこみ、なで肩で体格のいい五十代の男だ。彼は簡易キッチンの換気扇の下に立って煙草を吸いながら、医療従事者組合の機関紙に載った男女間の給与格差に関する記事をぱらぱらとめくっていた。

「職員は、絶対にユレック・ヴァルテルとふたりきりになってはならない」ローランドがアンデシュに向かって言った。「ほかの患者と会わせることも、外部との面会も、屋外休憩所の利用も絶対に禁止だ。それに……」

「絶対に?」アンデシュが尋ねた。「患者を閉じこめることは認められていないのでは……」

「そのとおり」ローランドが鋭く返す。

「彼はいったい、なにをしたんですか?」

「まあ、愉快なことばかりだよ」ローランドは答えると、廊下に向かって歩きはじめた。

ユレック・ヴァルテルはスウェーデン史上最も凶悪なシリアルキラーであるにもかかわらず、その存在は一般に知られていない。地方裁判所やヴランゲル宮殿の高等裁判所で行われたやりとりは非公開とされ、いまも関連書類はすべて機密情報に指定されている。

ふたりが新しいセキュリティドアを通り過ぎると、両腕に入れ墨、両頬にピアスをした若い女がウィンクを送り、短く言った。

「生きて帰って」

「心配はいらない」ローランドが声を落としてアンデシュに言った。「ユレック・ヴァルテルは物静かな老人だ。喧嘩（けんか）もしないし声を荒らげることもない。われわれの大原則は、彼の部屋には絶対に立ち入らないということだ。だが、昨晩当直だったレイフが言うには、どうやら手製のナイフをマットレスの下に隠しているらしい。これは没収しないといけない」

「どうやって？」アンデシュが尋ねる。

「規則を破るんだよ」

「ふたりでユレックの部屋に入るんですか？」

「きみが、ユレックの部屋に入る。そしてナイフを渡してくれるようにやさしく頼むんだ」

「ぼくが？」

ローランドは大声をあげて笑い、ユレック・ヴァルテルには、いつものようにリスパダール（非定型向精神病薬）の注射を打つふりをしてジパドヘラ（統合失調症治療薬）を過量投与するのだと説明した。

ローランドが読み取り機にアクセスカードを通し、認証コードを押す。電子音が鳴り、セキュリティドアが解錠された。

「待て」ローランドが言い、黄色い耳栓が入った箱を差しだす。

「叫んだりしないんでしょう?」

ローランドは力なくほほ笑むと、疲れた目で新入りを見つめ、深いため息をついた。

「ユレック・ヴァルテルは、きみに話しかけてくるだろう。とても穏やかに、人あたりよく」ローランドが真剣な口調でつづける。「だが、その夜、車で家に帰る途中、きみは反対車線に飛びだして大型トラックと正面衝突することになる。あるいは、子どもたちを保育園に迎えに行く前に、〈ヤーニア〉（ホームセンター）に寄って新品の斧（おの）を買ってしまう」

「怖がらせるつもりですか?」アンデシュが笑う。

「いいや。だが、用心したほうがいい」

幸運には恵まれないアンデシュだが、レーカレ・ティードニング紙に「レーヴェンストレムスカ病院閉鎖病棟　長期代替職員募集　フルタイム勤務」という広告を見つけたときは、胸が高鳴った。

家から車で二十分、しかも長期の代替職員は正規雇用につながる可能性がある。スカラボリ病院とフッディンゲのケアセンターで実習を終えたのち、彼はサンクト・シーグフリッド病院内の地域クリニックで、何度か短期の代替職員を務めていた。ヴェックシェーへの長距離通勤や不規則な勤務時間のため、余暇センターで働く妻のペトラとの調整や、自閉症状を抱える娘のアグネスの世話に苦心していた。ほんの二週間前、アンデシュとペトラはキッチンテーブルに向かいあい、今後の身の振り方について話しあっていたのだ。

「このままじゃいけない」アンデシュが静かに言うと、ペトラはささやいた。

「どうすればいいの？」

「わからないよ」アンデシュは答え、彼女の頰につたう涙をぬぐった。

娘を担当する保育士によれば、その日はアグネスにとって大変な一日だった。アグネスは牛乳の入ったグラスから手をはなそうとせず、ほかの子どもたちの笑いものになった。アンデシュがいつもどおりに迎えにこなかったので、おやつの時間が終わったことを受け入れられなかったのだ。アンデシュは勤務が終わるとヴェックシェーからまっすぐ車を走らせたが、保育園についたのは六時だった。アグネスは食堂に居すわり、両手でグラスを包みこむようにして待っていた。

家に帰ると、アグネスは自分の部屋に立ったままドールハウスのそばの壁をのぞきこみ、内にこもったようすで手を叩きはじめた。そこになにが見えているのかはわからないが、アグネスが言うには、灰色の棒がわきでてくるのを、数を数えて止めなければならないらしい。強い不安を感じると、これがはじまる。十分もすれば気が済むときもあるが、その夜はベッドに入れるようになるまで、四時間以上もそこに立ちつづけていた。

二

最後のセキュリティドアが閉まると、ふたりは廊下を進み、三つある隔離部屋のうち唯一使用されている部屋に近づいた。天井の蛍光灯の明かりがビニールの床に反射している。壁紙には床から高さ一メートルのあたりに、配膳用ワゴンがぶつかってできた傷跡があった。

ローランドはアクセスカードをポケットにしまい、頑丈な金属製のドアへ向かってアンデシュを先に歩かせた。

強化ガラス越しに、やせた男がプラスチックの椅子にすわっているのが見えた。男は青いジーンズとデニムのシャツを着ている。ひげはきれいに剃られ、目は奇妙に穏やかだ。蒼白い顔を覆う無数のしわは、乾いた川床の泥のひび割れを思わせた。

ユレック・ヴァルテルが有罪認定を受けたのは、二件の殺人と一件の殺人未遂に対してのみだが、ほかにも十九件の殺人事件への関与が強く疑われていた。十三年前、彼はリル＝ヤンの森で、五十代の女性を土中に埋めた棺(ひつぎ)の中に無理やり押し戻そうとしているところを現行犯逮捕された。女性は約二年にわたり棺の中に閉じこめられていたが、まだ生きていた。

女性はひどい外傷を負い、栄養失調でやせ細り、筋肉は衰え、凍傷や褥瘡(じょくそう)が見るに堪えない状態だった。脳にも重度の損傷があった。もしも警察がユレック・ヴァルテルを尾行し、棺のそばにいた彼の身柄を確保していなければ、犯行を止めることはできなかっただろう。

ローランドが黄色い粉の入った小さなガラス瓶を三つ取りだした。それぞれに水を加えて振り、ぐるぐると慎重に液体をまわし、注射器に吸いあげる。

そして耳栓をつけ、ドアについた小さなハッチを開けた。金属の音が響き、漏れでたカビとコンクリートの臭いが鼻をつく。

ローランドが、けだるい声で注射の時間だと告げた。

男はあごを上げて椅子からそっと立ちあがり、視線をドアのハッチに向け、シャツのボタンを開けながら近づいてきた。

「立ち止まってシャツを脱ぎなさい」

ユレックはゆっくりと歩きつづけている。ローランドはハッチを閉め、すばやく鍵をかけた。ユレックは立ち止まり、最後のボタンをはずした。シャツが床にすべり落ちる。

かつて鍛えぬかれたのであろう彼の肉体は、今では筋肉がゆるみ、皮膚はしわに覆われ、たるんでいた。

ローランドは再びハッチを開いた。ユレックがドアに近づき、無数にしみの浮きでた筋張った腕をドアの向こうから突きだした。

アンデシュが上腕をアルコール消毒する。ローランドが注射器の針をやわらかな筋肉に刺し、薬液を一気に注入する。ユレックの手が驚きでびくりと動いたが、彼は許可が下りるまで腕を引こうとしなかった。ローランドは急いでドアのハッチを閉めて鍵をかけ、耳栓をとり、神経質そうな笑みを浮かべて部屋の中をのぞきこんだ。

ユレック・ヴァルテルはおぼつかない足どりでベッドに向かい、立ち止まって腰をかけた。

突然、ユレックが視線をドアに向け、ローランドは床に注射器を落とした。

身をかがめて拾おうとするが、注射器はコンクリートの床を転がっていく。

アンデシュが一歩踏みだし、注射器を拾いあげた。ふたりが上体を起こし、再び部屋を振り返ると、強化ガラスの内側が曇っているのが見えた。いつの間にかガラスに息が吹きかけられ、そこに〝JOONA〟と指で文字が書かれていた。

「なんて書いてあるんだろう？」アンデシュがか細い声で言う。

「ヨーナと書いてある」

「ヨーナ？」

「いったい、どういう意味だ？」

ガラスの曇りが消え、ふたりはユレックがまるで身動きひとつしなかったかのようにすわっているのを見ていた。ユレックは注射を受けた腕を見つめ、筋肉をマッサージし、ガラス越しに彼らを見た。

「ほかになにか書いてありましたか？」アンデシュが尋ねる。

「いや、見えたのは……」

突然、獣じみた咆哮が分厚いドア越しに聞こえた。ユレック・ヴァルテルがベッドから崩れるようにすべり落ち、ひざまずいて叫び声をあげている。首の筋が浮きあがり、血管が膨れあがる。

「いったい、どれだけの量を投与したんですか？」

ユレックは眼球をぐるりと回転させて白目をむいた。片手で体を支え、片足を伸ばして立ちあがりかけたが、急に後ろにのけぞって倒れる。サイドテーブルに後頭部を打ちつけ、叫び、体をけいれんさせはじめている。

「ひどい」アンデシュがささやく。

ユレックは床にずり落ち、両足でむちゃくちゃに空を蹴った。舌を嚙み、口から噴きだした血が胸を赤く染める。激しくあえぎながら仰向けになる。

「死んだらどうするんですか」

「火葬してやるさ」ローランドが答える。

ユレックは再びけいれんを起こした。全身を震わせ、両手をあらゆる方向に打ちつけると、動きを止めた。

ローランドが時計を見る。彼の両頰を汗がつたう。

ユレックがうめき、体を横に向けて立ちあがろうとするが、力なく崩れる。

「二分たったら中に入れ」ローランドが言う。

「ほんとうに入るんですか？」

「あいつはもうすぐ無害になる」

ユレックが四つん這いになった。口から粘液の混じった血が糸を引いて垂れる。よろめきながら這い進むが、動きはしだいに緩慢になる。ユレックは床に崩れ落ち、そのまま静かに横たわった。

三

アンデシュは、ドアにはめられた分厚い強化ガラス越しに部屋の中をのぞきこんだ。ユレック・ヴァルテルが床に倒れ、動かなくなってから十分が経過していた。けいれんは収まり、彼の体は弛緩(しかん)している。

ローランドは鍵を取りだし、ドアの鍵穴に差しこんだ。一瞬ためらって窓をのぞきこみ、解錠する。

「楽しんでこいよ」

「目を覚ましたらどうするんですか?」

「目は覚ますはずがないさ」

ローランドがドアを開け、アンデシュは中に入った。背後でドアが閉じられ、鍵のかかる音がした。室内には汗のにおいに混じって酸っぱい臭気が立ちこめている。ユレックは倒れたままぴくりとも動かない。彼のゆっくりとした呼吸の動きが、背中越しに見てとれる。

深い眠りについていることはわかっていたが、アンデシュはユレックから距離を保った。

狭い室内は音が奇妙に反響し、体にまとわりつくようだ。

一歩進むごとに、白衣がかすかな音をたてる。

ユレックの呼吸が速くなる。

洗面台の蛇口から水滴が落ちる。

アンデシュはベッドのそばに立ち、ユレックに視線をやって、ひざをついた。

床に固定されたベッドの下をのぞこうとかがみこんだ瞬間、強化ガラス越しにおびえた目でこちらを見るローランドの顔がちらりと目に入った。

ベッドの下にはなにもない。

アンデシュはユレックに顔を近づけて注意深く観察したのち、床に腹ばいになった。

ユレックをずっと見張っていることはできない。ナイフを探すためには、彼に背を向けなければならない。

弱い明かりがベッドの下に届いている。壁際に綿ぼこりが落ちている。

ユレックが目を覚ましたら、という想像が頭から離れない。

ベッドの底部を支える横板とマットレスのあいだに、なにかがはさまっていた。正体はよく見えない。

手を伸ばしてみるが、届かない。アンデシュは仕方なく、仰向けになってベッドの下に体をすべり入れた。ベッド下の空間は狭く、振り向くことができない。体を奥に引きよせる。息を吸うたびに、あばら骨がベッドの底板で圧迫された。指先で探ってみる。もう少し奥のほうだ。ベッドの板に片ひざをぶつける。顔にかかったほこりを息で吹き飛ばし、体をさらに奥へ押しこむ。

突然、背後でどさっという重い音が響いた。振り返ることができない。ベッドの下にじっと横たわったまま、耳をすます。自分の激しい息づかいが邪魔をして、ほかの音と聞き分けられない。

慎重に奥のほうへ手を伸ばすと、指先になにかが触れた。体をさらに押しこみ、その物体を手でつかんで、板とマットレスの隙間からはずした。

ユレックは鉄の金属片から、非常に鋭利なナイフをつくりあげていた。

「早く」ローランドがドアのハッチから叫んだ。

アンデシュはベッドの下から外に出ようと体を押しだし、頬をすりむいた。

突然、アンデシュの動きが止まる。外に出られない。白衣がなにかにひっかかって身動きがとれない。

ユレックのいる方向から、体をひきずるような音が聞こえた気がした。

なにかの聞きまちがいか?

アンデシュは全力で白衣をひっぱった。布のすれる音がするが、破れない。ひっかかった白衣をはずすために、彼はまた奥のほうへ戻らなければならなかった。

「なにをしている」ローランドがおびえた声で叫ぶ。

開いていたドアのハッチががたがたと音をたて、再び鍵が閉まった。

白衣のポケットが、ゆるんで飛びでた木の棒にひっかかっていた。アンデシュはポケットを急いで木からはずし、息をつめて体を外へ押す。しだいに平静を失いつつあった。腹やひざをこすりながら片手でベッドの外枠をつかみ、腕の力で体を外に押しだす。

アンデシュは息を切らしながら周囲を見まわすと、ナイフを手によろよろと立ちあがった。

ユレックは横向きの姿勢で床に倒れていた。眠ったまま、片方の目が半分うつろに開いてこちらを見ている。

アンデシュはドアに駆けよった。強化ガラス越しにローランドのおびえた視線と目が合う。笑顔をつくろうとしたが、思わず声に焦りがにじみでた。

「ドアを開けてください」

ローランドは代わりにハッチを開いた。

「先にナイフを出せ」

アンデシュは戸惑って彼を見、ハッチからナイフを差しだした。ローランドが尋ねる。

「ほかにもなにか見つけただろう」

「いいえ」アンデシュは答え、ユレックを振り返る。

「手紙だよ」

「ほかにはなにもありませんでした」

ユレックが床に倒れたまま体をねじりはじめ、弱く息を吐いた。

「ポケットの中を見てみろ」ローランドがぎこちない笑みを浮かべて言う。

「どうして？」

「これは持ち物検査だ」

アンデシュは振り返ると、慎重にユレックに近づいた。両目は再び閉じられていたが、しわだらけの顔には汗がにじみはじめている。

アンデシュはしぶしぶ身をかがめ、衣服のポケットを探りはじめた。ユレックの両肩が動き、低いうめき声が漏れる。

ズボンの尻ポケットに手を入れると、プラスチック製のくしが入っていた。アンデシュは震える手で、ほかのポケットを探った。

鼻先から汗が落ち、アンデシュは強くまばたきをした。

ユレックの大きな手が、何度か開いて閉じる。

ポケットにはなにもない。

アンデシュは強化ガラスのほうを向いて、首を横に振る。ドアの向こうのローランドの姿が確認できない。隔離部屋の天井灯が、灰色の太陽のようにガラスに反射している。

もう外に出なければ。

時間がたちすぎている。

アンデシュは背を起こすと、ドアへ急いだ。ローランドがいない。ガラスに顔を近づけてみたが、なにも見えない。

ユレックの呼吸が、悪夢にうなされる子どものように速くなった。

アンデシュはドアを叩いた。もう一度ドアを叩く。分厚い金属製のドアは、手のひらで叩いてもほとんど音をたてない。なにも聞こえない。なにも起こらない。指にはめた結婚指輪でドアのガラスをかちかちと叩いていると、視界のすみで、壁にかかる影がしだいに大きくなっていった。

背中から両腕に鳥肌が走る。心臓が早鐘のように打ち、体中にアドレナリンの放出を感じる。アンデシュは後ろを振り返った。ユレック・ヴァルテルが、床からゆっくりと上体を起こしている。顔からは力が抜け、明るい色の目がアンデシュをまっすぐに見つめている。口からはまだ血が流れ、唇の色は奇妙に赤い。

四

アンデシュは重いスチール製のドアを叩いて叫んだが、ローランドは鍵を開けようとしない。頭ががんがんと脈打つ。背後を振り返ると、ユレックは床にすわったままの姿勢で、アンデシュに向かって何度かまばたきをし、立ちあがりはじめた。

「嘘だ」ユレックが言った。血が彼のあごをつたう。「みなが私を化け物だと言うが、私は、ただの人間だ……」

　彼は立ちあがろうとして力尽き、息を荒くして再び床に崩れ落ちた。

「人間だ」

　ユレックがつぶやく。ぐったりとした動きで片手をシャツの中に入れ、折りたたんだ紙片を取りだし、アンデシュの前に投げた。

「彼が探している手紙だ。七年間、私は弁護士との面会を要請してきた……釈放を求めるためではない……われは、ありてある者（旧約聖書の出エジプト記で、神の名を尋ねたモーセに神が語ったことば）。それでも私は、まだ人間なんだ……」

　アンデシュは身をかがめ、ユレックに視線を向けたまま床に落ちた紙片に手を伸ばした。しわだらけの男はまた立ちあがろうとして両手をつき、少しよろめきながら、片足を床につけた。

　アンデシュは紙片を拾いあげ、あとずさった。ようやくドアに鍵が差しこまれる音が聞こえた。アンデシュはドアのほうを向き、強化ガラス越しに部屋の外を見つめた。

足が震える。ユレックがつぶやいた。

「薬の過量投与など、すべきではない」

アンデシュは背を向けたままだったが、ユレックが立ちあがってこちらを見つめているのがわかった。

ドアのハッチにはめこまれた強化ガラスは不透明な氷のようだ。向こう側で鍵を開けようとしている者の姿が見えない。

「開けろ、開けろ」アンデシュの声がかすれる。背後から、ユレックの息づかいが聞こえる。

ドアが開き、アンデシュはつんのめりながら隔離部屋の外に出た。転がるようにして廊下の壁にぶつかる。ドアが閉まる重い音が響き、頑丈なロックシステムが作動してがしゃりと音をたてた。

肩で息をしながら、冷たいコンクリートの壁にもたれかかる。後ろを振り返ると、彼を助けだしたのはローランドではなく、頰にピアスをした若い女だった。

「いったい、どういうこと」彼女は言った。「ローランドは頭がどうかしたのかしら。いつも信じられないくらいセキュリティにうるさいのに」

「ローランドと話さなきゃ……」

「彼、具合が悪くなったのかも……糖尿病のようだから」

アンデシュは汗ばんだ手のひらを白衣でぬぐい、女を見た。

「開けてくれてありがとう」

「あなたのためなら、なんでもするわ」女がふざけて言う。

アンデシュは少年のような屈託のない笑みを浮かべようとしたが、彼女のあとについてセキュリティドアを通りぬけるあいだ、足はずっと震えていた。女が監視センターで立ち止まり、アンデシュに視線を向ける。

「この地下での仕事の唯一の問題は」女が言う。「静かすぎて、眠気ざましにお菓子を食べすぎちゃうことね」

「よかったじゃないか」

モニターにはユレックがベッドに腰かけ、両手に頭を預ける姿が映っている。彼の部屋に隣接する、テレビとランニングマシンが備えられたデイルームには、人の姿はなかった。

五

その日の残りの時間、アンデシュは上階の第三十病棟での回診や、各患者の治療方針の策定、退院審査など、新しいルーティン業務に専念した。しかし、頭の中ではずっと、ポケットに入った手紙と、ユレックの言葉に思いをめぐらせていた。

五時十分、アンデシュは病院をあとにし、外の冷たい空気の中に出た。明るい照明に照らされた病院の敷地の外は、冬の闇に閉ざされている。

アンデシュは冷たい手を上着のポケットに入れてあたため、急ぎ足で石畳を歩いた。病院の正面玄関前に大きな駐車場が広がっている。

病院に着いたときは車でいっぱいだったが、今はほとんど空になっていた。自分の車の後ろにだれかが立っているのが見え、彼は目を細めた。

「おーい！」アンデシュは呼びかけ、急ぎ足で近づく。

男が振り返り、片手で口をぬぐうようにして車から離れた。医長のローランド・ブロリーンだった。

アンデシュは歩をゆるめ、ポケットから鍵を取りだした。ローランドが無理に笑顔をつくって言った。

「謝罪を期待しているんだろう」

「ぼくだって、好きで今日のことを上に報告したんじゃないですよ」

ローランドはアンデシュの目を見て左手を差しだし、手のひらを上に向けて開くと、静かに言った。

「手紙をよこせ」

「なんの手紙です？」

「ユレックがきみに見つけてほしがった手紙だよ。紙切れか、新聞や段ボールの切れ端か知らんが」

「言われたとおりにナイフを取りましたよ」

「あれはえさだ。あいつが、意味もなくあんな苦痛に身をさらすわけがないだろう」

アンデシュは、片手で鼻の下の汗をぬぐうローランドを見つめた。

「患者が弁護士との接見を求めたらどうするんですか」

「なにもしない」ローランドがささやく。

「でも以前、彼はあなたにそう頼んだんでしょう」

「さあな、聞こえなかったんだろう。いつも耳栓をしているからな」

「でも、実際、どうして……」

「この仕事が必要なんだろう」ローランドがさえぎった。「きみは学年でいちばん出来が悪かったそうだな。重いローンを抱えて、経験もなく、推薦状ももたず」

「だから？」

「手紙を渡しさえすればいいんだ」歯ぎしりをするような表情でローランドは言った。

「手紙はありませんでした」

ローランドはしばらくアンデシュの目を見つめた。

「もし手紙が見つかったら、読まずに私に渡すんだ」

「わかりました」

アンデシュは車の鍵を差しこみドアを開けた。シートに腰を下ろし、ドアを閉めてエンジンをかける。手紙がなかったと聞いたせいか、ローランドが少し安堵(あんど)したように見えた。アンデシュは、彼が窓をノックするのを無視し、ギアを入れて車を出した。バックミラーに映るローランドがにこりともせず、こちらを見つめていた。

六

アンデシュは家に着くと急いで玄関ドアを閉め、施錠して防犯チェーンをかけた。心臓が激しく打つ。車から玄関までの道を、なぜか走らずにいられなかった。

子ども部屋からペトラの穏やかな声が聞こえてくる。アンデシュはひとりほほ笑んだ。ペトラが、早くも『わたしたちの島で』（スウェーデンを代表する児童文学作家アストリッド・リンドグレーンの作品）を読み聞かせている。娘を寝かしつける前の儀式のひとつだが、読み聞かせがはじまるのはいつもならもっと遅い時間だ。今日も一日、順調だったにちがいない。アンデシュの新しい仕事のおかげで、ペトラは安心して勤務時間を減らすことができたのだ。

玄関マットに置かれたアグネスの泥だらけのブーツのまわりに、丸くしみができていた。帽子と防寒用のニットが戸棚の前に落ちている。アンデシュは中に入り、キッチンテーブルにシャンパンのボトルを置くと、外の暗い庭に視線を向けたまま佇んだ。

　ユレック・ヴァルテルの手紙のことを考えると、どうしていいかわからなくなる。大きなライラックの木の枝が窓をひっかいた。彼は黒いガラスに目をやり、そこに映るキッチンを見つめた。枝がきしむ音を聞きながら、物置に行って、あの大きな枝切り鋏を取ってくるべきかと考えた。

「待って、待って」ペトラの声が聞こえる。「先に読み終えるから……」

　アンデシュは忍び足でアグネスの部屋に入った。天井にプリンセスランプが灯っている。ペトラが本から顔を上げた。アンデシュと目が合う。金褐色の髪をポニーテールにまとめ、いつものハート型のイヤリングをつけている。アグネスが彼女のひざにすわり、またまちがえた、犬のところからやりなおして、と繰り返している。

　アンデシュは近づいて、ふたりの前にひざをついた。

「ただいま、アグネス」

　アグネスは彼の目を見ると、すぐに視線をそらした。アンデシュは娘の頭をぽんぽんと叩き、その髪を耳の後ろにかけてやって立ちあがった。

「夕飯が残ってるから、あたためて。もう一章読みなおしたら、わたしも行くから」ペトラが言う。

「犬のところが、まちがってた」アグネスが、床を見つめたまま繰り返す。

アンデシュはキッチンへ行き、冷蔵庫から皿にのった食事を取りだし、電子レンジの横の流し台に置いた。

彼はゆっくりとジーンズの尻ポケットから手紙を取りだした。自分は人間だ、と繰り返して言うユレックの姿が目に浮かぶ。

薄い紙片を開くと、斜めに傾いた小さな字で、淡々とした文章が数行記されていた。手紙の右上に、宛先としてテンスタにある弁護士事務所の名が書かれている。内容は形式的な問い合わせだった。強制入院を命じた判決の内容を理解するため、法律の専門家による支援を希望し、自身が有する権利についての説明や、再審請求の可能性について情報を求めていた。

アンデシュは、ふいに正体のわからない違和感に襲われた。手紙のトーンや正確な単語の選択に比して、さながら識字障害を思わせるつづりのまちがいに、なにか奇妙なものを感じる。

頭の中をユレックの言葉が駆けめぐる。アンデシュは書斎に行って封筒を取りだした。弁護士事務所の宛先を書き、手紙を入れ、切手を貼る。

アンデシュは家を出て、冷え冷えとした闇の中を歩いた。空き地をまっすぐ横切ってロータリーのそばのキオスクへ向かう。手紙を投函(とうかん)し、しばらくそこに佇んでサンダ通りを走り過ぎる車をながめ、再び家路についた。

風が吹き、霜に覆われた野原の草がさざ波のように揺れた。一羽の野ウサギが、古い人家の庭に向かってはねていく。

彼は門扉を開け、キッチンの窓に目をやった。家全体が、まるでドールハウスのようだ。闇の中、明かりに煌々と照らされて屋内のようすが丸見えだった。窓を通して、廊下の奥の壁にかかっている青い絵が見える。

そばの寝室のドアが開いている。部屋の中央には掃除機が置かれている。電源コードが壁に差しこまれたままだ。

突然、寝室でなにかが動いた。アンデシュは驚いて息をのんだ。寝室にだれかいる。ベッドのそばに男が立っている。

家の中に駆けこもうとした瞬間、彼はそれが家の裏庭に佇む人影であることに気づいた。

裏庭に立つ人の姿が、寝室の窓越しに見えたのだ。

アンデシュは敷石の上を走り、庭の日時計を横切って家の外壁をまわりこんだ。

人影は彼が近づく音に気づいたのか、そこから走り去ろうとしていた。男がライラックの木々のあいだを無理やりに突っ切っていく音が聞こえる。アンデシュはあとを追い、枝をかき分け、目をこらしたが、暗すぎてなにも見えなかった。

七

ミカエルは、砂男が恐ろしい砂を部屋の中に吹きこむあいだ、闇の中に立っていた。息を止めても意味がないことはわかっている。砂男が子どもたちを眠らせたいなら、それに抗うことはできない。

もうすぐまぶたが重くなる。目を開けていられないほど重くなる。マットレスに横たわり、闇の一部にならなければならない。

ママは、よく砂男の娘の、機械仕掛けのオリンピアの話を寝る前に聞かせてくれた。眠りにつくと、ママはそっと近よって、寒くないように布団を両肩にかけてくれた。

ミカエルは壁にもたれた。コンクリートの壁の細い溝が背中にあたる。

細かな砂粒が闇の中を霧のように漂っている。息が苦しい。肺が血液に酸素を供給しようと戦っている。

ミカエルは咳きこみ、唇をなめた。かさかさに乾いた唇には、すでに感覚がない。まぶたがどんどん重くなる。

家族みんなで、ハンモックに揺られている。ライラックの葉から夏の木漏れ日が差し、きらめく。錆びたねじがきいきいと音をたてる。

ミカエルはにっこりと笑った。

ハンモックを高く揺らすと、ママが止めようとする、でもパパはもっと勢いをつける。ハンモックが目の前のテーブルにぶつかって、イチゴのサフト（果汁シロップを薄めた飲みもの）の入ったグラスがかたかたと揺れる。ハンモックが揺れると、パパは笑ってジェットコースターに乗っているときのように両手をあげる。

頭がこくりと揺れ、ミカエルは闇の中で目を開けた。よろめき、冷たい壁に手をつく。床に敷かれたマットレスを振り返る。意識を失う前に横にならなければと考えた瞬間、がくりとひざが折れた。

ミカエルは倒れ、片腕を下敷きにして床に体を打ちつけた。眠りの淵に落ちかけながら、手首と肩に痛みを感じる。

ごろりと回転して腹ばいになり、這い進もうとして力が尽きた。息を切らし、頰をコンクリートの床につけたまま横たわる。なにか言おうとするが、もう声が出ない。

必死で目をこじあけようとするが、まぶたは閉じていく。

ミカエルは闇の中に落ちていく瞬間、砂男が部屋に忍びこむ音を聞いた。砂にまみれた足で、ひたひたと壁を上へのぼり、天井から逆さまにぶらさがる。両腕を下に伸ばし、磁器でできた指でミカエルにさわろうとする。

闇。

目を覚ますと、ミカエルの口はからからに乾いていた。頭が痛い。目のまわりに砂つぶがこびりついている。あまりの疲労に彼は再び眠りに落ちかけたが、小さな意識のかけらが、なにかが大きく変わっていることを訴えた。

アドレナリンの熱い衝撃が、ミカエルの体を打つ。

闇の中で起きあがると、音の響きから、彼はこれまでとちがう広い部屋にいることに気づいた。

ここはもうカプセルの中ではない。

ミカエルは孤独感に凍りついた。

そっと床を這い進むと、壁につきあたった。さまざまな思いが脳裏を駆けめぐる。

ここから逃げることをあきらめたのは、いつのことだったか。

長い眠りのあとで、ミカエルの体はまだ重かった。震える足で立ちあがり、壁をつたって部屋の隅にたどりつく。手で探ると金属の板が指に触れた。その端をすばやくなぞり、そこにドアがあることを悟ると、両手をすべらせ、ドアの取っ手を探りあてた。

手が震える。

部屋は静まり返っていた。

慎重に取っ手を押しさげると、ドアはなんの抵抗もなく開き、ミカエルは勢い余って前に倒れこみそうになった。

大きく一歩踏みだすと、明るい空間に出た。思わず目をつむる。

夢のようだ。

外に出たい、と彼は思った。

頭が破裂しそうだ。

目を細く開き、自分が廊下に立っていることに気づくと、よろよろと前に進みはじめた。心臓が早鐘のように打ち、ほとんど息ができない。

音をたててはいけないと思いながらも、恐怖のあまりうめき声が漏れる。

砂男が戻ってくる。あいつが子どもたちのことを忘れるはずがない。

目をしっかりと開けられない。ミカエルは前方のぼんやりとした明かりに向かって進んだ。

これは罠（わな）なのか？　彼は考えた。まるで、まぶしい明かりに引きよせられる虫のようじゃないか。

それでも、ミカエルは片手を壁に這わせて体を支えながら、前に進みつづけた。

突然、断熱材の山に突きあたり、恐怖で息をのむ。よろめいて壁に肩をぶつけたが、倒れずにもちこたえた。

立ち止まり、できるだけ静かに咳をする。

前方にドアがあった。光はドアにはめられたガラスから漏れている。

ミカエルはつんのめりながらドアに近づき、取っ手をにぎって押しさげた。鍵がかかっている。

いやだ、いやだ、いやだ。

取っ手を上下に動かし、前に押し、またひねる。ドアは施錠されていた。絶望のあまり、床にくずれ落ちそうになる。そのとき、ふと、背後にやわらかな足音が聞こえた。彼に後ろを振り返る勇気はなかった。

八

作家のレイダル・フロストはワイングラスをあけ、ダイニングホールのテーブルに置いた。目を閉じて、気持ちを落ちつける。ゲストのだれかが手を叩いている。青いドレスに身を包んだヴェロニカが、部屋の隅のほうを向いたまま顔を両手で覆い、数を数えはじめる。

招待客があちこちを行き交い、足音と笑い声が屋敷内のいくつもの部屋に響く。

一階にいなければならないのはわかっていたが、レイダルはゆっくりと立ちあがると壁に向かい、細い隠し扉を開けて給仕用の廊下に忍びでた。メイド用の細い階段を慎重にのぼり、タペストリーで隠した扉をくぐり、客の来ない屋敷の私用部分に出る。

ここにひとりでいるべきではないとわかっていたが、彼は歩きつづけた。次々に部屋を通りぬけ、戸口をまたぎ、背後でドアを閉じる。やがて、いちばん奥のギャラリーにたどりついた。

壁の一辺には、子どもたちの服やおもちゃの詰まった段ボール箱が並んでいる。箱がひとつ開いて、黄緑色のおもちゃの銃がのぞいていた。

ヴェロニカの叫ぶ声が、床や壁越しにくぐもって聞こえる。「百！　行くわよ！」窓の外には畑が広がり、馬用のパドックが見えた。遠くのほうから、このロックスタ邸へとつづく長い白樺の並木道がのびている。

レイダルはひじかけ椅子を引きよせ、背もたれにジャケットをかけた。椅子の座面に片足をかけながら、体に酔いがまわるのを感じる。汗で白いシャツの背中が濡れていた。レイダルは力強い動作で、天井の梁に向かってロープを投げた。椅子が足の下できしんだ音をたてる。重いロープが梁にかかり、先端が左右に揺れる。

ほこりが空中を舞う。

革靴の下で、布に覆われた椅子の座面が妙に柔らかい。

くぐもった笑い声や叫び声が、階下のパーティー会場から聞こえる。レイダルはしばらく目を閉じ、子どもたちのことを、彼らの小さな愛らしい顔、肩、細い腕を思い浮かべた。

子どもたちの明るい声や、床を走る足音が、今にも聞こえてきそうだった。思い出が一陣の夏の風のように彼の魂を吹き抜ける。そして、レイダルの心は再び冷たく荒(すさ)んだ。

誕生日おめでとう、ミカエル。レイダルは心の中でつぶやいた。

手が震えて、ロープがうまく結べない。レイダルは静かに立って呼吸を整え、作業をつづけようとした。そのとき、どこかのドアをノックする音が聞こえた。

数秒間待って、ロープから手を放す。椅子から床に下りてジャケットを手にとる。

「レイダル？」女性の声が低く響いた。

ヴェロニカだ。百まで数えながら、彼が給仕用の廊下に消えるのをこっそり見ていたにちがいない。彼女があちこちの部屋のドアを開けている。近づくにつれ、その声はしだいにはっきりと聞こえてきた。

レイダルは明かりを消して子ども部屋をあとにし、隣室につづくドアを開いて立ち止まった。

ヴェロニカが、シャンパングラスを手に近づいてくる。彼女の黒い、酔った目にあたたかな光が宿った。

背が高く、スリムなヴェロニカには、少年のように短い黒髪のショートヘアが似合っている。

「きみと寝たいって、言ったっけな?」彼が尋ねる。

ヴェロニカはふらふらと部屋を歩きまわりながら、悲しげな目で言った。

「おもしろいわ」

ヴェロニカ・クリムトはレイダルの著作権エージェントだ。実際のところ、レイダルはこの十三年間というもの、一行も執筆をしていない。だが、それ以前に発表した三つの作品のおかげで、収入が途絶えることはなかった。

階下のダイニングホールでバンド演奏がはじまった。ベースの刻む重低音が屋敷の躯体に響く。レイダルはソファのそばに立ち、片手で銀髪をかきあげた。

「少しはぼくのためにシャンパンを残してくれてるだろうね」とレイダルは言い、ソファに腰を下ろした。

「いいえ」

ヴェロニカはそう答えると、半分ほど入ったグラスをレイダルに差しだした。

「きみの御主人から電話があったよ。そろそろ家に帰ってほしいそうだ」

「帰りたくないわ。わたしは彼と別れて……」

「それはだめだ」レイダルがさえぎるように言った。

「どうしてだめなの？」

「ぼくが、きみに気があると思われたら困る」

「思ってないわ」

レイダルはシャンパンを飲みほし、グラスをソファに置くと、目を閉じて酔いから来るめまいを感じた。ヴェロニカが言った。

「悲しそうに見えたから、少し心配したわ」

「プリンスのような気分だよ」

階下から笑い声が聞こえる。演奏のボリュームが上がり、音の振動が床から足に伝わってきた。

「そろそろ、ゲストがさみしがるわよ」

「じゃあ、行ってひっかきまわしてくるか」レイダルはほほ笑んだ。

七年前から、レイダルはほぼ二十四時間、常にひとの輪の中に身を置くようにしていた。彼の交友関係はきわめて幅広かった。邸宅で大がかりなパーティーを開くこともあれば、親密な夕食会を催すこともあった。しかし、子どもたちが誕生日を迎える日になると、彼は生きていることに耐えられなくなる。だれかのそばにいないと、彼はすぐにでも孤独と静寂に打ち負かされることがわかっていた。

九

レイダルとヴェロニカがダイニングホールにつづくドアを開けると、大音量の音楽があばら骨に響いた。暗闇の中、メインテーブルのまわりで人々がひしめき、踊っている。まだシカ肉やグリル野菜をほおばっている客もいた。

俳優のヴィッレ・ストランドベリがシャツのボタンを開け、人ごみの中を踊りながらふたりに近づいてきた。なにかを叫んでいるが、声がまったく聞こえない。

「脱げー!」ヴェロニカがふざけて叫んだ。

ヴィッレは笑い、シャツを脱いでヴェロニカに向かって放り投げ、両手をうなじに当てて彼女の前で踊った。素早い体の動きに合わせ、丸い中年太りの腹が上下に揺れる。

レイダルはワイングラスをもう一杯あけ、腰をくねらせて踊りながらヴィッレに近づいていった。

曲が静かな間奏に入ると、出版社を経営するダヴィッド・シュルヴァン老人がレイダルの腕をとり、汗のにじんだ幸せそうな顔でなにか言った。

「え?」

「今日の勝負がまだだぞ」ダヴィッドが繰り返す。

「スタッドポーカーかい？　それともシューティング、レスリング……」

「シューティング！」数人が叫んだ。

「ピストルとシャンパンを持ってこい」レイダルがほほ笑んで言う。

再び地響きのような音楽が戻り、すべての会話をのみこんだ。レイダルは壁にかかった油絵を取りはずし、廊下へ向かって運んだ。ペーテル・ダール（一九三四～二〇一九　スウェーデンの芸術家）の手によるレイダルの肖像画だ。ヴェロニカが引きとめようとした。

「その絵、気に入ってるのに」

レイダルは腕にかかった彼女の手を振り払い、玄関ホールへ歩いていった。ゲストのほとんどが彼のあとにつづき、凍てついた庭園に出た。新雪がやわらかく地面につもっている。雪が黒い夜空の下に弧を描いて舞う。

レイダルは雪に覆われたリンゴの木に近づき、枝に肖像画を吊りさげた。ヴィッレが用具入れから持ちだした発煙筒を手にしてあとにつづき、ビニールの梱包をはがして紐を引いた。破裂音が響き、発煙筒は強く発光しながら、ぱちぱちと音をたてて燃えはじめた。ヴィッレは笑い声をあげると、よろめきながらリンゴの木に近づき、根もとにつもった雪に発煙筒を刺した。白い光の中に、木の幹と裸の枝が浮かびあがる。銀色のペンを手にしたレイダルの肖像画が、だれの目にもはっきりと見えた。

翻訳家のベルセリウスがシャンパンボトルを三本抱えて立っている。ダヴィッド・シュルヴァンは笑みを浮かべ、レイダルの古いコルト社製の拳銃を掲げて見せた。

「こんなの、楽しくないわ」ヴェロニカがうつろな声で言った。

ダヴィッドは拳銃を手にレイダルのとなりに立つと、弾倉に六発の弾を充塡し、シリンダーをまわした。

ヴィッレはまだ上半身裸だったが、アルコールのせいで寒さを感じていないようだ。

「きみが勝ったら、厩舎から好きな馬を選んでいいよ」レイダルはつぶやき、ダヴィッドの手から拳銃をとった。

「おねがい、気をつけて」ヴェロニカが言う。

レイダルは横に移動し、腕をまっすぐに伸ばして狙いをつけ、引き金を引いた。弾ははずれ、銃声が響きわたる。

数人の客が、まるでゴルフの観客のように礼儀正しく拍手した。

「私の番だ」ダヴィッドが笑う。

ヴェロニカは雪の中に立って震えていた。ミュールを履いた足が凍え、ずきずきと痛む。彼女は繰り返した。

「あの絵、気に入ってるのに」

「ぼくもだよ」レイダルが答え、もう一発撃った。

弾はキャンバスの右上に当たった。ほこりが舞い上がり、金色の額縁がはずれて斜めにぶらさがった。

ダヴィッドはくすくすと笑いながら、レイダルの手から拳銃を取りあげた。ふらついて地面に倒れ、その瞬間、空に向かって一発、立ちあがろうとしてもう一発発砲した。

数人が手を叩き、残りのゲストが笑いながら乾杯をした。

レイダルは拳銃を取り返し、雪を払って言った。

「最後の一発で決まりだ」

ヴェロニカがレイダルに走りより、口にキスをした。

「調子はどう?」

ヴェロニカはレイダルを見つめ、彼の額にかかった髪を指で払った。ポーチの石階段に立って見物していたグループから口笛や笑い声が起こる。

「まったく素晴らしいよ。これ以上ないくらい、幸せだ」

「もっといい的を見つけたわよ!」赤毛の女が叫ぶ。レイダルは彼女の名を思い出せなかった。

女は雪の中、巨大な人形を引きずっていた。突然手をすべらせて人形を落とす。倒れてひざをつき、また立ちあがる。ヒョウ柄のドレスには、あちこちに濡れたしみがついている。女ははしゃいで言った。

「昨日、見かけたの。ガレージの汚いシートの下にあったわ」

ベルセリウスが走りより、人形を運ぶのを手伝った。固いプラスチック製の人形にはスパイダーマンの塗装が施されている。大きさはベルセリウスの背丈と変わらない。

「ブラボー、マリー！」ダヴィッドが赤毛の女に向かって叫んだ。

「スパイダーマンを撃て」背後で女性客がつぶやく。

レイダルは顔を上げて大きな人形を目にすると、手にした拳銃を地面に落とした。

「もう寝る」

レイダルは唐突に言い捨てると、ヴィッレが差しだしたシャンパングラスを押しのけ、ふらついた足どりで屋敷に戻っていった。

一〇

ヴェロニカは、レイダルを探すマリーにつきそい、屋敷の中を歩いた。いくつもの部屋をのぞきこみ、ホールを探し歩く。レイダルのジャケットが、二階へとつづく階段の途中に落ちていた。ふたりは二階にあがった。階上は暗く、廊下の奥のほうに、燃える炎の明かりが揺らいで見えた。レイダルは、大広間の暖炉の前のソファにすわっていた。カフスボタンははずれ、はだけたシャツが両腕からぶらさがっている。そばにある背丈の低い本棚の上に、シャトー・シュヴァル・ブランのボトルが四本並んでいた。

「あなたに謝りたくて」マリーが言い、ドアにもたれた。

「気にするな」レイダルは振り返らずにつぶやいた。

「断りもなく人形をひっぱりだすなんて、馬鹿なことして」

「古臭いがらくたなんか、みんな燃やしちまえ」

レイダルが言うと、ヴェロニカが彼に近より、床にひざをついてほほ笑みながら顔をのぞきこんだ。

「紹介がまだだったかしら？　彼女、ダヴィッドの女友だち……だと思うわ」

レイダルは赤毛の女に向かって乾杯し、グラスをあおった。ヴェロニカはレイダルからグラスを取りあげ、一口飲んで彼のとなりにすわった。

靴を脱ぎ、ソファに背をもたれてレイダルのひざに素足をのせる。

彼はヴェロニカのふくらはぎをそっと撫でた。乗馬のときに新品のあぶみのせいでできた青あざをなぞり、ふとももの内側、下腹部へと手を這わせていく。ヴェロニカはマリーが部屋にいることもかまわず、されるがままにしていた。

大きな暖炉の中で、炎が高く燃えあがった。やけどしそうなほどの熱が、レイダルの顔に押しよせる。

マリーは慎重にレイダルに近づいた。レイダルは彼女を見つめた。赤い髪が、部屋の暑さでカールしはじめている。ヒョウ柄のドレスはしわくちゃでしみだらけだ。

「マリーはあなたのファンなのよ」ヴェロニカが言い、レイダルが手を伸ばそうとしたグラスを遠ざける。マリーが言った。

「あなたの本が大好きなの」

「どの本?」

レイダルはぶっきらぼうに言い、立ちあがると、新しいグラスをキャビネットから取りだしてワインをついだ。マリーは彼の動きを誤解し、グラスを受けとろうと手を伸ばした。

「このグラスはワイン用。小便がしたけりゃトイレに行ってくれ」レイダルが言い、グラスをあおった。

「そんな……」

「ワインが飲みたきゃ、飲めよ」

レイダルが声を荒らげると、マリーは顔を赤らめた。彼女は息を吸いこみ、震える手でボトルをつかむと、自分用にワインをついだ。レイダルは重いため息をつき、声を少しやわらげて言った。

「この年のワインは出来のいい部類だよ」

彼はボトルをつかんで再びソファにすわった。

マリーは彼のとなりに腰かけた。レイダルは彼女がワイングラスをまわし、テイスティングするようすを、笑みを浮かべて観察していた。

レイダルは笑って、マリーにワインをついでやると、目を見つめ、真剣な表情になって彼女の口にキスをした。

「なにするの」マリーがささやく。

レイダルはまた、彼女にやわらかくキスをした。マリーは頭を後ろにそらしながら、思わずほほ笑んでしまった。少しワインに口をつけ、レイダルの目を見つめると、顔を近づけて彼にキスを返す。

レイダルはマリーのうなじを撫で、髪に指を差しこみ、右肩に手を這わせた。ドレスの細い肩ひもが皮膚に食いこんでいるのを指先に感じる。

マリーはグラスを置き、再び彼にキスをした。片方の胸をレイダルに愛撫されながら、自分はどうかしていると思う。

レイダルはマリーのドレスのすそから手を入れた。太ももを撫でると、ニコチンパッチが手に触れる。さらに奥へ手を入れ、尻まで撫であげながら、レイダルは嗚咽をこらえ、突き刺すようなのどの痛みに耐えていた。

彼がショーツを引きさげようとしたとき、マリーは手を押しのけ、立ちあがって口をぬぐった。彼女は平静を装って言った。

「もう、下に戻ったほうがいいんじゃないかしら」

「ああ」レイダルが言った。

ヴェロニカはソファにじっとすわり、マリーのすがるような視線を無視している。

「ふたりとも、いっしょに来る？」

レイダルが首を横に振る。

「そう」マリーは小声で言い、ドアに向かって歩いた。

部屋を出ていく瞬間、マリーのドレスがきらりと光った。レイダルは開いた戸口から部屋の外を見つめた。廊下の暗闇が、汚れたビロードの布のように見える。

ヴェロニカが立ちあがり、テーブルからグラスをとってワインを飲んだ。ドレスの脇の下に汗のしみができている。

「あなたは豚よ」ヴェロニカは言った。

「人生を最大限、楽しみたいだけさ」レイダルが低い声で言う。

彼はヴェロニカの手をとって握ると、自分の頬に押しあて、彼女の悲しげな目を見つめた。

一一

レイダルがソファで目を覚ましたとき、暖炉の火は消えていた。部屋は凍てつくような寒さだ。目がひりひりと痛み、レイダルは妻が語っていた砂男のことを考えた。子どもの目に砂をかけ、一晩中ぐっすり眠らせるという砂男の話だ。

「くそっ」

レイダルはそうつぶやいて体を起こした。

彼は裸だった。革張りのソファにはワインがこぼれ、しみをつくっていた。遠くの空を飛ぶ飛行機の音が聞こえる。ほこりだらけの窓に、朝の光が差している。

立ちあがると、ヴェロニカが暖炉の前の床に、テーブルクロスにくるまって寝ているのが見えた。森のほうからノロジカの鳴く声が聞こえる。階下のパーティーはまだつづいていたが、喧噪（けんそう）は下火になっていた。レイダルは半分入ったワインボトルを手にとり、おぼつかない足どりで部屋を出た。寝室へ向かってきしんだ音をたてる樫（かし）の階段をのぼりはじめると、頭ががんがんと痛みだした。踊り場で立ち止まり、ため息をついて下へと引き返す。ヴェロニカをそっとソファに横たえ、薄い毛布をかけてやり、床から彼女の読書用メガネを拾ってテーブルに置いた。

レイダル・フロストは六十二歳、彼が執筆した三つの作品は「サンクタム・シリーズ」と呼ばれ、いずれも世界的ベストセラーとなっている。

彼は八年前にノルテリエ郊外に位置するこのロックスタ邸を買い取り、テューレセー地区の一軒家から移り住んだ。敷地は二百ヘクタールの森林や農地を含む。厩舎や立派なパドックもあり、彼はときどき五頭の馬の調教を楽しむ。十三年前、レイダル・フロストがひとり身になったのは、だれもが想像しえないような経緯によるものだった。彼のふたりの子ども、ミカエルとフェリシアの兄妹は、ある夜、友人に会うために家を抜けだし、そのまま忽然と姿を消したのだ。ふたりの自転車はバードホルメンの海辺に近い歩道で発見された。フィンランド訛りのある警部ひとりをのぞいては、だれもが、子どもたちは水辺で遊ぶうちに、誤ってエシュタ湾で溺れたものと決めつけた。

遺体は見つからないまま、警察の捜索は打ち切られた。妻のロセアンナは、夫にも、そして子どもたちを失った現実にも耐えることができなかった。彼女は一時的に妹の住居に身を寄せ、レイダルに離婚を請求し、財産分与で得た金で海外に移住した。別居からわずか二、三カ月後、妻はパリにあるホテルの一室の浴槽の中で死体となって発見された。自殺だった。床には、フェリシアが母の日のプレゼントに描いた絵が落ちていた。

子どもたちは失踪宣告を受け、死亡が認定された。彼らの名は、レイダルがめったに訪れることのない墓石の上に刻まれている。子どもたちの死亡宣告を受けた日、レイダルは家に友人を招いてパーティーを開いた。その日以来、灯した火を燃やしつづけるように、彼はひとの集まりを絶やすことはなかった。

レイダルは、自分はいつか酒の飲みすぎで死ぬにちがいないと思っていたが、同時に、ひとりになったその瞬間、自らの命を絶つであろうこともわかっていた。

一二

貨物列車が、夜の冬景色をひた走る。TRAXX型機関車の後方には約三百メートルの貨物車両がつらなっている。

運転台には運転士のエリック・ヨンソンがすわり、手をコントローラーにのせている。機関室やレールから響く轟音(ごうおん)が、単調なリズムを刻んでいた。

ふたつの前照灯からのびる光のトンネルの中を、衝撃にあおられた雪が舞い踊る。そのまわりは暗い闇に包まれている。

列車がヴォシュタの大きなカーブを曲がりきると、エリック・ヨンソンは速度を上げた。

ひどい雪だ。遅くともハルスベリで停車して、ブレーキ点検をしなければ。

遠く雪に霞む中を、二頭のノロジカが線路際から白い雪原に駆けていくのが見える。ノロジカは魔法のようなしなやかさで雪の中を移動し、夜へと消えた。

列車がイーゲルスタ橋に近づくあいだ、エリックは、シセラがときおり乗務につきあってくれていた頃を思い出していた。あの頃は、トンネルや橋にさしかかるたびに、彼女とキスを交わしたものだ。それが今では、ヨガのレッスンを休みたくないからと、彼の誘いはにべもなく断られてしまう。

エリックが慎重にブレーキをかけ、ハル地区を通過すると、列車は高い橋の上にすべりでた。まるで空を駆けるようだ。前照灯のまわりを雪が渦巻き、上下の感覚があやしくなる。

凍ったハルスフィヤーデンの海上高く、先頭の機関車がすでに橋の半分を通過したとき、エリックは雪煙の中にちらちらと動く影を見た。線路に人がいる。エリックは力任せに警笛を鳴らした。人影が右に大きく踏みだし、反対側の線路に移動するのが見えた。

機関車が猛スピードで接近する。〇・五秒の束の間、前照灯の光が男の顔をとらえた。まばたきをしている。死人のような顔の若い男だ。衣服がやせた体の上をはためく。次の瞬間、彼の姿は消えた。

エリックは無意識のうちに非常ブレーキを作動させた。列車が減速し、すさまじい金属音が響く。

轢いてしまったのだろうか。

体中にアドレナリンがわきあがるのを感じながら、エリックは震える手で緊急通報する。

「運転士より、ただ今、イーゲルスタ橋を通過中、線路上に歩行者を発見。おそらく接触はしていないと思われます」

「負傷者の有無は？」緊急オペレータが尋ねる。

「おそらく接触はしていません。男性の歩行者をほんの数秒目撃しただけで……」

「目撃の正確な場所は？」

「イーゲルスタ橋の上です」

「線路の上で？」

「ここには線路しかないんです、鉄道橋なので……」

「歩行者は立ち止まっていましたか、それともいずれかの方向に歩いていましたか」

「わかりません」

「現在、セーデルテリエの警察および救急隊に通報中。橋の交通を封鎖します」

一三

緊急対応センター（警察、救急車、救助隊などの出動を要請する緊急通報を、二十四時間体制で一元的に受けつけるセンター）は、ただちに長い鉄橋の両端にパトカーを出動させた。わずか九分後にはニーシェーピング通りから青色灯をつけた一台目のパトカーが現れ、シード通りと並行する細い砂利道に進入した。道は急な上り坂で、除雪されていない。地面からゆるくつもった粉雪が舞いあがり、ボンネットや窓ガラスにあたった。

警官たちは橋のたもとに停車して車をおり、懐中電灯を手に線路に踏み入った。線路沿いを歩くのは容易ではない。はるか下に延びる幹線道路を、車が何台も通り過ぎていく。鉄道橋の上では四本のレールが合流して二本になり、ビョルクウッデン産業地帯の上空を凍った入り江に向かって延びている。

先頭にいる警官が立ち止まって指を差した。右側の線路に沿って人が歩いた痕跡がある。懐中電灯の揺れる明かりの中に、雪でほとんど消えかかった足跡と、血痕がひとつ浮かびあがった。

さらに遠くまで照らしてみるが、視界が届く限り、橋の上にはだれの姿もない。港の照明が鉄橋の下から差しこみ、雪が線路のあいだを煙のように立ちのぼっている。

そのとき、二台目のパトカーが、二キロメートル隔てた橋の反対側に到着した。ヤシム・ムハンメッド巡査が車を線路のほうへ寄せると、タイヤの下で大きな音が響いた。同僚のフレドリック・モスキンが橋の上にいる仲間と無線で通話する。

風の音が無線機のマイクに響き、人の声が聞きわけにくかったが、つい先ほど、だれかが鉄道橋の上を歩いていたという状況は理解できた。

パトカーが停車し、ヘッドライトが切り立った岩肌を照らす。フレドリックは通話をやめ、前方をぼんやりと見た。

「なんだって?」ヤシムが尋ねる。

「こっちのほうに向かって歩いていたらしい」

「血痕は？ 血はたくさん出ていたって?」

「わからない」

「見にいこう」とヤシムが言い、車のドアを開けた。

パトカーの青色灯の光が、モミの木々や、雪が重くつもった枝を照らす。

「救急車が向かっているらしい」フレドリックが言った。

積雪は凍結しておらず、ヤシムはひざまで雪に埋もれた。懐中電灯をひっぱりだし、左右の線路を照らす。フレドリックが盛土の上を歩いて足をすべらせるが、なんとか持ちこたえて前に進む。

「背中の真ん中にもうひとつ肛門がある動物はなんだ」ヤシムが尋ねた。

「わからん」フレドリックがつぶやく。

大量の雪が舞っている。橋の反対側に同僚たちがいるはずだが、前方に懐中電灯の明かりは見えなかった。

「騎馬警察の馬だよ」

「なんだそりゃ……」

「義理の母が子どもたちに言ってたんだ」ヤシムは笑って橋の上を歩いた。

雪の上に足跡はなかった。歩行者はまだ橋の上にいるか、あるいは飛び降りたのかもしれない。頭上の架線がぴゅうぴゅうと妙な音をたてる。足元の地面は急な下り坂になっていた。

近接するハル刑務所の照明が靄（もや）を通して見え、海底都市のようにぼんやりと光っている。

フレドリックは同僚との通話を試みるが、無線機からはノイズしか聞こえなかった。

ふたりはさらに橋の上を慎重に進んだ。フレドリックが懐中電灯を手に、ヤシムのあとにつづく。ヤシムは自分の影が、地面を右に左に不気味に揺れ動くのを見た。

奇妙なことに、橋の反対側から来るはずの警官たちの姿が見えない。

内海の上空に出ると、海から強風が吹きつけた。風で雪が目に飛びこみ、寒さで頬の感覚が麻痺（まひ）する。

ヤシムは目を細めて橋の先を見た。行く手は渦巻く雪の中に消えている。突然、懐中電灯の明かりがなにかをとらえた。頭のとれた、大きな人型の標示板が浮かびあがる。

その瞬間、ヤシムはすべって転倒し、足元近くの細い手すりにしがみついた。雪が五十メートル下の浮氷に落ちていく。落とした懐中電灯がなにかにぶつかり、明かりが消えた。

心臓が激しく打つ。ヤシムはまた目を細めて前方を見たが、さっきの標示板はもう見えない。

フレドリックが背後で叫び声をあげ、ヤシムは振り返った。フレドリックがこちらを指さしているが、なにを言っているのか聞こえない。彼はおびえた表情で、手で拳銃のホルスターを探りはじめた。ヤシムは、フレドリックがなにかを警告しようと、自分の背後を指さしたことに気づく。

ヤシムは後ろを振り返り、息をのんだ。

ひとりの人間が、彼のほうに向かって線路を這ってくる。ヤシムはあとずさり、拳銃を抜こうとした。人影が立ちあがり、よろめいた。若い男だ。うつろな目で警官たちを見つめている。ひげの生えた顔はやせこけ、頬骨がとがっていた。若い男はよろめき、苦しそうにあえぎながら言った。

「ぼくの半分が、まだ土に埋まってる」

「怪我をしているのか？」ヤシムが尋ねる。

「だれ？」若い男は咳きこみ、また線路上にひざをついた。

「なんて言ってる？」

フレドリックがホルスターの拳銃に手をかけながら聞く。ヤシムがもう一度尋ねた。

「どこか、怪我をしているのかい？」

「わからない。なにも感じない。ぼくは……」

「ついておいで」ヤシムは彼に手を貸して立ちあがらせた。若い男の右手は赤い氷に覆われていた。

「ぼくは半分しかない……砂男にとられたんだ……あいつが、ぼくの半分を……」

一四

セーデル病院の救急搬入口の扉が閉まる。救急隊員がストレッチャーを準備し、赤い頬をした准看護師が救急治療室の受付へ運ぶのを手伝った。

「身分証の類いがないんだ、なにも……」

患者はトリアージ担当の看護師に引き継がれ、緊急治療室に搬入された。

看護師は患者のバイタルサインを測定したのち、二番目に緊急度の高いオレンジ色に区分した。

四分後、医師のイルマ・グッドウィンが緊急治療室にやってきた。看護師が患者の状態を手短に報告する。

「気道は開通しています。重度の外傷はありません……ただし、血中酸素濃度が低下しています。熱あり、錯乱の兆候あり、血流量も低下中です」

医師は救急カルテに目を通し、やせた男のそばに近よった。服ははさみで切り開かれ、あばら骨の浮きでた胸が、苦しそうな呼吸にあわせて上下している。

「名前はまだ不明？」

「はい」

「酸素を投与して」

看護師が酸素チューブを装着しているあいだ、若い男の閉じたまぶたがぴくぴくと震えた。

患者は低栄養の状態にあるようだった。体に注射の跡はみとめられない。これほど白い人間を、イルマは見たことがなかった。看護師が再び、患者の耳で体温を測る。

「三十九度九分」

イルマは検査項目にチェックを入れると、また患者を見つめた。胸がぴくりと動き、弱々しい咳とともに、患者が一瞬、目を開いた。

「いやだ、いやだ」患者がうわごとのようにささやく。「家に帰る。家に、家に……」

「どこに住んでいるの？　住所は言える？」

「ぼくたちの……どっち？」患者は言い、ごくりとつばをのんだ。

「混乱していますね」看護師が静かに言う。イルマはさらに聞いた。

「どこか痛む？」

「はい」患者が、少しとまどったようにほほ笑んだ。

「どこが……」

「やだ、やだ、やだ、やだ！　フェリシアが僕の中で叫んでる！　耐えられない、もう無理だ、ぼくは……」

患者が白目をむいた。咳きこんで、〝磁器の指〟についてなにかつぶやき、激しく呼吸する。

イルマは培養検査の結果を待つあいだ、ビタミンB注射と解熱効果のあるベンジルペニシリンの静脈内投与を指示した。

緊急治療室をあとにしたイルマは、廊下を歩きながら左手の薬指に触れた。十八年間そこにはめていた結婚指輪は、すでにトイレに流して捨てていた。あまりにも長く裏切りつづけた夫を、イルマは許すことができなかった。もう胸が痛むことはないが、やはり残念な思いはぬぐえない。彼らの共通の未来を台なしにしてしまったように感じるのだ。彼女は歩きながら、娘のミアに電話をしようか悩んだ。時刻は遅い。離婚してからというもの、イルマはこれまでになく心配性になり、娘にしょっちゅう電話をかけるようになっていた。

目の前のドアの向こう側から、主任看護師が救急電話で話す声が聞こえてきた。最優先の救援要請を受けた救急車がまもなく到着予定だ。重大な交通事故があったらしい。主任看護師が、外科医を含めた救急チームを編成している。

イルマは立ち止まり、きびすを返すと、急いで身元不明の患者がいる部屋に戻った。赤い頬をした准看護師が上司の看護師を手伝い、出血した傷口を洗浄している。患者は、鼠蹊部に、まるで尖った木の枝に突きあたったかのような傷を負っていた。

イルマは戸口に立ち、きっぱりとした口調で言った。

「抗生剤にマクロライド系を追加して。エリスロマイシンを一グラム静脈注射」

看護師が驚いたようすでイルマを見あげた。

「レジオネラ症の疑いがあるんですか？」

「培養検査の結果しだいでは……」

患者の体がびくりと動いた。イルマは口をつぐみ、視線を患者の白い顔に向けた。その両目がゆっくりと開く。

「家に帰らなきゃ」患者がか細い声で言った。「ぼくの名前は、ミカエル・コーラー＝フロストです。家に帰らなきゃ……」

「ミカエル・コーラー＝フロスト」イルマが話しかける。「あなたは今、セーデル病院にいて……」

患者が絶叫した。

「フェリシアがずっと叫んでる！」

イルマは緊急治療室を出ると、小走りで簡素な執務室に向かった。後ろ手でドアを閉じ、眼鏡をかけ、コンピュータの前にすわってシステムにログインする。ミカエル・コーラー＝フロストという名は、患者のデータベースには見当たらなかった。イルマはさらに住民登録のアーカイブを検索した。

その名前があった。

イルマは無意識のうちに指輪のない左の薬指を手でさわりながら、もう一度、緊急治療室にいる患者についての情報に目を走らせた。

ミカエル・コーラー＝フロストは、七年前に死亡認定され、ノルテリエ教区のマルスタ墓地に埋葬されていた。

一五

ヨーナ・リンナ警部は、灰色のコンクリートの壁と床に囲まれた、小さな部屋にいた。床に両ひざをついている。迷彩服を着た男がヨーナの頭に黒いシグ・ザウエルの銃口を突きつけていた。ドアの前にはもうひとり監視役の男が立ち、ベルギー製の自動小銃をヨーナに向けている。

壁近くの床に、コカ・コーラの瓶が置かれていた。ゆがんだアルミ製のシェードランプが、天井から室内を照らしている。

携帯電話が振動した。

「頭をさげろ！」拳銃を持った男がヨーナに叫び、電話に出た。

監視役の男が自動小銃の引き金に指をかけ、一歩前に踏みだす。

拳銃を手にした男はヨーナに視線を向けたまま電話に応答し、耳をすませた。男のブーツの下で砂利が音を立てる。男はうなずき、なにか話してまた耳をすませる。

しばらくして自動小銃の男がため息をつき、ドアの前にある椅子に腰をかけた。

ヨーナは両ひざをついたまま、ぴくりとも動かない。彼はトレーニング用のズボンと、汗に濡れた白いTシャツを身につけていた。シャツの両袖は隆起した上腕筋肉にぴたりと貼りついている。ヨーナはわずかに頭を上げた。その瞳は、磨かれた御影石のような灰色をしている。

拳銃の男が電話に向かって興奮したようすでなにか言い、通話を終えた。男は数秒間、考えこんだあと、ヨーナにすばやく四歩近づき、彼の額に銃口をあてた。

「きみらの負けだ」ヨーナが親しげな口調で言った。

「なに？」

「待っていたんだ。肉体的な接触のチャンスをね」

「たった今、おまえを始末するよう指示があった」男が緊張した面持ちで言う。

「そうそう、そんなふうに切迫した状況だ。ぼくは顔から拳銃をどけて奪いとり、五秒以内に発砲しないといけない」

「どうやって？」ドア近くの男が尋ねる。ヨーナが解説した。

「不意をつくためには、相手の動きに反応してはいけない。だからぼくは、彼がぼくに近づいて立ち止まり、きっかり二度呼吸するまで待った。つまり、彼が二度目の息を吐き終わるまで待って、それから……」

「なぜだ」拳銃の男が尋ねる。

「きみは次の動作に入る前に、必ずまた息を吸う必要がある。その隙に百分の数秒をかせぐことができる」

「二度目の呼吸という理由は？」

「それが不意をつくためのタイミングなんだ。世界中どこにいってもカウントは三つまで数えるものと決まっている。一、二、三……そのちょうど真ん中をつく」

「なるほど」男は笑い、茶色い前歯を見せた。

「まず、最初に動かすのは左手」ヨーナは天井の監視カメラに向かい、説明をはじめた。「左手を銃身まで上げ、顔から払いのけるまでひとつの動作で行う。銃身をつかんで上にねじ向け、相手の体を盾にしながら両足で立ちあがる。これをひとつの動作でやる。そして両手はまっさきにひとりめの拳銃を抑えつつ、同時に自動小銃の男の動きにも注目する。拳銃を制圧できれば、次の脅威はあの男になるからだ。まず拳銃のコントロールを奪うために、ひとりめのあごと首をねらってすばやく必要な回数、ひじ打ちを入れる。そして拳銃を三発撃ち、体を返して、もう三発撃つ」

男たちは、最初からやりなおした。おなじ状況が繰り返される。拳銃の男が電話で指示を受け、ためらい、そして足早にヨーナに近づき、銃口を彼の額にあてる。男が二度目の息を吐き、なにか言おうと息を吸いかけた瞬間、ヨーナの左手が銃身をつかんだ。

予想していたにもかかわらず、ヨーナの一瞬の動きに男たちは動転した。相手ののどもとに拳銃を横から叩き、銃口を天井に向けながら両足で立ちあがる。

ひじ打ちをすばやく四発食らわせ、拳銃を奪い、自動小銃の男の胴体を撃つ。

三発の空砲が部屋の壁にこだまする。

拳銃の男がまだうしろによろめいているところを、ヨーナは振り返り、胴体に向けて撃った。

男が壁に倒れこむ。

ヨーナはドアに近づくと、自動小銃を奪い、予備の弾倉を拾って部屋を出た。

一六

ドアがコンクリートの壁を強く打ち、跳ね返る。ヨーナは自動小銃の弾倉を交換しながら隣室に入った。部屋の中にいた八人全員が、大画面モニターからヨーナに視線を移す。

「一回目の発砲まで六・五秒」ひとりが言った。

「遅すぎるな」

ヨーナが答えると、背の高いスキンヘッドの男が言った。

「まあ、ほんとうにひじ打ちが入っていたら、マルクスももっと早く拳銃を放しただろう」

「そうね。その分、少しは早くなる」女性将校がうなずく。

先ほどの場面がモニターに再生されていた。ヨーナの引き締まった肩の筋肉、前方へのしなやかな動き。引き金に指をかけると同時に、ぴたりと照準を定める目。

「いやあ、大したもんだよ」グループ指揮官が言い、腕を広げてテーブルに両手のひらをついた。

「一介の警察官にしてはね」

ヨーナが返すと、彼らはのけぞって笑い、指揮官は赤くなって鼻の先を掻いた。

ミネラルウォーターの入ったグラスを受けとる。ヨーナはまだ、彼が恐れるすべてのことが、間もなく炎をあげ、燃えさかる火の海となって襲いくることを知らない。ガソリンの海に、小さな火の粉がゆっくりと落下しつつあることに、まだ気づかない。

ヨーナ・リンナは、カールスボリ駐屯地で、特殊部隊に接近戦の訓練を施していた。インストラクターとしての教育を受けたことはないが、ヨーナはおそらく、彼ら特殊部隊が習得すべき技術に関して、スウェーデンでもっとも実戦的な経験をつんだ人物と目されていた。ヨーナは十八歳のときに、このカールスボリでパラシュート・レンジャーとして兵役に服した。基礎教育を終えるとすぐに、通常兵器部隊などでは対応できない任務にあたる、新設の特殊部隊にリクルートされた。

警察大学に入るために兵役を終えたのはずいぶん昔のことだが、ヨーナは今でも、ときおりパラシュートで空挺任務を遂行する夢を見る。夢の中で彼は輸送機に乗り、耳をつんざくような轟音を聞きながら、後方のハッチから外を見つめている。両翼を広げた機体の影が、はるか眼下の海面を灰色の十字架のようにすべっていく。夢の中で、彼は輸送機の後部ランプを駆けおり、冷たい大気の中に飛びだす。パラシュートの紐が風を切る。キャノピーが開く反動でハーネスが体に食いこみ、ヨーナは前後に揺れる。海面が猛スピードで迫ってくる。はるか下を、黒いゴムボートが波に揺られている。

ヨーナはナイフや銃剣、拳銃を使用した接近戦の実践をオランダで学び、さまざまな状況を利用して武器を多様に使いこなすための訓練を受けた。接近戦に特化し、合理性を追求したこの格闘技術は、ヘブライ語のクラヴ・マガという名で呼ばれている。

「今日はこのシチュエーションからはじめて、おなじ状況を何度も繰り返しながら難度をあげていきます」

ヨーナが言うと、スキンヘッドの男がほほ笑んだ。

「一発の弾丸でふたりを撃ちぬくとか？」

「そんなことはできないよ」

ヨーナが答えると、女性将校が割って入った。

「でも、あなたは本当にそれをやったそうじゃない」

「やってませんよ」

ヨーナは笑い、ぼさぼさの金髪をかきあげた。

内ポケットの電話が鳴った。番号を見ると、国家警察のナータン・ポロックからだった。ナータンはヨーナがいま訓練中であることを知っている。なにか重要なことでもない限り、電話はしてこないはずだ。

「失礼します」

ヨーナは断り、電話に出た。

グラスの水を飲み、微笑を浮かべて相手の声を聞いていたヨーナが、真剣な表情になった。突然、その顔から血の気が引く。

「ユレック・ヴァルテルは、まだ収容されていますか?」ヨーナは尋ねた。

手ががたがたと震えだし、耐えられなくなって、彼はグラスをテーブルに置いた。

一七

雪が空中を渦巻いている。ヨーナは外に停めた車に走りより、ドアを開けてシートにすわった。十八歳の時に訓練を受けた、砂利の敷かれたグラウンドを車でまっすぐに横切る。きしむ音をたてながら車をUターンさせ、カールスボリ駐屯地をあとにした。

胸の鼓動が激しく打つ。まだナータンの話を信じることができない。額に汗がにじみ、手の震えが止まらない。

欧州自動車道二〇号線を走りながら、アルボーガの少し手前で大型トラックの列を追い越す。大型車両からの風圧にあおられて車体が傾きかけ、ヨーナは両手でハンドルを握りしめた。

特殊部隊の訓練中に受けた電話でのやりとりを、彼は反芻(はんすう)していた。

ミカエル・コーラー＝フロストが生きていたことを告げるナータン・ポロックの声は、きわめて穏やかだった。

ヨーナはこれまでずっと、ミカエルとフェリシアの兄妹もまたユレック・ヴァルテルの被害者だと確信していた。そのミカエルが、セーデルテリエの鉄道橋の上で警察によって発見され、セーデル病院に搬送されたという。

ナータンによれば、ミカエルの病状は深刻だが、命に別条はないということだった。

ミカエルに対する聴取は、まだなにも行われていない。

「ユレック・ヴァルテルはまだ収容されていますか？」これが、ヨーナの最初の質問だった。

「ああ、まだ隔離施設にいるよ」

「確かに？」

「確かだ」

「男の子は？　どうしてその子が、ミカエル・コーラー＝フロストだとわかるんです？」

「自分で何度か名前を名乗ったらしい。わかっているのは、まだそれだけだ……年齢も計算に合っている。もちろん、検査用の唾液は科学捜査研究所に送ったが……」

「父親にはまだ連絡していないんですね？」

「先にDNA検査を終えてからだ。まちがいがあってはならないからな……」

「すぐに行きます」

一八

黒く、雪泥に覆われた道路が車体の下に吸いこまれていく。記憶の底から、十三年も前に起こった事件の映像が浮かびあがる。彼は思わずアクセルを踏みこみそうになるのをこらえた。

ミカエル・コーラー＝フロスト、とヨーナは思った。

ミカエル・コーラー＝フロストが生きて発見されるとは。十数年もたった今になって。

フロストという名を耳にしただけで、ヨーナの脳裏に忌まわしい事件の一部始終がありありとよみがえる。

ヨーナは汚れた白い車を追い越した。幼い子が、白い車の窓からヨーナに向かってぬいぐるみの手を振っていることにも気づかない。記憶の底に沈みこんだ彼は、同僚だったサムエル・メンデルの、心地よく散らかった自宅の居間にいた。

サムエルがテーブルの上に身を乗りだし、黒い巻き毛が額に落ちる。彼はヨーナの言葉を繰り返した。

「シリアルキラーだと？」

ヨーナが、その後の自分の人生を大きく変えることになる事件の予備調査を開始したのは、十三年前のことだった。同僚のサムエルと組み、ソレンテューナ市で行方不明の通報があったふたりの人物について調査していた。

ひとりめの失踪者は五十五歳の女性だった。夜の散歩に出かけ、そのまま消息を絶ったという。女性が連れていた犬が、リードを引きずった状態でスーパーマーケット〈イカ・クヴァントゥム〉の裏手で見つかった。そのわずか二日後、女性の義理の母親が、居住する老人ホームからビンゴ会場までの、ごく短い道のりの途中で姿を消した。

さらに女性の兄も、五年前にタイのバンコクで行方不明になっていることが判明した。当時、インターポールや外務省が捜査のために動いたが、発見には至らなかった。

全世界で年間にどれくらいの数の人間が行方不明となっているか、その総数を示す統計はないものの、恐ろしい数にのぼることはたしかだ。アメリカでは年間約十万人、スウェーデンでは年間約七千人が姿を消している。

大半は発見されて解決に至るものの、それでもついに見つからないままとなる失踪者の人数は不気味なほど多い。

発見に至らない失踪者のうち、拉致または殺害の被害にあっているケースはごくわずかだ。

ヨーナとサムエルが、このソレンテューナ市で失踪したふたりの女性に興味をもちはじめたのは、まだ彼らが国家警察での勤務を開始して間もない頃だった。この行方不明のケースは、エレブロー市で四年前に起こった二名の失踪者の場合といくつかの類似点があった。

エレブロー市では、四十歳の男性とその息子が行方不明になっていた。ふたりは市内のグランスハンマル地区までサッカーの遠征試合に出かけたが、いつまでたっても目的地に現れなかった。のちに車が森の小道に乗り捨てられているのが見つかったが、試合会場とはまったくちがう方角だった。

はじめは、ふと浮かんだ思いつきでしかなかった。

もしかすると、この二件のケースには地理的、時間的な差異はあるものの、なにか具体的なつながりがあるのではないか。

そうであれば、この四名の失踪者との関連性が疑われるケースがほかにもあるかもしれない。

予備調査は、書類やコンピュータでの調査を中心とした通常捜査の範囲内で行われた。ヨーナとサムエルは、ここ十年間にスウェーデン国内で起きた未解決の行方不明事件について情報を収集し、分析を開始した。

行方不明者の何名かに、偶然とは言えない共通点が見つかるかもしれない。

ふたりは、透明な薄紙を一枚ずつ重ねていくように、それぞれのケースを照らしあわせていった。そして、点と点が線で結ばれ、線はおぼろげな網目となって広がり、そこからしだいに、ある形が星座のように浮かびあがってきた。

すると、ふたりの目の前に、予想しなかったパターンが現れた。それは、多くの行方不明者において、その家族も数名が忽然と姿を消しているという事実だった。

ヨーナは、一歩うしろに下がって、サムエルとその分析結果を見つめたときの部屋の静寂を覚えている。この特定の条件に該当する行方不明者の数は四十五名にのぼった。その多くはいずれ発見され、解決をみるのかもしれない。それでも、四十五人という数は、偶発的に起こりうる数値より三十五人分も多かった。

一九

国家警察内のサムエルの執務室の壁には、スウェーデンの大きな地図がかけられ、行方不明者の発生した地点がピンで刺されていた。

ヨーナとサムエルは、もちろん四十五名の行方不明者全員が殺害されたとは思っていなかったが、だれひとりとして捜査の対象からはずすつもりはなかった。

すでに知られている複数の犯罪者を調べたが、時期的に考えてこれらの行方不明事件に関わった可能性のある者はいなかった。そこで、ふたりは犯行の動機や手口を分析しはじめた。だが、すでに解決をみた過去の殺人事件のいずれとも、類似点は見つからなかった。彼らが追い求めている殺人犯は、暴行の痕跡を残さず、被害者の遺体もきわめて巧妙に隠しているようだった。

ターゲットの選別の仕方から、シリアルキラーはふたつのタイプに分けることができる。こだわりが強く、常に理想的な獲物を追い求めるのが第一のタイプだ。彼らは自らの妄想のイメージにできるだけ合致する人物を狙う。このタイプは、たとえば思春期前の金髪の少年といった、特定の属性をもつ人物のみをターゲットとする傾向がある。第二のタイプはジェネラリストと呼ばれ、接触しやすい人物が標的となる。被害者は殺人犯の妄想の中で特定の役目を負わされるが、その属性や容姿にはあまり意味がない。

ヨーナとサムエルが想定した殺人犯は、これらのタイプのいずれにも該当しなかった。ターゲットが多彩である点ではジェネラリストのようだが、被害者たちが犯人と接触しやすい状況にあったとは考えにくい。

彼らは姿の見えないシリアルキラーを追っていた。犯人は決まった型にはまらず、痕跡も残さず、犯行を誇示することもない。

ソレンテューナのふたりの女性は発見されることなく、時間は経過した。

ヨーナとサムエルは上司に対し、失踪はシリアルキラーの犯行によるものだという具体的な証拠を示すことができなかった。そうでもなければ、これらすべての失踪事件の説明がつかないという主張を、ただ繰り返すしかなかった。二日後、ふたりが進めていた予備調査の優先度が下げられ、捜査のために必要な予算も人員も打ち切られた。

それでもヨーナとサムエルはあきらめきれず、勤務外の夜の時間や週末を利用して調査をつづけた。

二名の行方不明者を出している家族では、さほど間をおかずに、第三の行方不明者が出るリスクが著しく高まる。ヨーナとサムエルは、このパターンに注目した。ソレンテューナで行方不明になった二名の女性の家族について調べている最中に、テューレセーで二名の子どもの捜索願が出された。ミカエルとフェリシア。著名な小説家、レイダル・フロストのふたりの子どもだった。

二〇

ヨーナは〈スタトイル〉（ノルウェーのエネルギー企業エクイノールの旧称）のガソリンスタンド進入口と雪に覆われた休憩所を通り過ぎながら、ガソリンメーターを見つめた。

ヨーナは、レイダル・フロストと、彼の妻ロセアンナ・コーラーと会話を交わしたときのことを思い出していた。ミカエルとフェリシアが行方不明になってから三日後のことだ。そのときヨーナは、自らの推理についてなにも語らなかった。子どもたちが、警察が捜査をやめてしまったシリアルキラーの餌食となったかもしれないこと、その犯人は彼らの推論上の存在でしかないことをだまっていた。

ヨーナはただ質問をするだけで、両親には、子どもたちは海に溺れて死んだのだと思わせておくことにした。

一家はヴァルヴ通りにたつ、砂浜と海に面した美しい一軒家に住んでいた。数週間前から気温がやや上がり、雪はほとんど解けてなくなっていた。道路や歩道は黒く濡れていた。砂浜にそって内海が広がり、解け残った氷が暗く灰色に光っていた。

ヨーナは思い出す。その家にあがって広いキッチンを通り過ぎ、窓の近くに置かれた大きな白いテーブルにすわった。ロセアンナは窓という窓のカーテンを閉めきり、落ちついた声で話してはいたが、頭をずっと小刻みに震わせていた。

捜索活動の成果はなにもあがっていなかった。何度もヘリコプターを投入し、海に潜って水底をさらい、遺体を探した。ボランティアや捜索犬をともない、横一列に並んで捜索するローラー作戦も敢行された。

しかし、わずかな手がかりすら得ることができなかった。

レイダル・フロストの目は、檻(おり)に閉じこめられた獣のようだった。

レイダルはただひたすら、捜索の続行を求めていた。

ヨーナは彼らと向かいあってすわり、だれかから脅迫を受けていなかったか、いつもとちがうおかしな行動をみせたりする人物はいなかったか、だれかにつけられていることはなかったか、といった型通りの質問をした。

「みんな、うちの子たちは海に落ちたと思っているんです」妻のロセアンナはささやくように言った。彼女の頭がまた震えはじめる。ヨーナは穏やかに質問をつづけた。

「お子さんたちは、ときどき就寝前のお祈りのあとに、窓から家を抜けだすことがあるとおっしゃってましたね」

「そんなことはゆるしていません」レイダルが言った。

「でも、お子さんたちがときどき家を抜けだして、自転車で共通の友人に会いに行っていることはご存じですね？」

「リカルドだ」

「リカルド・ファン・ホーン、住所はビヨンバール通り七番地です」ヨーナが言った。

「そのことについては、ミッケやフェリシアと話しあおうとしていたんです。でも……子どものすることだし、それほど危険なことだとも思わなくて」とレイダルは言い、妻の手にそっと自分の手を重ねた。

「リカルドの家で、お子さんたちはなにをしていたんですか？」

「ほんの少しのあいだ、〝ディアブロ〟で遊んでいたんです」

「今、流行ってるゲームです」ロセアンナがつぶやき、手をひっこめた。

「でも、先週の土曜日には、ふたりはリカルドのところではなく、バードホルメンの海辺に自転車で向かったのですね。お子さんたちは、夜によくそこへ行くのですか？」

「そんなことはないと思います」とロセアンナは言い、落ちつかないようすで立ちあがってテーブルを離れた。まるで心の中の震えをこれ以上抑えきれないとでもいうようだった。

ヨーナはうなずいた。

ヨーナは、ミカエルが妹といっしょに家を出る直前、だれかから電話を受けていたことを知っていたが、発信元を割りだすことはできていなかった。

両親と向かいあうのは苦しい作業だった。なにも言わなかったが、ヨーナは子どもたちがシリアルキラーの犠牲になったにちがいないという確信をますます強くしていた。両親の言葉に耳を傾け、質問を重ねながら、彼自身の推測について口にすることはできなかった。

二一

もし子どもたちが本当にヨーナたちの追うシリアルキラーの手にかかっていたとして、そして次は残りの家族が標的になるという彼らの推測が正しいという前提に立てば、ここでひとつの選択をしなければならなかった。

ヨーナとサムエルは、ロセアンナ・コーラーの身辺を集中的に警戒することに決めた。

ロセアンナは、ストックホルムのヤーデット地区にある妹の住居に身を寄せていた。ロセアンナの妹は、リル＝ヤンの森近くの、ランフォシュ通り二十五番地にたつ白いアパートに四歳の娘と住んでいた。

ヨーナとサムエルは、毎夜、交代でロセアンナが寝泊まりするアパートを監視した。一週間、交代で通りの少し離れたところに車を停め、夜が明けるまで車の中から張りこみをつづけていた。

八日目の夜、ヨーナは車のシートにもたれ、アパートの住人たちがいつものとおり寝支度に入るのを見ていた。窓の明かりがひとつ、またひとつと消える。ヨーナはその順序も覚えはじめていた。

銀色のダウンジャケットを着た女性が、いつものように飼い犬のゴールデン・レトリーバーを連れて夜の散歩に出かける頃、最後に残っていた窓の明かりが消えた。

ヨーナの車はポリユース通りの暗闇の中、くすんだ白の軽トラックと赤いトヨタの間に停められていた。バックミラーには、雪に覆われた木の茂みや、発電所を取り囲む背の高い柵が映っている。

目の前に広がる住宅街は静寂に包まれていた。車の窓から、ヨーナは街灯の無機質な照明や道路脇の歩道、家々の黒い窓を見つめていた。

突然、ヨーナは思い出し笑いをした。ここへ来る前に、妻のスンマ、娘のルーミと三人で囲んだ夕食の情景が頭に浮かんだのだ。幼いルーミは、ヨーナとの遊びを中断させられ、そのつづきをしたいばかりに焦って夕食をほおばっていた。食事前、ルーミはヨーナを相手に歯医者ごっこに夢中になっていたのだ。

「食べ終わってからにしたいなあ」とヨーナが言うと、ルーミは深刻な表情をつくり、彼の頭越しにスンマに聞いた。「この子は、自分で歯をみがいていますか？」

「彼、歯みがきがとても上手なのよ」スンマが答える。

ルーミはにっこりと笑って言った。「歯がぜんぶ生えましたね。もうごはんを食べられますよ」

ルーミはキッチンペーパーをヨーナのあごの下にはさみ、口の中に指を突っこんだ。

「はい、おくちを大きく開けてください」

ロセアンナのいる部屋の窓の明かりが灯り、ヨーナはわれに返った。フランネルの寝間着を着たロセアンナが、立って電話で話している姿が見えた。

窓辺の明かりが再び消えた。

そのまま一時間が経過した。あたりに人けはないままだった。

車内の気温が下がりはじめた頃、ヨーナはバックミラーに映る人影に気づいた。空っぽの通りを、ひとりの人間が背中を丸めて近づいてくる。

二二

ヨーナは体をわずかにシートに沈ませ、バックミラーに映る人影の動きを目で追い、顔を確認しようとした。男が通り過ぎる瞬間、ナナカマドの木の枝が揺れた。

発電所からの灰色の光があたり、ヨーナはそれがサムエルであることに気づいた。

サムエルは予定より三十分近くも早くやってきた。

彼は車のドアを開けて助手席に乗りこむと、シートを後ろに倒して両足を投げだし、ため息をついた。

「ヨーナ、おまえは背が高いしブロンドだ……車の中にふたりでいるときなんかも、おれたちすごくいい感じだし」サムエルが言う。「でもやっぱりおれは、レベッカのとなりで寝たいんだ……息子たちの宿題を見てやりたいんだよ」

「おれの宿題を見てくれよ」ヨーナが言う。

サムエルが笑った。ヨーナは道沿いに視線を投げ、閉じられたアパートの玄関扉や、バルコニーの錆びた柵、黒く反射する窓ガラスを見て言った。

「あと三日で終わりにしよう」

サムエルは、彼が〝ヨイヒ〟と呼ぶチキンスープの入った銀色の魔法瓶を取りだしながら、真剣な口調で言った。

「どうだろう、いろいろと考えたんだが……このケースについては、はずれじゃないのかな。おれたちは、いもしないシリアルキラーを追いかけているんじゃないか」

「あいつは、いる」ヨーナがかたくなに言った。

「だけど、犯人はおれたちの分析や調査結果ともなにひとつ……」

「だからだよ。だからこそ、だれもあいつの姿を見たことがないんだ。あいつは統計上に落ちる影としてしか、とらえられない存在なんだ」

ふたりは無言のまま並んですわっていた。サムエルはスープに息を吹きかけ、額に汗をにじませた。ヨーナはタンゴのメロディーを鼻歌でうたいながら、ロセアンナの寝室の窓、外のひさしに沿ってできたつらら、雪をかぶった煙突と換気扇へ、視線を移していった。

「建物の後ろにだれかいる」サムエルが突然ささやいた。「なにか動いたぞ」

サムエルが指を差したが、すべては夢のように静まり返っている。

次の瞬間、ヨーナはアパート近くに植わった茂みのまわりに、軽い粉雪が渦巻いて落ちていくのを見た。ちょうどだれかが通り過ぎていった直後のように。

ふたりはそっとドアを開けて車をおりた。

眠りについた住宅地は静まり返っていた。聞こえるのは彼ら自身の足音と、発電所からの電気的な振動音だけだった。

雪は二、三週間前から解けはじめていたが、またその上に新雪がつもっていた。

ふたりはアパートの側面に近づき、草に覆われた傾斜を静かに進んで、一階に入った家具職人の店の脇を通り過ぎた。

すぐそばの街灯が、アパートの裏手の空き地に積もった、なめらかな雪面を照らしている。ふたりは背をかがめて建物の横手に立ち、王立テニス場からリル＝ヤンの森に向かって濃くなっていく木立を凝視した。

はじめのうち、そのごつごつと曲がった古い木々の間には、漆黒の闇が淀んでいるだけだった。

サムエルに向かって前進の合図をしようとした瞬間、ヨーナの目が闇の中に人の輪郭をとらえた。

木々のあいだに、ひとりの男が立っている。雪に覆われた枝とおなじように、静かにそこに立っている。

ヨーナの鼓動が速まる。

やせた男は幽霊のように佇み、ロセアンナ・コーラーが眠る部屋の窓を見あげていた。

男は急ぐようすもなく、特になにか用事があるふうにも見えなかった。

　庭に佇むこの男こそが、自分たちが想像していたシリアルキラーであるという確信が、ヨーナの胸に氷のように冷たく広がっていった。

　影に隠れた男の顔はやせ、しわに覆われていた。

　男はただ建物の眺めを静かに楽しむかのように、立っている。獲物はすでにかごの中に入っているとでもいうように。

　ヨーナたちは拳銃を抜いたが、どうすればよいかわからなかった。こういう状況については、事前に話しあっていなかった。何日ものあいだロセアンナを見守っていながら、自分たちが正しいとわかったときに、どんな行動をとるべきかを議論したことがなかったのだ。

　暗い窓をただ眺めているだけの男をつかまえるわけにはいかない。それで男の素性がわかったとしても、結局釈放しなければならなくなるだろう。

二三

　ヨーナは、木々のあいだを身動きもせず佇む男をじっと見つめた。手の中のセミオートマチック拳銃の重みと、夜の冷気に指がかじかむのを感じながら、となりに立つサムエルの息づかいを聞いていた。

この状況がしだいに馬鹿々しく思えはじめたとき、なんの前触れもなく男が一歩前に進んだ。

男は片手に鞄をさげていた。

なぜそのときふたりが、この男こそ追い求める犯人であるという確信を抱いたのか、あとになっては説明できない。

男はロセアンナの寝室の窓に向かって、ただ静かにほほ笑むと、茂みの中に姿を消した。

そっと男のあとを追うと、草地を覆う雪が足の下でかすかにきしんだ。眠りに落ちた森の中を、新しい足跡がまっすぐにつづいている。しばらく行くと、古い鉄道線路にさしかかった。

遠く右手にのびた線路上を歩く人影が見えた。男は送電線の鉄塔の下を通り過ぎ、トラス構造の骨組みから落ちる交叉した影の中を歩いていく。

古い鉄道線路は今も貨物列車の運行に使われており、ヴァータ港からリル＝ヤンの森を横切るように敷かれていた。

ヨーナとサムエルは姿を見られないように、線路の盛土の脇に積もった深い雪の中を歩いて男を追った。

鉄道線路は陸橋の下をくぐり、広大な森の中へとつづいている。あたりは再び静寂に覆われ、闇が深くなった。

黒々とした木々が鬱蒼と茂り、雪に覆われた枝を広げている。ヨーナとサムエルは無言のまま、男を見失わないように前に急いだ。線路に沿ってウッグレヴィーケンの沼地付近のカーブを曲がりきると、前方にのびる線路から人影が消えていた。

男はどこかの地点で線路から離れ、森の中へ入っていったようだ。

ふたりは盛土の上に駆けあがり、白く雪に覆われた森に視線をやってから、線路を逆戻りした。この数日間で降りつもった雪の上には、だれも踏み入った形跡がなかった。

先ほど見逃していた足跡が見つかった。やせた男はレールを離れ、ここからまっすぐに森の中へ歩いていったようだ。雪に覆われた沼地は湿り、男がつけた靴跡に泥水が黒くしみこんでいる。十分ほど前には雪の白さにまぎれ、暗がりで見分けがつかなかった靴跡が、鉛のようにはっきりと浮かびあがっていた。

黒い足跡は、木々のあいだを抜けて大きな貯水池の方向につづいている。

その殺人犯の足跡を、野ウサギの浅い足跡が三カ所ほど横切っていた。

しばらく真っ暗な闇の中を歩くうち、ふたりはまた男の姿を見失った。立ち止まって、再び足跡を確認し、前へ急ぐ。

突然、細いうめき声のような音が耳に入った。まるで獣が泣いているような、今まで聞いたことのないような音だった。ふたりは足跡を追い、音のするほうへと近づいていった。

木々のあいだからふたりの目に飛びこんできたのは、まるで中世のグロテスクな物語の一場面を思わせる光景だった。彼らが追ってきた男が、浅く掘られた墓穴の前に立っていた。男のまわりには、掘り出された土が黒くうずたかく積もっている。そして、汚れてやせこけた女性が棺の中から外へ出ようともがいていた。女性は泣きながら、必死で棺のふちから這いだそうとしている。しかし、女性の体が少しでも棺から出そうになるたび、男が彼女を中に押し戻していた。

数秒間、無言でその光景を見つめたあと、ヨーナとサムエルは拳銃の安全装置をはずし、前に飛びだした。

男は武器をもっていなかった。ヨーナは銃口を男の脚に向けるべきだとわかっていたが、それでも狙いを男の心臓に定めた。

汚れた雪の上を走りより、男を腹ばいにさせ、両手首と両足首に錠をかける。サムエルは息を切らしながら立ち、男に銃口を向けたまま緊急対応センターに通報した。

ヨーナは、サムエルの声が涙に震えるのを聞いた。

これまで、その存在すら知られていなかったシリアルキラーを確保した瞬間だった。のちに男の名はユレック・ヴァルテルと判明する。

ヨーナは棺の中から慎重に女性を助けだし、落ちつかせようとした。女性は地面に横たわり、苦しげにあえいでいる。救急車が向かっていることを女性に告げたヨーナは、木々のあいだになにかが動くのを見た。なにか大きなものがそこから去っていった。木の枝が折れ、モミの葉先が揺れて雪がやわらかく地面に落ちた。

シカだろうか。

ヨーナはのちに、それがユレック・ヴァルテルの共犯者だったと理解することになるが、そのときは、女性を救出し、確保した男の身柄をクロノベリ拘置所に移送することばかりを考えていた。

女性は、ほぼ二年間、棺に閉じこめられていたことがわかった。ユレック・ヴァルテルは、女性に定期的に食事と水を与えては土中に埋め戻すという行為を繰り返していた。

女性は失明し、きわめて低栄養の状態だった。筋肉は衰え、重度の褥瘡を負った体は変形し、両手と両足は重い凍傷にかかっていた。

怪我は外傷のみと思われたが、のちの検査で、脳に重度の損傷を負っていることが判明した。

二四

朝の四時半に帰宅したヨーナは、こみあげる不安に鼓動が激しく打つのを感じながら、家のドアを念入りに施錠した。ヨーナはルーミの汗ばんだ体をベッドの中央に寄せ、自分も横たわって娘と妻の体に腕をまわした。眠れないことはわかっていたが、家族のそばで横になりたかった。

その後、ヨーナは朝の七時にはリル＝ヤンの森に戻った。一帯は封鎖され、監視要員が立ち、墓の上に積もった雪は警察や、捜索犬、救急隊員によって踏み荒らされていた。仮に共犯者がいたとして、その痕跡を探ることはもはや不可能な状態だった。

十時、女性が生き埋めにされていた穴からわずか二百メートルの距離にある、ウッグレヴィーケン貯水池付近で警察犬が反応を示した。鑑識が呼ばれ、二時間後には中年の男性と十五歳くらいの少年の遺体が掘り出された。彼らはいっしょに青い大型のポリバケツの中に押しこめられていた。のちの法医学検査の結果から、ふたりは約四年前に土中に埋められたことがわかった。バケツには空気穴が開けられていたが、埋められて数時間後に息絶えたようだった。

ユレック・ヴァルテルの居住地として、セーデルテリエ市ホーヴシェー地区ビョルネー通りが登録されていた。これが彼の唯一の住所だった。住民票によれば、ユレックは一九九四年にポーランドからスウェーデンに移住し、労働許可を得たあと、一度もここからよそに移り住んだことはなかった。ユレック・ヴァルテルはメンゲという名の小さなエンジニアリング会社でメカニックとして働き、鉄道の転轍機(てんてつき)やディーゼルエンジンの修理を請け負っていた。

すべては、彼が孤独で静かな人生を送っていたことを示していた。

セーデルテリエ市の風光明媚(めいび)なホーヴシェー地区には、一九七〇年代初頭に住宅団地が建設され、ビョルネー通りはその一角にあった。

ヨーナとサムエルは、二名の鑑識官とともにユレック・ヴァルテルの住居に向かった。そこにはどんな光景が彼らを待ち受けているのだろうか。拷問部屋、戦利品として収集されたホルマリン漬けの瓶、あるいは遺体の一部がおさめられた冷凍庫、それに山と積まれた大量の写真が脳裏に浮かぶ。

ユレック・ヴァルテルのアパートの周辺と、彼の住居がある三階全体が警察によって規制されていた。

四人は防護服を着こみ、玄関ドアを開けると証拠保全のためプラスチック製の踏み板を並べていった。

ユレック・ヴァルテルの住居は広さ三十三平方メートル、二部屋の間取りだった。

ドアの郵便受けの下にはチラシが落ちていた。玄関は空っぽだった。玄関ドアのそばのクローゼットには、靴も衣服も入っていない。

四人はゆっくりと室内へ進んだ。

だれかが身を隠している可能性も想定していたが、部屋はまるで時間が止まったかのように、すべてがただ静寂に包まれていた。

カーテンは閉まっていた。アパート全体に太陽とほこりのにおいがした。

キッチンには家具がなにもなかった。冷蔵庫のドアは開けっぱなしで、電源が切られ、使用された形跡がなかった。電気コンロはうっすらと錆びていた。オーブンの中には、未使用のオーブンプレートの上にエレクトロラックス社の説明書が置かれていた。戸棚で発見された唯一の食物は、パイナップルの缶詰だけだった。

寝室には幅の狭いベッドが置かれ、シーツや布団などはなにもなかった。クローゼットには一枚の清潔なシャツがハンガーにかけられている。

それだけだった。

この空っぽのアパートはなにを意味するのか。ヨーナは考えた。ユレックがここに住んでいなかったことは明白だ。

住所として登録するためだけに、このアパートを利用したのか。

手がかりはなにも残されていなかった。部屋から採取された唯一の指紋は、ユレックのものと一致していた。

彼の名は犯歴者データベースにはなく、捜査対象者リストにも、社会福祉サービスのデータベースにも登録されていなかった。なんの保険にも加入しておらず、借金もなく、所得税は給与支払い時に天引きされ、税額控除の申請もされたことはなかった。

世の中には膨大な数の登録簿が存在する。スウェーデンの個人データ法で規定されているだけでもその種類は三百を超える。ユレック・ヴァルテルの名前が見つかったのは、その中でもスウェーデン国民として絶対に免れられない類いの登録情報だけだった。

その記録を除けば、彼の存在は不可視だった。

傷病休暇を取得したこともなければ、病院や歯科医を受診したこともない。武器登録や車両登録とも無縁で、教育機関や政治的、宗教的活動に関連する登録情報もなかった。

まるで、できるだけ目に見えない存在であろうと意図して生きてきたかのようだった。

捜査の手がかりとなるような情報はなにも得られなかった。

職場で彼と接触のあったわずかな人々も、ユレックについてなにも知らなかった。

彼らが語ったところでは、ユレックは口数は少ないが、きわめて優秀なメカニックだった。

スウェーデン国家警察の照会に対するポーランド警察組織からの回答で、ユレック・ヴァルテルという名の男性は何年も前に死亡していることがわかった。そのユレック・ヴァルテルは、ポーランド南部にあるクラクフ中央駅の公衆トイレで殺害され、遺体となって発見されていた。ポーランド警察からの回答には、該当人物の写真と指紋情報も添付されていた。

その写真も指紋も、彼らが逮捕したユレック・ヴァルテルのものではなかった。ユレックはおそらく、本物のユレック・ヴァルテルの情報だけを盗み、彼になりすましたのだろう。

リル＝ヤンの森で彼らが逮捕した男は、ますます恐ろしく謎めいた存在となっていった。

三カ月のあいだ、彼らは森をしらみつぶしに捜索したが、ポリバケツの中から男性と少年の遺体が発見されて以降、ほかにユレックの犠牲者はひとりとして見つからなかった。

ミカエル・コーラー＝フロストが、ストックホルムの方向に、鉄道橋を歩いてやってくるまでは。

二五

ユレックの事件に関する予備調査の責任は検察官に引き継がれたが、勾留手続きから公判に至るまでの取り調べはヨーナとサムエルが主導した。拘置所での取り調べでは、ユレックは犯行について認めることも否定することもせず、もっぱら死と人間の条件についての哲学的な考察を述べるばかりだった。物的証拠が不足していたため、逮捕時の状況、被告人の供述不足、司法精神科医の所見が判決の決め手となった。ユレックの弁護人は判決を不服として上訴した。控訴審による審理結果が出るまでのあいだ、クロノベリ拘置所でユレックの取り調べがつづけられた。

経験豊富な拘置所職員にとっても、ユレック・ヴァルテルの存在は重荷となった。ユレックは職員たちを不安に陥れた。彼の行くところには突如としていさかいが起こった。二名の看守が殴りあいの喧嘩をはじめ、片方が救急搬送されたこともあった。

拘置所では緊急会議を開いて新しい保安規則を定め、ユレック・ヴァルテルについては他の被疑者との接触や、休憩所の利用を禁止した。

その日、サムエルは体調不良を理由に休暇をとっていたため、ヨーナはひとりで拘置所を訪れた。廊下には緑色のドアが並び、それぞれの房の前に白い魔法瓶が置かれている。光を反射するビニールの床には、黒く長い傷跡がいくつものびている。

ユレック・ヴァルテルの房は空で、ドアは開いていた。房内のむきだしの壁には鉄格子のはめられた窓があり、寝台が固定されている。朝の陽光が差しこみ、ビニールのすり切れたマットレスとステンレス製の洗面台に反射していた。

廊下の奥のほうに紺色のセーターを着た警官が立ち、シリア正教の神父と話をしている。警官がヨーナに向かって叫んだ。

「今、第二取調室に入っています」

取調室の外には看守が立っていた。ヨーナは窓越しに、ユレック・ヴァルテルが椅子にすわり、顔を床にうつむけているのを見た。ユレックの正面には彼の弁護人と、さらに二名の看守が立っていた。ヨーナは取調室のドアを開けながら言った。

「同席させてもらいます」

部屋が静かになった。しばらくするとユレックはうつむいたまま弁護人と二言三言言葉を交わしたのち、低い声で退室を促した。

「廊下で待っていてください」

ヨーナは看守たちに言った。

取調室でふたりきりになると、ヨーナは椅子を机に引きよせ、汗のにおいを感じるほどユレックの間近にすわった。

ユレックはうつむいて、静かにすわっていた。

「弁護人によれば、リル＝ヤンの森にいたのは、女性を解放するためだったそうだな」ヨーナは淡々とした口調で言った。

ユレックは二分ほど床を見つめたあと、身じろぎもせずに答えた。

「私はしゃべりすぎる」

「真実を話してくれればいい」ヨーナが言った。

「しかし、無実の罪で裁かれることに、私はなんの意味も見いだせない」

「ずっと拘置所にいたいのか」

ユレックは顔を上げてヨーナを見ると、考え深げに言った。

「私の人生はずいぶん前に終わった。私はなにも怖くない。痛みも……孤独も、退屈も」

「ぼくは真実を探しているんだ」ヨーナはナイーブさを装って言った。

「真実を探す必要はない。真実とは正義や神とおなじだ。人は自分に都合のよいものを選ぶだけだ」

「人は、嘘は選ばない」

ヨーナの言葉にユレックの瞳孔が収縮した。

「高裁では、私の容疑に関する検察の主張は、合理的な疑問点をいっさい無視して確証のあるものとみなされるだろう」ユレックが感情のない声で言った。

「それがまちがっているとでも？」

「細かいことにこだわるつもりはない。墓穴(はかあな)を掘るのも埋めるのも、おなじことだ」

この日、ヨーナは取調室をあとにしながら、ユレックがきわめて危険な人物であることをこれまで以上に確信していた。しかし同時に、ある疑惑が頭に浮かんで離れなかった。自分はだれか別の人物の罪をかぶったのだと、ユレックは伝えようとしていたのではないか。もちろん、ユレックが意図的にそのような疑惑の種をヨーナの心に植えつけた可能性はある。しかし、起訴内容に穴があるという事実も無視できなかった。

二六

公判の前日、ヨーナ、スンマ、ルーミの三人はサムエルの自宅に夕食に招かれていた。食事をはじめる頃、白夜の太陽が麻のカーテン越しに差しこんでいたが、時刻はすでに夜になっていた。レベッカがテーブルのろうそくに火を灯し、マッチを吹き消す。ろうそくの炎がレベッカの瞳に反射してゆらめいた。彼女の片方の瞳は、変わった形をしていた。以前、本人が語ったところによると、ディスコリアと呼ばれる瞳孔異常によるものらしい。とくに深刻な病気ではなく、視力も正常なほうの目と変わらないということだった。

平和な夕食は、デザートのダークハニーケーキでしめくくられた。ヨーナは食後の祈りのため、サムエルからキッパというユダヤ教の小さな帽子を借りた。

ヨーナがサムエルの家族を見たのは、この日が最後となった。

サムエルの息子たちは幼いルーミと行儀よく遊んでいたが、やがてヨシュアはテレビゲームに熱中し、ルーベンはクラリネットの練習をすると言って自室に姿を消した。

レベッカは家の裏手に出て煙草を取りだし、スンマもそれにつきあってワイングラスを手に外へ出た。

ヨーナとサムエルはテーブルの片づけをはじめると同時に、仕事や翌日に控えた公判について話しあった。

「おれは同席しないよ」サムエルが真顔で言った。「なんというか、怖がるわけじゃないが、魂がけがれるような気がするんだ……あいつの近くにいるだけで、一秒ごとに、けがれていくように感じるんだ」

「あいつは有罪にちがいない。だが……」ヨーナが言った。

「だが?」

「共犯者がいると思う」

サムエルはため息をつくと、皿をシンクに並べながら言った。

「おれたちはシリアルキラーの犯行を止めたんだ。頭のいかれた、孤独な男が……」

「おれたちが墓穴にたどり着いた時、あいつはひとりじゃなかった」ヨーナがさえぎった。

「ひとりだったよ」サムエルはほほ笑み、皿についた食べかすを水で流しはじめた。

ヨーナは反論した。

「シリアルキラーに共犯者がいるのは、決してめずらしいことじゃない」

「そうだ。しかし、ユレック・ヴァルテルがその手の犯罪者だと示す証拠はなにもない」サムエルが朗らかに言った。「おれたちは、おれたちの仕事をした。もう終わったんだ。いいか、ヨーナ、人差し指を立ててこう唱えろ。〝אברא כדברא〟」

「おれが？」ヨーナは笑った。「どういう意味だ？」

「『あべこべかもしれない』」

「まあ、いつでもそう言っときゃまちがいないな」ヨーナがうなずいた。

二七

高等裁判所が入るヴランゲル宮殿の窓に陽光が差しこみ、気泡の入ったガラスが光っている。ユレック・ヴァルテルの弁護人は、第一審において、被告人が身柄確保の際に犯行現場にいた理由を供述できなかったのは、被告人の精神状態がきわめて悪かったためと説明した。

証人として呼ばれたヨーナは、張りこみ調査から逮捕に至った経緯を説明した。弁護人はヨーナに対し、検察の起訴内容が誤認に基づくものと考えうる理由はただの一点もないかと質した。

「一審の判決において、被告人は別の人物による犯行について有罪とされた可能性はありませんか」

ヨーナの目が、弁護人の不安に満ちた視線をとらえた。同時に、女性が棺からもがき出ようとするたびに、平然と手で押し戻すユレック・ヴァルテルの姿がヨーナの脳裏に浮かんだ。弁護人がつづける。

「あなたが現場にいらっしゃったそうなので、お聞きします。ユレック・ヴァルテルは、実際には棺の中にいた女性を助け出そうとしていたのではないですか」

「ちがいます」ヨーナは答えた。

二時間の審議ののち、裁判長は一審を支持する判決を下した。さらに厳しさを増した判決内容が読みあげられるのを、ユレック・ヴァルテルは表情を変えずに聞いていた。判決は、被告人に閉鎖病棟における無期限の措置入院を命じるとともに、退院特別審査について異様なほど詳細な条件を付していた。

また、ほかにも複数の容疑について予備調査が進行中であることから、ユレックにはさらに並外れて厳しい制限が課せられた。

裁判長が閉廷を告げると、ユレックはヨーナを振り向いた。彼の顔は細かなしわに覆われ、薄い色の瞳がヨーナの目をまっすぐに見つめていた。

「サムエル・メンデルのふたりの息子が姿を消すだろう」ユレックはものうげな声で言った。「そして、サムエルの妻、レベッカも姿を消す。だが……聞け、ヨーナ・リンナ。警察は捜索を開始するが、やがてあきらめる。サムエルはその後も探しつづけるだろう。そして、家族には二度と会えないとついに理解したとき、彼は自殺する」

ヨーナは法廷を出ようと立ちあがった。

「それから、きみのかわいい娘だ」ユレックが言い、うつむいて指の爪を見た。

「おい、気をつけろ」ヨーナが言う。

「ルーミも姿を消す」ユレックがささやいた。「スンマも消える。そして二度とふたり会うことはないと理解したとき……きみは首をくくる」

ユレックは視線を上げ、ヨーナの目をまっすぐに見すえた。その表情は、まるで望みはすでにかなえられたとでもいうように、穏やかだった。

通常、判決を受けた被告人はまず拘置所に戻され、次の収容先に移送されるのを待つ。だが、クロノベリ拘置所の職員はユレック・ヴァルテルと一刻も早く手を切りたかったのだろう。裁判所からストックホルムの北二十キロメートルに位置するレーヴエンストレムスカ病院まで、閉廷したらそのままユレックを移送できるよう、すでに護送車が用意されていた。

＊

ユレック・ヴァルテルは、スウェーデンでもっとも厳重な監視体制を誇る閉鎖病棟に、無期限に収容されることになった。サムエルは、ユレックが閉廷後に口にした脅迫を、負け犬の遠吠えとみなした。しかし、ヨーナはユレックが語った言葉に嘘はなく、やがて現実となるのではないかという不安から逃れられなかった。

犠牲者の遺体はそれ以上見つからず、ユレックに関する予備調査の優先度は低くなった。

捜査は打ち切りではないが、凍結された。

ヨーナは調査の継続を主張したが、パズルのピースはあまりにも少なく、捜査も袋小路に入っていた。ユレック・ヴァルテルの犯行を食い止め、有罪とすることはできたものの、彼の正体は依然わからないままだ。

ユレックは謎でありつづけた。

　裁判から二カ月たったある金曜の夜、ヨーナはサムエルとふたり、警察庁舎近くの〈イル・カッフェ〉でダブル・エスプレッソを飲んでいた。お互いにすでに別の案件を担当していたが、定期的に顔を合わせ、ユレック・ヴァルテルの事件について議論を交わした。ふたりはユレックに関するすべての資料を何度も丹念に読みこんだが、共犯者の存在を示す情報はなにもなかった。しだいに、このことは笑い話と化し、ふたりはやたらと無実の人間を指しては、共犯者にしたてあげるという冗談に興じていた。おそろしい事件が起こったのは、そんなときだった。

二八

　カフェテーブルに置かれたサムエルの携帯電話が、エスプレッソカップのそばで振動した。画面に妻のレベッカの写真が表示されている。しずくの形をした瞳が目にとまる。ヨーナはサムエルの会話を聞くともなく聞きながら、シナモンロールについた砂糖のつぶをつまんで口に運んでいた。レベッカと子どもたちは、予定していたより早く別荘のあるダーラレーに出発しようとしているようだった。サムエルは、自分はあとから追いかけ、食料は道中で調達する、注意して運転するようにとレベッカに言い、何度もキスの音を立ててから通話を終えた。

「別荘のベランダを修理している大工が、できるだけ早く板壁を見てほしいんだとさ」サムエルが説明した。「板壁の設置が終われば、次の週末にも塗装屋が来てくれるらしいんだ」

ヨーナとサムエルは庁舎内のそれぞれの執務室へ戻り、その日はもう顔を合わせることはなかった。

五時間後、ヨーナが家族と夕食をともにしていると、サムエルから電話がかかってきた。電話口で息を切らし、興奮のあまりなにを言っているのか聞き取りにくかったが、サムエルが別荘に到着すると、先に着いているはずのレベッカたちがいないということだった。家族の姿はどこにもなく、電話をかけても応答がないと言う。

「なにか事情があるんだろう」ヨーナは落ちつかせようとして言った。

「病院もすべてあたったし、警察とも話したんだ。だけど……」

「おまえは今、どこにいる？」

「ダーラレー通りだ。これからまた別荘に戻ってみる」

「おれはなにをすればいい？」

脳裏に浮かんだ答えをサムエルが同時に口にした瞬間、ヨーナは首筋の毛が逆立つのを感じた。

「ユレック・ヴァルテルが脱走していないか、確認してくれ」

ヨーナはただちにレーヴェンストレムスカ病院に連絡を入れた。閉鎖病棟のブロリーン医長と話したが、なにも異常はないとの回答だった。ユレック・ヴァルテルは自室にいて、一日中、完全に隔離されていた。

ヨーナがサムエルに電話をかけなおすと、応答したサムエルは切羽つまったようすで、その声は悲鳴に近かった。

「今、森にいる」サムエルが叫ぶ。「レベッカの車があった。岬へ向かう細い道の途中だ。でも、中にだれもいない、だれも乗ってない」

「すぐに行く」ヨーナは急いで言った。

警察は全力をあげてサムエルの家族を捜索した。レベッカと子どもたちの痕跡は、乗り捨てられた車からわずか五メートル先の砂利道の途中で消えていた。警察犬はなにも嗅ぎつけられず、現場を行ったり来たり、ぐるぐるまわったり身をよじったりしていたが、なにも発見できなかった。警察は森林や道路、家屋、それに水辺を、二カ月にわたり徹底的に調べた。やがて捜索が打ち切られたあとも、サムエルとヨーナは自力で彼らを探しつづけた。かたくなに捜索をつづけながらも、胸に巣くった恐怖はしだいに膨れあがり、極限に達しようとしていた。彼らの失踪がなにを意味するのか、ふたりは決して口にしようとしなかった。ヨシュア、ルーベン、レベッカの身の上になにが起こったのか、その不安を言葉にする勇気はなかった。サムエルとヨーナは、ユレック・ヴァルテルの残酷さをすでに目のあたりにしていたのだった。

二九

この時期、ヨーナは極度の不安に襲われ、不眠に陥った。家族を監視し、家族が行くところはどこにでもつきそい、送り迎えをし、ルーミの保育園にもかけあって特別なルールを設けた。しかし、もちろんこんな状態を長くはつづけられないこともわかっていた。

ヨーナは、正面から恐怖に向きあわざるを得なかった。

サムエルには相談できない。しかし、自分自身に沈黙を貫くことはもうできなかった。

ユレック・ヴァルテルは単独で犯行に及んだのではない。だれか共犯者がいたのだ。その泰然自若ぶりからして、主謀者はおそらくユレックだろう。しかし、サムエルの家族を拉致したのは、ユレックの共犯者にまちがいない。

サムエルの家族をさらうように命じられた共犯者は、なんの痕跡を残すこともなく、その指示を実行した。

次の標的は自分の家族だということが、ヨーナにはわかっていた。これまで無事でいられたのは、ただの偶然かもしれなかった。

ユレック・ヴァルテルは、だれをも容赦しない。

ヨーナは、何度もスンマと話しあったが、彼女はこの脅威をさほど深刻に受けとめていなかった。ヨーナの不安に理解を示し、万一のための安全策を受け入れはしたが、そのうちそんな不安は消えていくものと楽観していた。

サムエルの家族が行方不明となり、警察の大規模捜索がはじまった頃、ヨーナは共犯者が逮捕されるのは時間の問題と考えていた。当初は、自分が獲物を追いつめる狩人のように感じていた。しかし、数週間が過ぎ、立場は逆転した。

スンマとルーミに対して見せる穏やかな表情の裏で、ヨーナは、今や自分と自分の家族こそが獲物として追われる立場にあることを知っていた。

夜の十時半、ヨーナとスンマはベッドに並んで横になり、本を読んでいた。一階で物音が聞こえ、ヨーナの鼓動は速まった。洗濯機がまだ運転中だとはわかっていた。物音は、洗濯槽にファスナーがぶつかったような音に聞こえたが、それでもヨーナはベッドから出て、階下の窓のすべてに異常がないか、玄関ドアは施錠されているか、確かめずにはいられなかった。

寝室に戻ってくると、スンマは枕もとの明かりを消し、横になったままヨーナを見つめ、やさしく尋ねた。

「なにをしてたの？」

ヨーナが無理に笑顔をつくってなにか言おうとしたとき、小さな足音が聞こえた。後ろを振り返ると、ルーミが部屋に入ってくるところだった。髪が乱れ、水色のパジャマのズボンが腰の部分でねじれている。

「ルーミ、寝なきゃだめじゃないか」ヨーナがため息をつく。

「猫におやすみって言うのを忘れてたよ」ルーミが言った。

夜、ヨーナはルーミに物語を読み聞かせ、それが終わると、ふたりで窓から隣家のキッチンの窓辺にいる灰色の猫に手を振り、ベッドに入るのが習慣だった。

「寝てらっしゃい」スンマが言った。

「先に行っておいで。あとから見にいくよ」

ヨーナの言葉に、ルーミはなにかつぶやいて首を横に振った。

「だっこで運ぼうか？」

抱きあげると、ルーミは両腕をヨーナにまわし、ぎゅっとしがみついた。ルーミの心臓が早鐘のように打っていた。

「どうした？　なにか夢でも見たのかい」

「猫に手を振ろうとしただけなの」ルーミがささやいた。「そしたら、外に骸骨がいたの」

「おとなりの窓に？」

「ううん、地面に立ってた」ルーミが答えた。「ちょうど、あの死んだハリネズミを見つけたところに……こっちを見てた……」

ヨーナは急いでルーミをスンマのとなりに下ろした。

「ここにいなさい」

足音を殺して階段を駆けおりる。武器庫に保管した拳銃には目もくれず、靴も履かずに、ヨーナはキッチンの裏口から冷たい夜気の中に飛びだした。

だれもいない。

家の裏手に進み、境界の柵をまたいで隣家の敷地に入る。一軒家が立ち並ぶ周辺一帯は静まり返っていた。去年の夏、ルーミとふたりでハリネズミの死骸を見つけた家の裏手にある木まで戻る。

家の柵のすぐ外側、草が高く生い茂ったところに、だれかが立っていた形跡があった。ここから、ルーミの部屋のようすが窓を通してはっきりと見える。

ヨーナは家に戻ると、鍵をかけ、拳銃を取りだして家中を歩き、それからベッドに横になった。ルーミは彼とスンマのあいだですぐに眠りに落ち、しばらくすると妻も寝息を立てはじめた。

三〇

ヨーナは、家族全員でここから逃げ、別の場所で新しい人生をはじめようとスンマを説得した。しかし、スンマはユレックに会ったことがなく、その犯行の詳細も知らなかった。レベッカとヨシュアとルーベンの失踪が、ユレックのしわざであるとも思っていなかった。

ヨーナはしだいに、避けられない運命を直視しはじめた。彼の脳裏に、ある計画が浮かんだ。細部にわたって入念に案を練り、あらゆる可能性を検討するにつれ、彼の頭脳は氷のように冷たく澄んでいった。

それは、ヨーナたち家族全員の命を救うための計画だった。

国家警察は、ユレック・ヴァルテルについてほとんどなにも知らなかった。彼に共犯者がいると考えたのも、ユレックの身柄を確保したあとに、サムエルの家族が失踪したためだった。

しかしこの共犯者は、なにひとつ痕跡を残していない。

彼は、影の影だった。

同僚たちは、共犯者の逮捕は絶望的と考えたが、ヨーナはあきらめなかった。姿のない共犯者を見つけだすことは容易ではないとわかっていた。共犯者がつかまるまでに、数年かかるかもしれない。ヨーナもひとりの人間でしかない。犯人を追いかけながら、同時に妻子を一秒の隙もなく警護することは不可能だ。

仮に、ふたりを常時警護するボディガードを二名雇ったとしたら、一家の貯えは半年で底をつくだろう。

ユレックの共犯者は、サムエルの家族を拉致するまでに数カ月待った。忍耐強く、焦って行動を起こす人物ではない。

ヨーナは、家族とともに逃げる手段を考えた。一家でどこか別の土地へ移り、職業も名前も変え、静かに暮らすことができるはずだ。

スンマやルーミと生きること以上に、大切なことはない。

しかし警察官であるヨーナは、身元を秘匿しても、さほど安心できないことを知っていた。効果があったとしても、ほんの一息つく程度だ。遠くに行けば行くほど時間を稼ぐことはできるかもしれない。しかし、ユレックの犠牲者と目される人物の中には、バンコクで行方不明になった者もいるのだ。その人物はザ・スコータイ・ホテルのエレベーターの中から、忽然と姿を消していた。

逃げ道はどこにもない。

その夜、ヨーナは、自分が妻子とともに暮らすことよりも、もっと大事なことがあると認めざるを得なかった。

いちばん大事なのはふたりの命だ。

もし彼が逃亡をはかって家族とともに姿を消せば、ユレックはこれを挑戦とみなし、すぐにでも居場所を探しはじめるだろう。

たとえ身を隠しても、遅かれ早かれ、いつかは見つけられてしまうとヨーナはわかっていた。

ユレックに自分の家族を探させてはならない。ユレックとその影である共犯者には、スンマとルーミは死んだと思わせるしかなかった。

解決策はひとつしかない。それがユレックに見つからないための唯一の方法だ。

三二

ストックホルムに近づくにつれ、広い高速道路に交通量が増えてきた。雪が空中で渦を巻き、濡れた車道に消えていく。

ヨーナには、スンマとルーミの死亡を偽装し、ふたりに別の人生を用意したときのことを考える気力は残っていなかった。偽装工作には〝針(ノーレン)〟ことニルス・オレンが嫌々ながらも手を貸してくれた。共犯者が本当にいるならば、ヨーナたちの行為は正当化されることをノーレンもわかっていた。しかしヨーナの勘違いであれば、取り返しのつかない過ちを犯すことになる。

このときの苦悩は、長い年月を経て、ノーレンのやせた体に憂いの影を落としていく。

北霊園の敷地を囲む柵が車窓を通り過ぎる。ヨーナは、スンマとルーミの骨壺(こつつぼ)が土の中に下ろされていく光景を思い出した。花輪に飾られたシルクのリボンを雨粒が叩き、参列者の黒い傘をばらばらと打った。

ヨーナとサムエルは、それぞれ自力で捜査をつづけていたが、互いに連絡をとりあうことはなくなった。運命の分かれたふたりの関係は、いつしか疎遠になっていた。家族が行方不明になってから十一カ月後、サムエルは捜索をあきらめ、職務に戻った。希望を捨てた彼は、それから三週間耐えた。陽光にあふれた、ある三月の早朝、サムエルは別荘に向かった。彼は息子たちがよく水遊びをしていた美しい砂浜までやってくると、公用の拳銃を取りだし、弾を一発装塡し、自分の頭を撃ち抜いた。

上司から電話を受け、サムエルが死んだことを知らされたとき、ヨーナの全身は不気味な寒けに襲われた。

二時間後、ヨーナは震える足でロースラーグ通りにある古い時計屋を訪ねた。閉店してずいぶん時間がたっていたが、店内には年老いた時計職人が左目にルーペをはめてすわり、大量の壊れた時計に埋もれて作業をしていた。ヨーナがドアガラスをノックすると、老人は手を止め、彼を招き入れた。

二週間後にその時計屋を出たとき、ヨーナの体重は七キロ減っていた。顔面蒼白で体は衰弱し、十メートルおきに立ち止まって休まずにいられなかった。のちにモニカ・セッテルンド・パークと呼ばれることになる公園で彼は嘔吐（おうと）し、オーデン通りに向かってふらふらと歩いていった。

ヨーナは、この先ずっと家族と会えないままになるとは予想していなかった。一定の期間、妻子には会うことも触れることもできなくなると覚悟していた。それが一年、あるいは数年以上に及ぶ可能性もある。しかし、いつかはユレックの共犯者を見つけだし、逮捕できると信じていた。いつの日か、彼らの犯行を白日の下にさらし、その細部に至るまで検証するときが来ると思っていた。しかし、十年という歳月を経ても、ヨーナは事件発生から十日目の捜査状況から、一歩も先へ進めなかった。手がかりはなにも得られなかった。共犯者の存在を示す唯一の具体的な証拠は、サムエルにかけられたユレックの呪いが現実のものになったという事実だけだった。

サムエルの家族の失踪は、ユレックと公的に関連づけられることはなかった。失踪は事故として処理された。間もなく、ユレックの共犯者が彼らを拉致したのだと信じる者は、ヨーナひとりになった。

ヨーナは自分が正しいことを確信していたが、しだいに勝負の引き分けを受け入れる心境になっていった。共犯者は見つからないかもしれない。だが、ヨーナの家族は生きている。

ヨーナがこの事件について話すことはなくなった。しかし、どこから監視されているともわからない状況で、彼は家族のいない孤独な人生を宣告されたも同然だった。

年月がたち、偽装された家族の死は、しだいに本物の死と変わらなくなった。

ヨーナはほんとうに、妻と娘を失ったのだった。

セーデル病院に着くと、ヨーナは正面玄関前でタクシーの後ろに停車した。車をおり、うっすらと積もった雪を踏んで、ガラスの回転ドアを入っていった。

三二

ミカエル・コーラー＝フロストはセーデル病院の救急治療室から、救急の感染症患者を治療する第六十六病棟に移されていた。

やつれてはいるが魅力的な顔立ちをした女医がヨーナを迎え、イルマ・グッドウィンと名乗った。彼女は、ヨーナと並んで光を反射するビニールの床を歩いた。壁に飾られたリトグラフィーのガラスが照明をはね返している。

「搬送時の全身状態は最悪でした」歩きながら、イルマが患者の容体を説明する。「今も栄養失調の状態で、肺炎を発症しています。検査の結果、尿中にレジオネラ抗原が検出されて……」

「レジオネラ症ですか？」

ヨーナは廊下の途中で立ち止まり、ぼさぼさの髪をかきあげた。イルマは、ヨーナの目が磨かれた銀のように灰色に光るのを見、あわてて伝染性の病気ではないと説明しようとした。

「レジオネラ菌は、特定の環境で……」

「知っています」ヨーナは答え、再び歩きはじめた。

彼は、ポリバケツの中で死体となって見つかった男性が、レジオネラ症を発症していたことを思い出した。スウェーデンではレジオネラ症は、レジオネラ細菌に汚染された水に接触することで感染する。スウェーデンでは非常にまれな病気だ。レジオネラ菌は淀んだ池や貯水タンク、水温の低い配水管の中で増殖する。

「でも、彼は回復する見こみなんですね？」ヨーナが尋ねる。

「そう思います。すぐにマクロライドを投与しましたから」イルマは、長身のヨーナの歩幅に合わせて早足で歩きながら言った。

「効果はありますか？」

「効果が現れるまでには数日かかります。今も高熱がつづいていて、敗血症性の塞栓を発症するリスクがあります」とイルマは答え、病室のドアを開けてヨーナを中へ通し、彼の背後について患者に近づいた。

陽光が透明な点滴バッグを貫き、光を散乱させている。ベッドには、やせ細った蒼白い顔の青年が目を閉じて横たわり、とりつかれたようにつぶやいていた。

「いやだ、いやだ、いやだ……いやだ、いやだ、いやだ、いやだ」

青年のあごが震え、額から汗が流れ落ちる。看護師がそばにすわり、彼の左手をしっかりとにぎって、手の傷から細かなガラスの破片を慎重に取り除いていた。

「彼は、なにか話しましたか？」ヨーナが尋ねる。

「ずっと混乱してなにか言っていましたけど、意味がよくわからないんです」看護師が答え、患者の手に止血ガーゼを巻き、テープでとめた。

看護師が退室すると、ヨーナはそっと青年に近づいた。顔がやせこけてはいたが、かつて幾度となく観察した写真の子どもの顔と、すぐに面影が重なった。突きでた上唇が愛らしい口もと、黒く長いまつげ。ヨーナは最後に撮られたミカエルの写真を思い出した。そのとき彼は十歳で、コンピュータの前にすわり、目にかかった前髪を気にもとめず、口もとに楽しげな笑みを浮かべていた。

　病室のベッドに横たわる青年は、疲れたように咳をした。目を閉じたまま激しく呼吸をし、かすれ声でささやく。

「いやだ、いやだ、いやだ……」

　目の前のベッドに寝ているのは、まちがいなくミカエル・コーラー＝フロストだ。

「もう大丈夫だ、ミカエル」ヨーナは言った。

　イルマはヨーナのすぐ後ろに静かに立ち、ベッドに横たわるやせ衰えた青年を見つめている。

「いやだ、やめて」

　ミカエルは首を振ると、体中の筋肉を緊張させ、わなわなと震えた。点滴バッグからのびる管に赤い血が逆流する。ミカエルは体を震わせながら、低くうめきはじめた。

「ぼくの名前はヨーナ・リンナだ。国家警察の警部をしている。きみが家に戻らなくなったあと、捜索にあたったうちのひとりだよ」

　ミカエルがわずかに目を開けた。はじめはなにも見えていないようだったが、何度かまばたきしたあと、目を細めてヨーナに視線を合わせた。

「ぼくが、生きてると思ってるの……」

咳きこみ、横になったまま苦しげに息をして、ヨーナを見る。

「ミカエル、きみは今までどこにいたんだい」

「わからない、わからないよ。ぼくはなにもわからない。どこにいるのかも、なにも
……」

「今、きみはセーデル病院にいる」ヨーナが言った。

「ドアは？　鍵はかかってる？」

「ミカエル、今までどこにいたのか教えてくれ」

「なにを言っているのかわからない」ミカエルがささやく。

「きみは、今までどこに……」

「ぼくになにをしている？」ミカエルが絶望したような声で言い、涙を流しはじめた。

「少し落ちつかせましょう」イルマが言い、薬の準備をしに部屋を出ていった。

「ミカエル、きみはもう安全だ」ヨーナが言う。「ここでは、みんながきみを助ける
ために……」

「いやだ、いやなんだ、もう耐えられない……」

ミカエルは首を振り、震える指で腕に刺さったチューブを抜こうとした。

「ミカエル、こんなに長いあいだ、きみはどこにいたんだい？　どこに住んでいた？

どこかに隠れていたのかい？　閉じこめられていたのか、それとも……」

「わからない、なにを言っているのかわからない」

「きみは疲れているし、熱もあるようだ」ヨーナは低い声で言った。「でも、がんばって考えてほしいんだ」

三三

ミカエル・コーラー＝フロストは、車に轢かれた野ウサギのように、息も絶え絶えに病院のベッドに横たわっていた。小さな声でなにかつぶやき、唇をなめ、いぶかしむような大きな目でヨーナを見あげる。

「なにもない世界に閉じこめられることってある？」

「それはないだろうな」ヨーナが穏やかに言う。

「ほんとうに？　理解できない、わからない。考えるのがむずかしい」青年は早口で言った。「おぼえているものがなにもない。ただ暗くて……なにもかも存在しないみたいで、ごちゃまぜで……前はどうだったか、はじまりはどうだったか、ぜんぶごちゃまぜになって、考えられない。砂にまみれて、なにが夢で、なにが……」

ミカエルは咳をし、頭を後ろにそらして目を閉じた。

「はじまりはどうだったか、って言ったね。できれば……」

「さわらないで。ぼくにさわらないで」ミカエルがさえぎる。

「さわっていないよ」

「いやだ、いやだ、無理だ、いやだ……」

ミカエルは白目をむいて首を奇妙に斜めにかしげ、目を閉じた。体が震える。

「大丈夫だよ」ヨーナは繰り返した。

しばらくするとミカエルの体からまた力が抜けた。少し咳をして、目をあげる。ヨーナがやさしくつづける。

「最初はどんな状況だったのか、話してくれるかな」

「ぼくがまだ小さかったとき……ぼくたちは床の上にぎゅうぎゅうづめになっていた」ミカエルは声にならない声で言った。

「最初から、きみ以外にもだれかいたんだね？」ヨーナは尋ねた。背筋を寒けが走り、うなじの毛が逆立つのを感じた。

「みんな、すごく怖がってた……ぼくはずっと、ママとパパを呼んでいて……おとなの女の人と、年をとったおじいさんが床にいて……ふたりとも床のソファのうしろにすわっていて……女の人がぼくを落ちつかせようとしてくれて、でも……でも、その人もずっと泣いてたんだ」

「その人はなんて言ってた？」

「おぼえてない。なにもおぼえてない。ぜんぶ夢だったのかもしれない……」

「年をとった男の人と、女の人がいたんだね」

「ちがう」

「ソファのうしろに」

「ちがう」ミカエルがささやく。

「だれか名前をおぼえている人はいるかい？」

　ミカエルは咳きこみ、首を振った。

「みんな、ただ泣き叫んでて、変わった目の女の人はずっと、ふたりの男の子たちのことを尋ねていた」ミカエルは内にこもった目つきで言った。

「だれかの名前を覚えているかい？」

「え？」

「だれか名前を覚えている人は……」

「いやだ、いやだ……」

「きみを困らせるつもりはないんだ。でも……」

「みんな、いなくなった。みんな、ただいなくなった」ミカエルの声がしだいに大きくなる。「みんな、いなくなった。みんな……」

　ミカエルの声がひび割れ、それ以上はなにを言っているのか聞き取れなくなった。

ヨーナは、何度も、もう大丈夫だと繰り返した。ミカエルはヨーナの目を見つめながら、口をきけないほど激しく首を振った。

「ここは安全だよ。ぼくは警察だ。きみになにもおかしなことが起こらないようにする」

イルマが看護師を連れて部屋に戻ってきた。彼らはミカエルに近より、再び慎重に酸素チューブを装着した。看護師はミカエルになんの処置をしているのか親切な口調で説明しながら、乳液状の鎮静剤を点滴用チューブに注入した。看護師が去ると、イルマはヨーナに言った。

「もう休ませないと」

「彼が見たことを話してもらう必要があります」

イルマは首を斜めにかしげ、左手の薬指をさわりながら言った。

「ものすごくお急ぎのことですか？」

「いや。そういうわけではないですが」

「じゃあ、また明日おいでください。わたしが思うに……」

イルマの携帯電話が鳴った。彼女は二言三言、言葉を発したあと、急いで部屋を出ていった。ヨーナはベッドのそばに立ち、イルマの足音が廊下を遠ざかるのを聞いていた。

「ミカエル、さっき目がどうとか言ってたね。変わった目の女の人って。どういう意味だい？」ヨーナがゆっくりと尋ねる。

「目がまるで……黒いしずくみたいな……」

「瞳が？」

「うん」ミカエルがそう言うと、目を閉じた。

ヨーナはベッドに横たわるミカエルを見つめた。こめかみがはげしく脈打つのを感じながら、尋ねる彼の声は硬くざらついていた。

「女の人の名は、レベッカだったかい？」

三四

ミカエルは鎮静剤を投与されているあいだ、ずっと涙を流していた。しだいに体の力が抜け、少しずつすすり泣きが静まり、完全にやんだとき、彼は眠りに落ちていた。

ヨーナは病室を出て携帯電話を取りだす。その胸中は奇妙にうつろだった。立ち止まり、息を吸いこんで、リル＝ヤンの森で発見された遺体の詳細な検視にあたったニルス・オレンに電話をする。

「ニルス・オレン」

「今、パソコンの前にいますか？」ヨーナはだしぬけに聞いた。

「やあ、ヨーナ・リンナ。声が聞けてうれしいよ」ノーレンは特徴のある鼻にかかった声で言った。「今、ちょうどパソコンの前で目をつぶって、モニターからくる熱気を楽しんでいたよ。顔用の日焼けマシンを買ったらこんな感じかなと思ってね」

「手のこんだ妄想ですね」

「小銭をたいせつにすれば大金はおのずとたまる、とね」

「古い記録を見てほしいんですが」

「フリッペに言ってくれ、彼が手伝うよ」

「いえ、あなたにお願いしたいんです」

「フリッペだって十分……」

「ユレック・ヴァルテルの件です」ヨーナがさえぎった。

長い沈黙がつづいた。

「それについては、もうなにも話したくないと言ったはずだ」ノーレンが言った。

「ユレックの犠牲者のひとりが、生きて帰ってきたんです」

「まさか」

「ミカエル・コーラー＝フロストです……レジオネラ症にかかっていますが、おそらく回復する見こみです」

「なんの記録を見たいんだ」ノーレンの声が神経質にとがる。

「ポリバケツの中で見つかった男性は、レジオネラ症でしたね」ヨーナがつづける。

「いっしょに入っていた男の子からも、レジオネラ菌は検出されましたか？」

「なぜそれを知りたい？」

「もし関連性があるなら、レジオネラ菌がある場所をリストアップして、そうすれば……」

「そんな場所は何百万とある」

「なるほど……」

「ヨーナ、わかるだろう……ほかにレジオネラ菌について書かれた調書があったとしても、それでミカエルがユレック・ヴァルテルの犠牲者だという証拠にはならんぞ」

「つまり、ほかにもレジオネラ菌に言及のある記録が……」

「ああ。男の子の血中からはレジオネラ菌の抗原が見つかった。おそらくポンティアック熱を発症していたと思う」ノーレンはそう言うと、ため息をついた。「ヨーナ、自分が正しいと思いたいのはわかる。しかしこれだけでは……」

「ミカエルはレベッカに会っているんです」ヨーナが言った。

「レベッカ・メンデルに？」ノーレンの声がうわずった。

「いっしょに閉じこめられていたそうです」

「じゃあ……つまり、すべてきみが正しかったということか」ノーレンの声は震え、今にも泣きだしそうに聞こえた。「それを聞いてどれだけ安心したか、わかるか、ヨーナ」

ノーレンはごくりとつばをのみこみ、自分たちがしたことはやはり正しかったのだと電話口でささやいた。

「ええ」ヨーナはさみしげに言った。

あのとき、スンマとルーミの交通事故死を偽装した彼らの行為は、正しかったことが証明された。

ある交通事故で死亡した二名の遺体が、火葬されてルーミとスンマの墓に埋葬された。偽造した歯科医療カードを使って、ノーレンは第三者の遺体の身元をヨーナの妻子にすり替えた。ヨーナのためを思ってしたことが果たして正しいことだったのか、ノーレンは常に思い悩んでいた。ヨーナの考えを信じ、彼を信頼していたが、あまりのことの重大さに、ノーレンは終わりのない不安にさいなまれていたのだ。

*

ミカエルの病室の監視役となる二名の警官が到着し、ヨーナはやっと安心して病院をあとにした。廊下を出口へと歩きながら、ナータン・ポロックに電話をし、ミカエルの父親のもとに職員を派遣して、病院に連れてくる必要があると説明する。

「彼はミカエルにまちがいありません。これまでずっと、ユレック・ヴァルテルに監禁されていたことも確実です」

ヨーナは車に乗りこんだ。ワイパーを動かしてフロントガラスの雪を払い、ゆっくりと車を出して病院から離れた。

ミカエル・コーラー＝フロストは、失踪した当時十歳だった。そして、二十三歳にしてはじめて、脱出に成功した。

監禁されていた被害者が脱走に成功する事例はときおり起こる。オーストリアでは、地下室に閉じこめられ、父親の性奴隷にされていたエリザベス・フリッツルが、二十四年の監禁生活の末に逃亡した。あるいはナターシャ・カンプシュのように、八年に及ぶ監禁ののちに誘拐犯から逃亡した例もある。

エリザベス・フリッツルやナターシャ・カンプシュのように、ミカエルは、彼を監禁した犯人の姿を見ているはずだ。事件は唐突に終わりを迎えるのかもしれない。数日もしてミカエルの体力が十分回復すれば、彼がこの長い年月監禁されていた場所を指し示すことができるはずだ。

バスを追い抜こうと車線上に堆積した雪に乗り上げる。車体の下でがたがたと大きな音が響く。車は〈騎士の館〉を通り過ぎた。黒い空と暗い海水にはさまれ、激しく降りしきる雪の中に、街が再び両腕を広げている。

ユレックの共犯者は、もちろんミカエルが脱走したことを知り、居場所をつきとめようとするだろう。あるいは、すでに痕跡を消して隠れ家を移した可能性もある。しかし、ミカエルが監禁場所へ導いてくれさえすれば、鑑識は証拠を見つけだし、追跡の火蓋が切られる。

先はまだ長い。それでもヨーナの胸の鼓動は高まった。

さまざまな思いが胸に去来し、ヨーナはたまらずヴァーサ橋の上で車を路肩に寄せ、停車した。後方のドライバーがいらいらとクラクションを鳴らす。ヨーナは車をおり、歩道に上がって肺の奥深くまで冷たい空気を吸いこんだ。

一瞬、刺すような片頭痛を感じて前によろめき、橋の手すりで体を支える。しばらく目を閉じ、頭痛が弱まるのを待って、再び目を開ける。

何百万という白い雪片が、次から次へと空中を落下し、まるで存在しなかったかのように黒い海面に消えていく。

まだ結論を出すには早すぎる。しかし、これらすべてが彼にとってなにを意味するのか、ヨーナにはわかっていた。体がずしりと重くなる。もし共犯者をつかまえることができたなら、もうスンマとルーミを脅かすものはなにもない。

三五

サウナの中は暑すぎて、話すこともできなかった。黄色い照明が彼らの裸体と白いサンダルウッドの木を照らしている。室温は九十七℃を示していた。レイダル・フロストは息を吸いこんだ。肺の中が焼けるようだ。鼻先から白髪の混じった胸毛に、汗のしずくが落ちる。

ミズホという日本人の女性記者がヴェロニカのとなりにすわっている。彼女たちの体は紅潮し、てらてらと光っていた。汗が胸の谷間から腹部、陰毛へと流れ落ちていく。

ミズホは真剣な顔でレイダルを見つめている。彼女はレイダルに取材するため、遠路はるばる東京からやってきたのだ。レイダルはミズホに対し、インタビューは受けないことを丁寧に説明したうえで、関心があればその夜のパーティーに歓迎すると答えた。サンクタム・シリーズのアニメ化についてレイダルから言質が取れることを期待したのだろう。ミズホがここにきてから四日がたっていた。

ヴェロニカがため息をついて、目を閉じる。

ミズホはゴールドのネックレスをつけたままだった。ネックレスの下の肌が赤く焼けはじめている。マリーはわずか五分ばかりサウナにいたあと、シャワーを浴びに出ていった。ミズホもついにサウナ室をあとにした。

ヴェロニカは両ひじをひざにのせ、体を前に傾けた。薄く開いた口で息をしている。乳首から汗がしたたり落ちる。

レイダルはヴェロニカに対し、ある種の愛情をほのかに感じていた。しかし、胸の内に抱える荒廃を彼女にどう説明すればよいのか、レイダルにはわからなかった。今この瞬間に彼がしていること、彼が興じていることは、そのこと自体に意味があるのではなく、ただ次の一分を生き延びるための方便にすぎないということを。

「マリーはすごい美人よね」ヴェロニカが言う。

「ああ」

「巨乳だし」

「やめろ」レイダルがつぶやく。

ヴェロニカは真剣な表情で彼を見つめた。

「どうしてわたし、離婚しちゃいけないの」

「きみが離婚したら、ぼくたちの仲も終わりだ」

ヴェロニカの目に涙があふれた。彼女がなにか言おうとした瞬間にマリーがサウナ室に戻ってきた。くすくす笑いながらレイダルのとなりに腰かける。

「ああ、暑い」マリーが、ふうと息を吐く。「よくここにすわっていられるわね」

ヴェロニカがサウナ室の石に水をかけた。しゅーっという音とともに熱い蒸気が勢いよく立ちのぼり、彼らの体を数秒のあいだ包みこむ。それから湿気は消え、空気は再び熱く乾いた。

レイダルが両ひじをひざにのせて体を前に傾ける。髪の毛が熱く、指でかきあげるとやけどするかと思うほどだった。

「もう無理だ」レイダルはついに大きく息を吐き、ベンチから下りた。

外のやわらかな雪の中に出ていくと、ふたりの女もあとを追ってきた。黄昏(たそがれ)の空に重なりはじめた闇の層が、白い雪面を薄青く光らせている。

頭上から大粒の雪が舞い落ちる。裸の三人は深く積もった新雪の中を歩いていった。ダグヴィッド、ヴィッレ、ベルセリウスの三人が、サンクタム・スカラーシップのメンバーと夕食をともにしていた。レイダルたちが歩く庭の裏手にまで、酒宴の歌が聞こえてくる。

レイダルは、ヴェロニカとマリーを振り返って見た。紅潮した体から上がる湯気がふたりの裸身をベールのように包みこみ、雪がそのまわりを舞っている。レイダルがなにか言おうと口を開いたとき、ヴェロニカが背をまるめ、雪をすくって彼にかけた。

笑いながら後ずさりしたレイダルは、つまずいて背中から後ろに倒れ、やわらかく積もった雪の中に消えた。

仰向けに倒れたまま、レイダルは女たちの笑い声を聞いていた。

雪に包まれ、解放感がレイダルを満たしていく。体はまだ燃えるように熱い。レイダルはまっすぐに空を見つめた。万物の中心から彼を幻惑するかのように渦を巻き、無限に漂い落ちる白い雪。

ふいに思い出が浮かびあがり、彼を驚かせる。子どもたちのオーバーオールを脱がせてやったあの日。雪まみれの毛糸の帽子を子どもたちの頭からはぎとる。冷たい頬に、汗ばんだ髪。乾燥機と、濡れたブーツのにおい。

子どもたちへの思いが、痛みとなって彼の肉体を貫いた。

今はひとり、このまま意識がなくなるまで雪に埋もれていたい。フェリシアとミカエルの思い出に包まれて死にたい。彼らと暮らしていたときの記憶とともに。

やがて、レイダルはやっとのことで立ちあがると、雪が白く積もった農地を見渡した。マリーとヴェロニカが笑い声をあげ、仰向けに倒れて雪に大の字を描き、はしゃいで転がった。

「いつ頃からこういうパーティーを開いているの？」マリーが大声でレイダルに尋ねた。

「言いたくないね」レイダルがつぶやく。

ここから立ち去りたい。酒に酔いつぶれて首をくくりたい。レイダルが歩きだすと、マリーが仁王立ちで行く手をさえぎった。

「なんにも話してくれないのね。あなたのこと、なにもわからない」彼女は小さく笑って言った。「子どもはいるのかとか、それに……」

「ほっといてくれ！」レイダルが叫び、マリーの横を歩き去った。「なにが目的なんだ？」

「ごめんなさい、もし……」

「ほっといてくれ」レイダルは吐き捨てるように言い、邸内に入っていった。

女たちは雪の中をよろめきながらサウナに戻った。体についた氷塊が水になって流れ落ちる。冷えた体は熱気に包まれ、嘘のように寒さは消えた。

「彼、いったいどうしたの？」マリーが尋ねる。

「彼は生きているふりをしているだけ。心は死んでるのよ」ヴェロニカは、あっさりと答えた。

三六

レイダル・フロストはサイドにラインの入った新しいズボンをはき、シャツの前をはだけた。うなじのあたりの髪が湿っている。シャトー・ムートン・ロートシルトのボトルを両手に一本ずつ持つ。

この日の朝、レイダルは階段を上がって二階の子ども部屋に向かった。梁にかけたままのロープをはずそうと思ったのだが、子ども部屋の前に立った瞬間、激しい死の衝動がわきあがった。ドアの取っ手に手をかけたところで、レイダルは無理やりきびすを返し、階下に下りて寝ている友人たちを起こした。友人たちは、細長いグラスに香料をきかせたシュナップスをつぎ、ゆで卵にロシア産のキャビアをのせて皿に並べた。

レイダルは素足のまま、黒い肖像画の並ぶ廊下を歩いていく。

邸内は外の雪の反射を受け、闇を漂白したかのような淡い光に満たされていた。つややかな革製の家具が置かれた書斎に入り、レイダルは大きな窓から外を眺めた。まるでおとぎ話の世界のような風景が広がっている。リンゴの木が生え、畑の広がる大地に、冬の王が雪を吹きかけていったようだ。

ふいに、ちらちらとまたたく光が目に入った。その光は、敷地の門から屋敷へつづく長い並木道を近づいてくる。枝を広げた木々のシルエットが、光の中にレース模様のように浮かびあがる。近づいてきたのは一台の車だった。車両の後方に舞いあがった雪が、バックライトに照らされて赤く染まる。

レイダルは、まだほかにも招待客がいたのだろうかといぶかしんだ。

来客の応対をヴェロニカに頼もうと考えたとき、それが警察車両であることに気がついた。

レイダルは少しためらうと、ワインボトルを戸棚の上に置き、階段をおりた。玄関で裏起毛の冬用ブーツを履き、外の冷たい空気の中に出る。砂利の敷かれた広い前庭に下り立ち、車を迎える。

「レイダル・フロストさんですか」私服の女性警官が尋ね、パトカーからおりてきた。

「はい」

「中に入ってもよろしいでしょうか」

「ここでお願いします」レイダルが答える。

「車の座席におかけになりたいですか？」

「そんなふうに見えますかね」

「息子さんが見つかりました」女性警官がレイダルに近づきながら言った。

「なるほど」レイダルはため息をつき、それ以上の言葉を拒むように片手をあげた。

息を吸いこむと、雪のにおいがした。はるか上空でクリスタルの結晶のように凍った、水のにおいだ。レイダルは気持ちを落ちつかせ、あげた手をゆっくりとおろすと、奇妙に抑揚のない声で尋ねた。

「どこで見つかったんですか？」

「橋の上を歩いているところを……」

「なんだと？　なにをふざけたことを……」レイダルが声を荒らげる。

女性警官は一歩うしろに下がった。長身の背中に、きっちりと束ねた髪を垂らしている。

「息子さんが生きていると、お伝えしにきたんです」

「どういうことだ？」レイダルは言い、困惑の表情を浮かべた。

「息子さんは、セーデル病院で手当てを受けています」

「別人だろう。息子は何年も前に死んで……」

「あなたの息子さんにまちがいありません」

レイダルは真っ黒な瞳で彼女を見つめた。

「ミカエルが、生きているのか？」

「帰ってこられました」

「息子が？」

「驚かれたことと思いますが……」

「私は、てっきり……」

警官がＤＮＡ検査の結果が百パーセント一致したことを説明すると、レイダルはあごを震わせた。足もとの地面がぐにゃりと波打ち、彼は支えを求めて両手を宙に伸ばした。

「神よ」レイダルがささやいた。「感謝します、神よ……」

レイダルは満面に笑みを浮かべた。まるで壊れた人形のように、頭上に降りしきる雪をふり仰ぐと同時に、両ひざががくりと折れる。警官が彼を支えようと手を伸ばしたが、レイダルは片ひざを地面にぶつけて横に倒れ、片手をついて体を支えた。

それから、警官の手を借りて立ちあがると、その腕にしがみついた。レイダルのコートをはおったヴェロニカが裸足(はだし)で駆けてくるのが見える。

「ほんとうに、私の息子ですか?」レイダルはささやくように尋ね、警官の目を見つめた。

警官はうなずき、繰り返した。

「DNA検査の結果は百パーセント一致していました。ミカエル・コーラー=フロストさんにまちがいありません。息子さんは生きています」

ヴェロニカがレイダルに駆けよった。警官についてパトカーへ歩きながら、崩れそうになるレイダルの体を支える。

「なにがあったの、レイダル?」ヴェロニカがおびえた表情で尋ねた。

レイダルはヴェロニカを見つめた。彼は混乱した表情で、急に年をとったように見えた。

「私の息子が」レイダルはぽつりと言った。

三七

遠く雪に霞んだセーデル病院の白い建物は、墓石に似ている。

ストックホルムに向かう車中、レイダルは夢遊病者のような動きでシャツのボタンをとめ、すそをズボンの中に押しこんだ。ミカエル・コーラー＝フロストと断定された患者は救急治療室から一般の病室に移されたと、警官たちは説明した。それを聞きながら、レイダルはまだ非現実の世界にいるように感じていた。

スウェーデンでは、遺体が見つからなくても、死亡した可能性が高いと判断された場合、親族は一年を過ぎたのちに死亡認定の手続きをとることができる。レイダルはふたりの子どもの遺体が見つかるのを六年間待ち、ついに死亡認定を申請したのだった。国税庁は申請を許可し、その半年後に子どもたちの死は法的に有効となった。

今、レイダルは私服の女性警官について病院の長い廊下を歩いていた。目的の病室がどの病棟だったか覚えていない。ビニールの床と、ベッドの車輪がつけた無数の傷に視線を落としたまま、彼はただ警官について歩いた。

あまり期待しすぎてはいけない。レイダルは自らに言い聞かせた。警察がまちがっている可能性だってある。

十三年前の夜更け、フェリシアとミカエルは外へ遊びに出たまま姿を消した。ダイバーが海に潜り、リンドシャールからビョルンダーレンまで、湾内の海底のほぼ全域をさらった。当初はヘリコプターも投入され、しらみつぶしの捜索が行われた。レイダルは捜索に協力するため、子どもたちの写真や指紋、歯科医療カードや、DNAの検体を提出した。

前科のある犯罪者についても調査が行われた。しかし、県警は最終的に、兄妹のどちらかが冷たい三月の海に落ち、残りのひとりが助けようとして水に入り、いっしょに溺れたものと推定した。

レイダルは内密に探偵を雇い、考えうるあらゆる手がかりを追求した。まず、子どもたちの周辺にいた人物全員を調べあげた。教師、学童教員、サッカーのコーチ、近所の住人、郵便配達、バス運転手、庭師、コンビニ店員、カフェ店員。さらに電話やインターネットを介して子どもたちと接触のあったすべての人物。クラスメイトの保護者や、レイダル自身の親戚までも調査の対象とした。

警察が捜索を打ち切ってから長い時間がたち、子どもたちに関係した人物の末端に至るまで丹念に調べあげた結果、レイダルは万策が尽きたと感じはじめた。それでも数年のあいだは、子どもたちの遺体が打ちあげられるかもしれないと、毎日欠かさず砂浜に沿って歩いた。

レイダルと金髪をうしろに束ねた私服警官はエレベーターをおり、入れ替わりに職員が老女をのせたベッドを押して乗りこむのを見守った。廊下を進み、病棟を仕切るドアの前まで来ると、足に水色のシューズカバーをつける。

レイダルはよろめき、壁に手をついた。これは夢ではないかと、何度も自問していた。さまざまな思いがあふれだしそうになるが、今はそれを解き放つ勇気がない。

病棟を奥へと進み、白衣を着た看護師たちの横を通り過ぎる。レイダルは気を引き締め、落ちつきを取り戻したつもりだったが、それでも歩調が速まるのを抑えられなかった。

周囲の人々のざわめきをどこかで感じながらも、彼の心は理解しがたい静寂に支配されていた。

廊下の突きあたりの右手に四番の病室があった。レイダルはうっかり夕食をのせたワゴンにぶつかり、積みあげられたコップが転がり落ちた。

病室に入り、ベッドに横たわる青年の姿を目にしたとき、レイダルは現実の世界から切り離されたように感じた。青年は、腕の内側にカテーテルをつけ、鼻から酸素を吸入していた。吊りさげられた点滴バッグのとなりに白いパルスオキシメーターが設置され、そこから延びるケーブルが左手の人差し指につながっている。

レイダルは立ち止まり、手で口を覆った。表情に抑えがきかない。耳をつんざくような轟音とともに感情の波が堰を切ってほとばしり、現実の世界が戻ってきた。

「ミカエル」レイダルはそっと名前を呼んだ。

青年はゆっくりと目を開けた。顔が母親にそっくりだ。ミカエルの頰に慎重に手を当てる。口が震えてうまく話せない。

「どこにいたんだい？」レイダルは尋ねた。気づくと涙が頰をつたっていた。

「パパ」ミカエルがささやいた。

ミカエルの顔は恐ろしいほど蒼白く、目は疲れて落ちくぼんでいた。十三年の年月はレイダルが心の奥にしまいこんでいた幼顔を、おとなの顔に変えていた。同時に、ミカエルのやせ細った姿を目にすると、生まれたばかりの、保育器に入っていたときの姿がよみがえってきた。

「これでまた幸せになれる」レイダルはささやき、息子の頭を撫でた。

三八

ディーサがやっとストックホルムに戻ってきた。ヴァリーン通り三十一番地にある、ヨーナの住むアパート最上階の部屋で、彼の帰りを待っている。ヨーナは帰り道にイシビラメを買い、家路を急いだ。今夜はレムラードソース添えのソテーにするつもりだ。

歩行者が通らないガードレール近くの歩道には、雪が二、三十センチも積もっている。街の明かりが、曇りガラス越しのようにぼんやりと光っている。

カムマーカル通りを横断するとき、前方からだれかの興奮した声が聞こえた。ここは街の暗部だ。道路際にうずたかく積もった雪と、駐車された車の列が暗い影を落としている。のっぺりした建物の壁面には、雪解け水の跡が黒く筋を描いている。

「おれの金をよこせ」そう叫ぶ男のしわがれ声が聞こえてきた。

遠くのほうにふたりの人影が見えた。ダーラ階段へとつづく手すりを背景に、ふたりの男がじわじわ間合いを詰めている。ヨーナは前へ歩を進めた。

鼻息を荒くした男たちが、背を丸めた格好でにらみ合っていた。ふたりとも泥酔し、怒りにわれを忘れている。片方はチェック柄のダウンジャケットに毛皮の帽子をかぶっていた。その手の中で、小さなナイフがきらりと光る。
「このくそ野郎！」男ががなり立てた。「この悪魔の……」
対する男の顔はひげで覆われ、黒いオーバーコートの肩の部分が裂けている。彼は
顔の前で空のガラス瓶を振りながら、繰り返した。
「おれの金を、利子をつけて返しやがれ」
「キスコア　コルコア（高利貸しめ）」ナイフを持った男がフィンランド語で言い、
雪に血の混じったつばを吐き捨てた。
でっぷりとした六十代くらいの女が、階段散布用の砂が入った青いプラスチックの
ボックスにもたれている。煙草の火が揺れ、女の太った顔を照らしだす。
手にガラス瓶をもったひげの男が、雪に覆われた大木を背にあとずさりした。毛皮
の帽子の男がよろめきながら近づき、ナイフをさっと突きだす。鋭い刃先が光った。
ひげの男がうしろによけてかわし、瓶を振りおろす。ガラス瓶は相手の頭を直撃し、
緑色の破片が男の帽子のまわりに飛び散った。ヨーナは武器庫に保管してきたことを
知りつつも、とっさに手で拳銃を探しそうになった。
ナイフをもった男はよろめいたが、倒れずにもちこたえた。ひげの男が、割れてふ
ちがぎざぎざにとがった瓶を突きだす。
悲鳴が響いた。ヨーナは路上の雪や、雨どいから流れ出る氷塊を踏みつけて走った。

ガラス瓶をもった男が足をすべらせ、仰向けに倒れる。手を伸ばして金属製の手すりにつかまろうとしている。

「おれの金だ」そう繰り返し、咳きこんだ。

ヨーナは路上に停められた車から雪をかきあつめて雪玉をつくった。

ナイフを手にした男がふらつきながら、倒れたままの相手に近づいていく。

「貴様の腹を裂いて、金をつめこんでやる……」

ヨーナが雪玉を投げた。玉はナイフをもった男の首筋に当たった。どすんと乾いた音がして、雪が四方に飛び散る。

「ペルケレ（ちくしょう）」ナイフの男が混乱したように言って、ぐるりとまわりを見まわす。

「雪合戦だぞ、みんな！」ヨーナは叫び、また雪玉をまるめた。

ナイフをもった男がヨーナを見た。男の濁った目に小さな炎がともる。

ヨーナが路上に倒れている男に向かって雪玉を投げる。玉は胸に命中し、雪がひげづらに飛び散った。

ナイフの男がひげの男を見下ろし、あざけるように笑った。

「ルミウッコ（雪だるま）」

ひげの男が手で雪をすくい、相手に投げつける。笑っていた男はあとずさりしてナイフをしまい、雪玉をつくりはじめた。ひげの男がよろよろと立ちあがり、手すりにしがみつく。

「雪合戦ならまかせとけ」そうつぶやくと、雪を丸めはじめた。

ナイフの男がひげの男に狙いを定めたと見せかけ、急に後ろを振り返ってヨーナに雪玉を投げつけた。雪の玉はヨーナの肩に当たった。

数分のあいだ、雪の玉は四方八方に飛び交った。ヨーナがすべって転倒する。ひげづらの男が帽子を地面に落とすと、ナイフの男が走りよって帽子の中に雪をつめこむ。手を叩いていた女の額に雪玉が命中する。雪玉はこわれずに、白いこぶのように額にくっついた。ひげの男がげらげら笑いながら、ごみに出された古いクリスマスツリーの山の上にどさりとすわる。ナイフの男が彼に向かって地面の雪を蹴ったが、そこで体力が尽きたようだ。男は息を切らし、ヨーナを振り返って尋ねた。

「おまえ、どこから来た？」

「国家警察だよ」ヨーナは答えると、服についた雪を払った。

「警察？」

「あんたたちが、あたしから子どもを奪ったんだ」女がつぶやいた。

ヨーナは毛皮の帽子を拾って雪を払い、ナイフの男に手渡した。

「ありがとう」

「願い星を見たことがある」女が泥酔した目をヨーナに向けた。「七歳のときだった……あたしの願いは、あんたが地獄の炎に焼かれて、断末魔の叫びを……」

「だまれ」ナイフの男ががらがら声で言う。「おれはもう少しで弟を刺すところだったんだぞ……」

「おれの金を返せ」ひげの男が笑顔で叫んだ。

三九

ヨーナが帰宅すると、浴室の明かりがついていた。ドアを少し開けてのぞくと、ディーサがいた。目を閉じて泡だらけの浴槽につかり、鼻歌をうたっている。浴室の床には、泥だらけの服が山と積まれていた。

「牢屋に入れられたのかと思ったわ」ディーサが言った。「そしたら、このアパートをゆずってもらうつもりだったのに」

この冬、ヨーナは長期にわたる公安警察の追跡調査活動を妨害し、公安の特殊部隊を危険にさらした疑いで、検察による調査の対象となっていた。

「まあ、有罪だろうな」とヨーナは言うと、ディーサの衣服を拾って洗濯機の中に入れた。

「最初からそう言ったでしょ」

「まあね……」

ヨーナの目が、ふいに雨空のような灰色に曇った。

「ほかになにかあった？」

「長い一日だったよ」ヨーナは答えると、浴室を出てキッチンへ向かった。

「行かないで」

ヨーナが戻ってこないのをみると、ディーサは泡風呂からあがり、体を拭いて薄いローブを身にまとった。ベージュ色のシルクの生地がほてった体にまとわりつく。

キッチンへ入ると、ヨーナがフライパンでジャガイモをこがね色に炒めていた。

「いったいなにがあったの？」

ヨーナはディーサをちらっと見て言った。

「ユレック・ヴァルテルの犠牲者のひとりが生還したんだ……ずっと監禁されていたらしい」

「じゃあ、やっぱりあなたが正しかった……共犯者がいたのね」

「ああ」ヨーナがため息をつく。

ディーサが彼に近より、手のひらをそっと背に当てた。

「逮捕できる？」

「そうだといいが」ヨーナは真剣な顔で言った。「まだその青年からちゃんと話を聞けていないんだ。体力を消耗していてね。でもきっと、彼が犯人の居場所へ導いてくれるはずだ」

ヨーナはフライパンをコンロから下ろし、振り返ってディーサを見つめた。

「なに？」彼女が不安そうに尋ねる。

「ディーサ、ブラジルの考古学調査プロジェクトの件、引き受けたほうがいい」

「いやだって言ったじゃない」ディーサは即答したが、すぐにヨーナの意図を理解したようだった。「そんなふうに考えないで。ユレック・ヴァルテルなんてどうでもいい。怖くなんかないわ。恐怖に支配されるのはごめんよ」

ヨーナは彼女の顔にかかる濡れた髪をやさしく払った。

「ほんの少しのあいだだよ。この件が落ちつくまで」

ディーサはヨーナの胸に顔をうずめ、低い鼓動の音を聞いた。

「わたしには今も昔も、あなたしかいない」ディーサが言った。「あなたが事故で家族を失って、わたしの家に住みはじめたときから。わかってるでしょ……わたしは、わたしはあなたに……いわゆる……恋に落ちた……ほんとうのことよ」

「きみのことが心配なだけなんだ」

ディーサはヨーナの腕をさすりながら、行きたくない、とささやいた。涙で声をつまらせた彼女をヨーナは引きよせ、唇を重ねた。

「だけど、わたしたちずっといっしょにいたじゃない」ディーサが言い、ヨーナをまっすぐに見つめた。「もし共犯者がいてわたしたちを狙っているなら、これまでなにも起こらなかったのはどうして？　つじつまが合わないわ……」

「そうだ、ぼくもそう思う。でもやっぱり……やらなきゃいけない。ぼくはあいつを追いつめる。今、すべてがはじまるんだ」

ディーサは嗚咽がこみあげるのを感じた。涙をこらえて顔をそむける。彼女はかつてスンマの親友だった。ヨーナとディーサは、そもそもスンマを介して出会ったのだ。そしてヨーナの人生が崩壊したとき、ディーサはそこにいた。

絶望の底をさまよっていた一時期、ヨーナはディーサの家に身を寄せた。

夜、ヨーナは居間のソファで寝た。ディーサは毎晩、となりの部屋で、彼が身動きする物音をまんじりともせず聞いていた。そして、自分が眠れずにいることにヨーナが気づいているのも知っていた。ディーサがそこに寝ていると知りながら、寝室のドアを彼が見つめていることも。ディーサの心は乱れた。彼女に対して距離をおこうとするヨーナの態度に、彼の冷たさに傷ついた。そしてある夜、ヨーナは起きあがると服を着替え、彼女のアパートを去ったのだ。

「わたしは行かない」ディーサはささやき、頬の涙をぬぐった。

「行かなきゃだめだ」

「どうして？」

「きみを愛しているからだ。わかってるだろう」

「それでわたしが納得すると思うの？」ディーサは泣き顔に笑みを浮かべて言った。

四〇

大型モニターが九つの小さな画面に分割され、そのひとつにユレック・ヴァルテルが映っている。ユレックは、まるで閉じこめられた肉食獣のようにデイルームの中を一周する。ソファの前を横切り、左に曲がって壁沿いにテレビの前を通り過ぎる。ランニングマシンをまわって左へ進み、再び自室に入っていく。アンデシュ・レンは、複数に区切られた小さな画面と、もうひとつ別のモニターに、ユレックの姿が同時に映るのを見ていた。

ユレックは顔を洗い、濡れた顔を拭きもせず、プラスチック製の椅子に腰かけた。そのまま廊下に面したドアを見つめている。顔からぽたぽたと落ちる水がシャツにしみをつくり、乾いていく。

ミーがオペレータ席にすわっている。時計に目をやって三十秒待ち、ユレックの姿を確認すると、コンピュータ画面にチェックを入れて隔離部屋のデイルームに面したドアを施錠した。

「今日の夕食はハンバーグね。彼の好物よ」ミーが言う。

「へえ」

アンデシュは、このたったひとりの患者のために繰り返される単調なルーティンにすでにうんざりしていた。上階の第三十病棟での回診がなければ、日にちの経過もわからなくなりそうだ。ほかの医師たちが、それぞれ受け持ちの患者や治療計画について話しあう中、閉鎖病棟は異常なしという毎度の報告を心待ちにする者はいない。

「あいつと話したことはある?」アンデシュが尋ねる。

「ユレックと? それは禁止されてるもの」ミーは答え、入れ墨のある腕を指で掻いた。「でも……ユレックは、人が忘れられないようなことを言ってくるのよ」

アンデシュはあの初日以来、ユレックと話したことはなかった。彼の仕事は、ただユレックにいつもの抗精神病薬の注射を打つことだけだった。

「コンピュータの使い方、わかるかい?」アンデシュが尋ねる。「電子カルテのシステムからログアウトできないんだけど……」

「ログアウトできなきゃ家に帰れないわよ」ミーが言う。

「え、でも……」

「冗談」ミーが笑った。「地下のコンピュータはしょっちゅう調子が悪くなるの」

ミーは立ちあがり、ファンタのペットボトルをテーブルからとり、廊下に向かって歩きだした。アンデシュは、モニターでユレックを見た。彼はまだ身動きもせず、目を見開いてすわっている。

セキュリティドアや二重扉の奥深くにこもっての勤務は、決して愉快なことではない。しかし、職場は家に近く、アグネスといっしょに夜を過ごせるのはすばらしいことだ。アンデシュは自らにそう言い聞かせながら、ミーのあとについて歩いた。ミーは照明の消えた廊下をリラックスしたようすで歩いている。明るい執務室に入ると、彼女の白いナース用のズボンの下に赤いショーツが透けて見えた。

「さあ、どうかな」ミーがつぶやく。アンデシュの椅子にすわり、一時停止中のパソコンを動かして、満足そうな表情でプログラムを強制終了させると、改めてシステムにログインした。

アンデシュは礼を言い、当直がだれか尋ね、もし時間があれば薬剤カートの中身を補充するよう頼んだ。

「最後に、薬剤リストにチェックを入れるのを忘れないで」彼はそう言って部屋を出た。

アンデシュは廊下の角を右に曲がり、更衣室へと向かう。病棟はしんと静まり返っている。更衣室に入り、ミーのロッカーを開ける。自分でもなぜこんなことをしているのかわからない。震える手で彼女のスポーツバッグを探る。湿ったTシャツとライトグレーのジョギングパンツをよけると、汗に濡れたショーツがあった。アンデシュはそれを手にとり、顔に押しつけてミーの香りを嗅いだ。ふと、もしこの瞬間、ミーがオペレータ席に戻っていたら、モニター越しに自分の姿が見られているかもしれないと気づいた。

四一

アンデシュが帰宅すると、家の中は静まり、アグネスの部屋の明かりは消えていた。彼は玄関ドアの鍵をかけ、キッチンへ向かった。ペトラが流しに立ってミキサーについた水滴を拭いていた。〝シカゴ・ホワイト・ソックス〟のロゴが入っただぶだぶのTシャツを着て、黄色いレギンスを膝までまくりあげている。アンデシュはペトラの背後に立ち、両腕を彼女の体にまわして、髪のにおいと、つけたばかりのデオドラントの香りを胸に吸いこんだ。ペトラは身をよじって離れようとしたが、アンデシュは両腕を上にずらし、彼女の豊かな乳房をつかんだ。

「アグネスはどう?」アンデシュが尋ね、手を放す。

「保育園で友だちができたのよ」ペトラはにっこり笑った。「先週入ってきた男の子なんだけど、アグネスのことが好きらしいの。アグネスのほうはどう思っているかわからないけど、でも、その子がアグネスにレゴブロックをあげたら、受けとったらしいわ」

「恋の始まりかな」アンデシュは椅子に腰かけた。

「疲れた？」

「ワインでも飲もうかな。きみはなにがほしい？」

「なにがほしいか？」

ペトラが彼の目を見つめ、にっこりと笑った。彼女のこんな笑顔は久しぶりに見る。

「なんだい？」アンデシュが尋ねる。

「わたしがほしいもの、知りたい？」ペトラがささやいた。

アンデシュはやれやれと首を振り、ペトラは目を輝かせて彼を見た。ふたりはキッチンをあとにし、そっと寝室に入った。アンデシュがドアに鍵をかけると、ペトラはクローゼットの鏡張りの扉を開き、引きだしを開けた。中に入った下着の山をどけて、奥からビニール袋を取りだす。

「そこに隠してたのか」

「さあ、わたしに恥をかかせないで」

アンデシュがベッドの毛布をはぐと、ペトラがそこに袋の中身をあけた。ペトラが『フィフティ・シェイズ・オブ・グレイ』を読み終えたあと、ふたりで購入した品物だ。アンデシュはやわらかいロープを手にとり、ペトラの両手を縛った。ロープの先をヘッドボードの柵に通してひっぱると、ペトラは縛られた両腕を上にあげて仰向けに倒れた。アンデシュが手にしたロープをベッドの足側の支柱にくくりつけておいて、タイツとショーツに手をかけると、ペトラは両脚をそろえて脱がせやすいように身をよじった。

アンデシュは再びロープを支柱からほどいた。ロープの途中に輪をつくってペトラの左足首にはめ、ベッドの足側につきでた二本の支柱にぐるりとひっかけてから、その先端をペトラの右足首に結びつけた。

そっとロープをひっぱり、ペトラの脚をゆっくりと左右に開かせる。

彼女は頬を紅潮させてアンデシュを見た。

アンデシュは急にロープを強くひっぱって、ペトラの脚を限界まで開かせた。

「ゆっくりね」彼女があわてて言う。

「静かにしろ」アンデシュが厳しい声で言うと、ペトラは満足げにほほ笑んだ。

アンデシュはロープを固定し、ペトラのTシャツをずりあげて顔にかぶせ、目隠しをした。ペトラは顔からTシャツをはずそうともがいた。大きな乳房が揺れる。

目隠しははずれない。両腕を頭上に固定され、脚を痛いほど大きく開かされた姿勢で、彼女はどうすることもできなかった。

アンデシュは立って、ペトラが首を左右に振るようすを見下ろしていた。胸の鼓動が速く、強く打ちはじめる。彼はゆっくりとズボンのボタンをはずしながら、彼女の秘部が濡れて光りだすのを見つめていた。

四二

ヨーナが病室に入ると、ミカエルの枕もとに年配の男性がすわっていた。男性がレイダル・フロストであることを理解するまで、数秒かかった。レイダルに会ったのはもう何年も前のことだが、その年月から予想される以上に彼は年老いて見えた。ミカエルは眠っている。レイダルは、ミカエルの左手を両手で包むようにしてすわっている。

「あなたは、子どもたちが溺死したとは考えていなかった」レイダルが静かに言った。

「ええ」ヨーナが答える。

レイダルはミカエルの寝顔を見つめ、そしてヨーナを振り返った。

「あの殺人鬼のことをこれまでだまっていてくれて、ありがとう」

ミカエルとフェリシアがユレック・ヴァルテルの犠牲者ではないかという疑いを強めたのは、ふたりの失踪こそがユレックの追跡と逮捕のきっかけとなったためだ。ヨーナとサムエルが初めてユレックを発見したとき、彼は兄妹の母親が住む部屋の窓の外に立っていた。

ヨーナはミカエルのほっそりとした顔を見つめた。あごにはまばらにひげが生え、頬はこけ、高熱に浮かされて額に汗が浮かんでいる。

ミカエルが語った当初の状況、子どもたち以外にもレベッカ・メンデルを含む複数の被害者がいたという時期は、おそらくユレックが兄妹の監禁をはじめて数週間の頃だろう。

それから、監禁生活は十年以上つづいた。

しかし、ミカエルは脱走に成功した。これで監禁場所をつきとめられるはずだ。

「追跡をあきらめたことは、一度もありません」ヨーナは静かに言った。

レイダルはミカエルを見つめ、思わず顔をほころばせた。彼はもう何時間もおなじ姿勢ですわっていたが、息子の顔を見飽きることは決してなかった。

「医者は、ミカエルは元気になると言っていました。なにも危険はないと保証してくれています」レイダルの声はかすれていた。

「ミカエルと話はしましたか？」

「かなり強い鎮痛剤を投与されていて、ほとんどずっと眠ったままなんです。でも、医者はそのほうがいいと、今は眠らせておいたほうがいいと……」

「そうでしょうね」

「きっと大丈夫でしょう……精神面での回復には時間がかかるかもしれないが、焦る必要はない」

「息子さんは、なにか言っていましたか？」

「なにか小声でいろいろ言っていましたが、聞きとれなくて」レイダルは言った。「混乱しているようです。でも、私の顔はわかってくれました」

　ミカエルには、一刻も早く自身の体験を語らせることが望ましいとヨーナはわかっていた。治療プロセスにおいて記憶の想起はきわめて重要だ。時間をかける必要はあるが、放置しておいてはいけない。質問は少しずつ負荷のかかる内容にしていけばよいが、トラウマを受けた人間が完全に心を閉ざしてしまうリスクは常にある。

　焦る必要はない、とヨーナは自分に言い聞かせた。

　事件の全貌が明らかになるまでに数カ月かかってもかまわない。ただし、今日にでも確認しなければならない重要な質問がある。

　共犯者はだれなのか。ミカエルは共犯者を知っているのか。それだけはすぐに確かめなければならない。ヨーナの鼓動が激しく打ちはじめた。

名前、あるいはなにかひとつでも特徴がわかれば、この悪夢を終わりにできる。

「ミカエルが目を覚ましたら、すぐにでも話がしたいんです」ヨーナは言った。「いくつか、具体的にお聞きしたいことがあります。彼にとっては、つらい内容になるかもしれません」

「ミカエルを怖がらせないでください。ミカエルが苦しむのを見るのは、耐えられない……」

看護師がやってきて、レイダルは口をつぐんだ。看護師は小声でふたりにあいさつをし、ミカエルの脈と血中酸素濃度を確認した。

「手が冷たくなってます」レイダルが看護師に訴える。

「すぐに解熱剤をあげますね」看護師がうなずいた。

「抗生剤は？」

「抗生剤の効果が出てくるまでに二日かかるんです」看護師はレイダルをなだめるようにほほ笑み、新しい点滴バッグを設置した。

レイダルは立ちあがり、管が邪魔にならないように手で支えて看護師を手伝った。作業が終わると、彼は看護師をドアまで見送った。

「担当の先生とお話ししたいんですが」レイダルが言う。

ミカエルがため息をつき、なにかささやいた。レイダルが振り返る。ヨーナは彼の言葉を聞きとろうと、身をかがめた。

四三

ミカエルの呼吸が速くなる。かぶりを振り、なにかささやいて目を開け、追いつめられたような視線でヨーナを見つめる。

「助けて。ここで寝ていられない」ミカエルが言った。「もう耐えられない。もう耐えられない。フェリシアがぼくを待ってる。フェリシアを感じる。フェリシアがずっと……」

レイダルは急いでミカエルに駆けより、手を握って自分の頬に押しあてた。

「ミカエル、わかるよ」レイダルはささやき、ごくりとつばをのみこんだ。

「パパ……」

「わかるよ、ミカエル、私もフェリシアのことをずっと……」

「パパ」ミカエルがかすれた声で叫んだ。「もう耐えられない、もう無理だ、ぼくは……」

「落ちついて」レイダルがなだめる。

「生きてるんだ、フェリシアは生きてるんだよ」ミカエルは叫んだ。「ここで寝ていられない。行かなくちゃ……」

彼は痰のからんだ咳を繰り返した。レイダルはミカエルが楽になるように頭を支えた。息子を落ちつかせようと何度も言葉をかけていたが、レイダルの目には底知れない混乱が渦巻きはじめていた。

ミカエルはぜいぜいと息をしながら枕に頭を沈め、聞きとれない言葉をささやいた。涙が流れ、頬をつたう。

「フェリシアがどうしたって？」レイダルは気を落ちつけて尋ねた。

「いやだ」ミカエルがあえいだ。「ここに寝ていられない……」

「ミカエル、はっきり言ってくれ」

「耐えられない……」

「フェリシアが生きているって」レイダルが繰り返した。「なぜそんなことを言うんだい？」

「おいてきたんだ。ぼくはフェリシアをおいてきてしまった」ミカエルが泣く。「ぼくは、フェリシアをおいて逃げたんだ」

「そうだよ、パパ」

「フェリシアが、まだ生きているっていうのか」レイダルは繰り返した。

「そうだよ、パパ」ミカエルがささやく。涙が頬を流れ落ちる。

「おお、神よ」レイダルはささやき、震える手を頭にやった。「なんということだ」

ミカエルが激しく咳きこみ、点滴の管に血が逆流した。息を吸いこんでは咳をし、はあはあと苦しげにあえぐ。

「パパ、ぼくたちはずっといっしょにいたんだ。闇の中、床にすわって……でも、ぼくはフェリシアをおいてきてしまった」

ミカエルは力尽きたように静かになった。目がしだいに濁り、焦点がぼやけはじめる。

息子を見つめるレイダルの顔は完全に抑制を失い、無防備なまでに感情をさらけだしていた。

「どこに……」

レイダルの声がかすれる。彼は深く息を吸い、繰り返した。

「ミカエル、フェリシアはどこにいるのか教えてくれ。フェリシアを探しに……」

「フェリシアは……フェリシアはまだあそこにいる」ミカエルが弱々しく言った。

「まだあそこにいる。フェリシアを感じる。怖がっている……」

「ミカエル」レイダルがすがるように言った。

「フェリシアはひとりが怖いんだ……フェリシアはひとりではいられないんだよ。夜、いつも目を覚まして、ぼくがいることがわかるまで泣きつづけて……」

レイダルの胸が締めつけられた。シャツの脇の下に、大きな汗のしみができていた。

四四

レイダルはミカエルの言葉を聞きながらも、その意味を完全に理解することができなかった。枕もとに立って息子をなだめながら、その顔を見つめる。

さまざまな考えが渦を巻き、ただ一点に向かって収れんしていく。フェリシアを助け出さなければ。フェリシアをひとりにしてはおけない。

レイダルは虚空を見つめ、重い足どりで窓に近づいた。はるか下の地面には葉を落としたローズヒップの茂みがあり、数羽の雀が枝にとまっている。街灯の根もとに積もった雪に、犬が小便をした跡が見える。バス停のそばのベンチの下に、手袋が片方だけ落ちている。

背後で、ミカエルからさらになにか聞きだそうと話しかけるヨーナの声が聞こえた。彼の暗い声が、レイダルの激しい鼓動とまじりあう。

人はあとから過ちに気づき、ときに狂おしいほどの悔恨にさいなまれる。己をゆるせなくなるほどに。

レイダルは、自分が父親として公平でなかったとわかっていた。故意にそうしたつもりはなかったが、結果的にはおなじことだ。

親は子どもたちすべてに等しく愛情をそそぐものだと言われるが、それでもきょうだい間で扱いに違いは生まれる。

ミカエルは、レイダルのお気に入りだった。ときに逆鱗に触れ、レイダルは彼女がおびえるほど激怒することもあった。今となっては理解できない。自分はおとなで、フェリシアはほんの小さな子どもだったのに。

なぜあんなふうに怒鳴ってしまったのか。レイダルは窓の外の曇天を仰いだ。左の脇の下が鋭く痛みはじめた。

「ずっとフェリシアを感じるんだ」ミカエルがヨーナに話している。「今、フェリシアは床に横になってる……ものすごく、怖がってる」

レイダルの胸に激痛が走り、思わずため息が漏れた。汗が首をつたい落ちる。ヨーナがレイダルの顔をのぞきこみ、腕をつかんでなにか言っている。

「大丈夫」レイダルは言った。

「胸が痛むんですか？」

「疲れただけです」レイダルは急いで答えた。

「顔色が……」

「フェリシアを見つけなければ」

燃えるような痛みがレイダルのあごを貫き、再び胸に激痛が走った。倒れこみ、顔を暖房器具に打ちつけながら、脳裏に浮かぶのはフェリシアがいなくなったあの日のことだけだった。

あの日、レイダルは娘に向かって、おまえは役立たずだと怒鳴りつけたのだ。

ひざをついて這い進もうとしたとき、ヨーナが医師を連れて病室に戻ってきた。

四五

ヨーナはレイダルを診察した医師と話したあと、ミカエルの病室に戻った。ドア近くのフックに上着をかけ、部屋にひとつだけある椅子を枕もとに引きよせてすわる。

もしフェリシアが生きているのなら、事態は急を要する。まだほかにも数名の被害者がいるかもしれない。ミカエルには、記憶の限りを話してもらう必要があった。

一時間後にミカエルが目覚めた。ゆっくりと目を開き、まぶしそうに目を細める。

父親は大丈夫だとヨーナが何度も言い聞かせると、彼はまた目を閉じた。

「最初の質問をしてもいいかい？」ヨーナが真剣な口調で問いかける。

「妹のことだね」ミカエルがささやいた。

ヨーナはサイドテーブルに携帯電話を置き、録音をはじめた。

「ミカエル、教えてくれ……だれがきみを監禁していたのか、わかるかい？」

「そうじゃない……」

「なにが？」

ミカエルの呼吸が速まる。

「あいつは、ぼくらを眠らせたかっただけ。ただ、それだけなんだ。ぼくらを眠らせようと……」

「だれが？」

「砂男だよ」ミカエルがかすれ声で言った。

「なんだって？」

「なんでもない。もう疲れたよ……」

ヨーナは携帯電話を見つめ、録音がつづいていることを確認した。

「砂男、って言ったね」ヨーナはつづけた。「ヨン・ブルンドのような、子どもたちを眠らせる砂男のことかい」

ミカエルがヨーナの目を見返した。

「本当にいるんだよ」ミカエルがささやいた。「砂のにおいがして、昼間は晴雨計を売り歩いてるんだ」

「どんな姿をしてる？」

「砂男が来るときは、いつも暗かったから……」

「なにかしら、見えただろう？」

ミカエルは首を振り、声を出さずに泣いた。涙がこめかみをつたい、枕を濡らす。

「砂男は、ほかにも名前があるのかい？」

「わからない。なにも言わないから。あいつはぼくたちと一言も話さなかった」

「どんな人物か、教えてほしい」

「闇の中を動く物音しか聞こえなくて……砂男の指先は磁器でできていて、袋から砂をつかみだすときに、指がぶつかって、チリンって音をたてるんだ。そして……」

ミカエルが声を出さずになにか言った。

「よく聞こえなかったよ」ヨーナが低い声で言う。

「そして、子どもたちの顔に砂を投げつける……次の瞬間にはもう寝ているんだよ」

「どうして男だとわかった？」

「咳をする声が聞こえたから」ミカエルは真剣な表情で言った。

「でも、姿は見てないのかい？」

「うん」

四六

　レイダルが目を覚ますと、インド系の美女が立って彼を見下ろしていた。レイダルを襲ったのは冠攣縮性狭心症だと、彼女は説明した。

「心筋梗塞かと思いました」レイダルはつぶやいた。

「胸部レントゲンを撮って冠動脈を調べます。それと……」

「ああ」レイダルはため息をつき、上体を起こした。

「寝ていてください」

「私の……息子が……」言いかけたところで口が震えはじめ、言葉がとぎれた。

　彼女は片手をレイダルの頰に置き、泣く子をなぐさめるようにほほ笑んだ。

「息子のところへ行かないと」わずかに震えの残る声でレイダルが言った。

「症状を調べてからでないと、病院を出ることはできませんよ」

　ニトログリセリンが入った小さなピンク色のボトルを手渡され、少しでも胸に異常を感じたら舌下にスプレーするように、と指示を受けた。

　レイダルは第六十六病棟に向かった。ミカエルの病室に着く前に廊下で立ち止まり、片手をついて壁にもたれる。

病室に入るとヨーナが立ちあがってレイダルに椅子をゆずった。携帯電話がベッドのそばに置かれている。

横になったミカエルは両目を開いていた。レイダルは近寄って息子の枕もとに腰かけた。

「ミカエル、フェリシアがどこにいるのか教えてくれ」

「パパ、大丈夫？」ミカエルが落ちついた声で尋ねる。

「なんでもないよ」レイダルは答え、無理に笑った。

「なんて言われたの？　お医者さんは、なんて？」

「冠動脈に少しだけ問題があるらしい。でもそんなはずはない、ばかげた話さ。フェリシアを見つけにいかないと」

「フェリシアは、自分が行方不明になってもパパは気にもかけないって言ってたよ。ぼくは、そんなことないって言ったんだけど、フェリシアは、パパが探すのはぼくだけだって」

レイダルは凍りついた。ミカエルの言うことは理解できた。最後の日に起こった出来事を、レイダルは忘れたことはない。ミカエルがやせた手を伸ばしてレイダルの腕に置いた。ふたりの視線が合う。

「おまえは、セーデルテリエのほうから歩いてきた。そこから探しはじめようか？

フェリシアはそのあたりにいるのかい？」

「わからない」ミカエルが小声で答えた。

「でも、なにか覚えているだろう」レイダルは抑えた声でつづけた。

「ぜんぶ覚えてるよ」ミカエルが言う。「でも、そこにはなにもなかったんだ。覚えるようなものが、なにも」

ヨーナはベッドの足もとの柵を両手でつかんだ。ミカエルは目を半分ほど開き、レイダルの手をしっかりと握っていた。

「きみとフェリシアは、闇の中でいっしょに床に寝ていたって言ってたね」

「うん」ミカエルがささやく。

「きみたちはどれくらいのあいだ、ふたりきりだった？　ほかの人たちがいなくなったのはいつ？」

「わからない。説明できない。時間の流れがここととはちがうんだ」

「どんな部屋だった？」

ミカエルは苦しげにヨーナの灰色の目を見た。

「部屋を見たことはないよ。はじめのうちを除いては。最初の頃は、ぼくはまだ小さくて……その頃は、部屋にランプがあって、ときどき明かりがついたんだ。それで、お互いの顔が見えた。でも、部屋がどんなだったかは覚えてない。ただ、怖くて……」

「なにか覚えてることがあるだろう」

「暗闇。ただ、真っ暗だった」

「床があっただろう」

「うん」ミカエルがささやく。

「つづけて」レイダルがやさしくうながす。

ミカエルはふたりから視線をそらした。それからまっすぐに前を見すえ、自分が長きにわたり監禁されていた場所について話しはじめた。

「床……床は、固くて、冷たかった。広さは、縦に六歩……横に四歩……壁はコンクリートでできていて、手で叩いてもぜんぜん音がしない」

四七

レイダルは無言でミカエルの手を両手で包んだ。ミカエルは目を閉じ、脳裏に浮かんだイメージや記憶を言葉に置きかえていく。

「部屋にはソファがひとつと、マットレスが一枚ある。蛇口があって、水を出すときには、マットレスを引っぱって排水溝の上からどかすんだ」ミカエルがつばをのみこむ。

「蛇口か」ヨーナが繰り返す。

「それと、ドア……ドアは鉄かスチールでできている。ドアは開いたことがない。少なくともぼくは、一度もドアが開いているのを見たことはなかった。内側には鍵も、取っ手もついていなくて……ドアのそばの壁に穴が開いていて、そこから食べ物を入れたバケツが入ってくる。穴は小さくて、でも、そこから腕を入れて上の方を探ると、指先に金属の蓋が当たる」

レイダルはミカエルが部屋のようすを説明するのを聞きながら、静かに涙を流した。

「食べ物は、長くもたせるためにできるだけ少しずつ食べた。でも、ときどき食べるものがなくなって……ときにはずっと食事が出ないこともあって、そんなときはただ横になって、壁の穴の蓋が開く音を待っていた。それからやっと食べ物が来ても、口に入れると吐いてしまって……蛇口からはときどき全然水が出なくなることもあった。のどが渇いて、排水溝からいやなにおいがして……」

「食事はどんなものが出た?」ヨーナが静かに尋ねる。

「いろんな残飯だよ……ソーセージの残り、ジャガイモ、ニンジン、玉ねぎ……マカロニ」

「きみたちに食事を出していた男は……そいつはなにも言わなかったのかい?」

「最初のうち、ぼくたちは蓋が開くたびに大声で叫んでいた。でもそうすると蓋を閉められて、なにも食べ物をもらえない……そのあと、ぼくたちはその蓋を開けた人と話をしようとしたんだけど、なにも返事はなくて……ぼくたちはいつも、耳をすませていた……呼吸の音や、コンクリートを歩く靴の音……いつもおなじ靴の音……」

ヨーナは再度、録音がつづいているか確かめた。彼はミカエルたちが経験した、想像を絶する監禁生活に思いをめぐらせた。シリアルキラーの多くは被害者をものとして扱うため、接触を避け、会話をすることもない。しかしときおり、被害者たちに近づくことがある。被害者たちの恐怖と絶望の表情を観察するためだ。

「その男が動くときの音が聞こえたと言っていたね。ほかに、外からはなんの音もしなかった?」

「どういう意味?」

「思い出して」ヨーナは真剣に言った。「鳥の鳴き声、犬の吠える声、車の音、電車、人の声、飛行機、金づちの音、テレビの音、笑い声、叫び声、緊急車両のサイレン……なんでもいい」

「砂のにおいしか……」

病室の窓の外では空が暗くなり、雨粒がガラスを激しく叩きはじめた。

「起きているときは、みんななにをしていた?」

「なにも……最初、ぼくたちがまだ小さかった頃だけど、ぼくがソファの下のほうにあった、ゆるんだねじをひっこぬいたんだ。ぼくたちはそのねじで壁をひっかいて、穴を掘った。ねじがすごく熱くなって、やけどしそうだった。ぼくらはずっと掘りつづけた。でも、どこまでいってもコンクリートの壁で、五センチ掘り進んだところで鉄の網に突きあたった。網の目を広げてその先を掘りつづけたけど、少しいったところでまた別の金属の網につきあたって、もうそれ以上は無理だった……カプセルから逃げだすことはできなかったんだ」

「どうしてその部屋をカプセルと呼ぶんだい？」

ミカエルは疲れた笑みを浮かべた。その表情は果てしなくさみしげだった。

「フェリシアがそう呼びはじめたんだ……フェリシアは、ぼくたちは宇宙にいるんだって、なにかのミッションを果たそうとしているところなんだっていう空想をはじめたんだ……それは最初の頃、ぼくたちが話をやめてしまう前のことだよ。でも、ぼくはそれからずっと、この部屋はカプセルなんだと空想しつづけた」

「話すのをやめてしまったのはなぜ？」

「わからない、ただやめてしまった。もうなにも言うことがなくなって……」

レイダルは震える手を口に当てた。泣くのをこらえているように見える。

「さっき、逃げだすことはできないと言ったね……でも、きみは、脱出に成功した」

ヨーナが言った。

四八

国家警察長官のカルロス・エリアソンは地方裁判所での会議を終えて、うっすらと雪の積もった道路を歩きながら、妻と電話で話していた。今この瞬間、警察庁舎は冬の庭園に佇む夏の離宮のように見えた。携帯電話を持つ手が寒さでかじかみ、痛んだ。

「人員を大量に投入するつもりだよ」

「ほんとうにミカエルは元気になるの？」

「ああ」

カルロスは歩道に上がると、短靴を踏みならして雪を払った。

「よかった」

カルロスは、妻がつぶやき、ため息をついて椅子に腰かける音を聞いた。

「あのことは、言ってはいけないんだよな」しばらくしてから彼が言った。「だめなんだろ？」

「だめよ」妻が言う。

「でも、捜査の決め手になるかもしれないのに……」

「言っちゃだめ」妻が真剣な声で言った。

カルロスはクングスホルム通りに向かい、時計を見た。妻が電話の向こうで、そろそろ行かなくちゃとささやいた。

「また夜に」カルロスは低い声で言った。

警察庁舎は長い年月を経て少しずつ増築されていった。建て増した部分はそれぞれの時代の流行を色濃く物語っている。いちばん最後に増築されたのはクロノベリ公園に面した一角で、国家警察はそこに入っている。

カルロスはふたつのセキュリティドアを通過し、ガラスに囲まれた中庭を横切り、エレベーターに乗って九階に向かった。コートを脱ぎ、閉じたドアの並ぶ廊下を歩く彼の表情は曇っていた。掲示板に貼られた一枚の新聞の切り抜きが、カルロスの通り過ぎる風圧ではためく。テレビのオーディション番組〈タレント〉に出演した警察コーラス隊の記事だ。彼らが票を逃して落選し、涙をのんだあの夜以来、切り抜きの記事はそこに放置されたままだ。

会議室にはすでに五人のメンバーがそろっていた。松の木で作られたつややかなテーブルには水の入った瓶とグラスが置かれている。黄色いカーテンが両側に開かれ、並んだ窓の外に雪に覆われた木々の頂が見えた。だれもが平静を保とうとしているが、胸中には暗い考えが渦巻いている。ヨーナが招集した会議はあと二分ではじまろうとしていた。ベニー・ルビーンはすでに靴を脱いですわり、マグダレーナ・ロナンデルに向かって新しく導入された安全評価用の記入フォーマットについて持論を述べていた。

カルロスは国家警察殺人捜査特別班から来たナータン・ポロックやトミー・クフードと握手を交わした。ナータンはいつものようにダークグレーのスーツに身を包み、長い銀髪をうしろに束ねて背中に垂らしている。ふたりの男のとなりには、シルバーカラーのブラウスと水色のスカートをはいたアーニャ・ラーションが立っていた。

「アーニャがわれわれをモダナイズしようとしていてね……アナリスト・ノートブック（大量の断片的情報を実用的な可視化情報に変えるソフトウェア）の使い方を覚えろと言うんだ」ナータンが笑う。「年寄りにゃ酷だよ……」

「いっしょにするな」トミーがむっとしてつぶやく。

「ふたりとも、そろそろリサイクルに出す頃かしらね」アーニャが言う。

カルロスがテーブルのそばに立つ。彼の顔に浮かんだ深刻な表情は、ベニーさえも沈黙させた。

「みんな、よく来てくれた」カルロスの顔にはいつもの笑顔がない。「知ってのとおり、ユレック・ヴァルテルの事件に関して新たな展開があり……予備調査の完了は取り消しとして……」

「だから言ったでしょう？」静かなフィンランド訛りの声がした。

四九

カルロスがあわてて振り返ると、ヨーナ・リンナ警部が会議室の入り口に立っていた。長身にまとった黒いコートに雪の結晶がきらめいている。

「ヨーナが常に正しいわけではない、それはみんな知っておくべきだ」カルロスが言う。「しかし、あきらかに……この件に関しては……」

「つまり、ユレック・ヴァルテルに共犯者がいると考えていたのはヨーナだけだった、ということか」ナータンが尋ねる。

「ああ、まあ……」

「それに、サムエル・メンデルの家族はユレック・ヴァルテルの犠牲者だとヨーナが言ったときは、腹を立てた人も大勢いたわ」アーニャが低い声で言う。

「そうだった」カルロスがうなずく。「ヨーナは冴えてたよ、まちがいなく……私もそのときはまだ長官に就任したばかりで、だれの意見を聴くべきか、判断を誤ったかもしれない。しかし今は、もうわれわれもわかっている……そして、これから捜査を進めて……」

カルロスは口をつぐみ、会議室に一歩足を踏み入れたヨーナに視線を向けた。

「セーデル病院から直接来たところです」ヨーナが短く言った。

「私の今の話に、まちがいはあったか?」カルロスが尋ねる。

「いいえ」

「でもきっと、ほかにもっと言うべきことがあると思ってるんだろ」カルロスが気まずそうな視線で尋ね、ほかのメンバーを見た。「ヨーナ、これは十三年も前の話だ。それから、ずいぶん年月がたった……」

「はい」

「今回のことはきみが絶対的に正しい。それは認める」

「いったい、ぼくのなにが正しかったんでしょうね?」ヨーナは抑えた声で言い、長官を見つめた。

「なにがって?」カルロスが大声で繰り返した。「すべてだよ、ヨーナ。きみはすべてにおいて正しかった。これで満足か? なあ、もう十分だろう……」

ヨーナがちらりと笑顔を見せ、カルロスはため息をつきながら椅子にすわった。

「ミカエル・コーラー=フロストの体調はすでにかなり回復しています。彼に何度か話を聞くこともできました……ただ、ミカエルが共犯者を特定できると期待していたのですが」

「聴取が早すぎたかもしれんな」ナータンが思慮深げに言った。

「いいえ……ミカエルは知らないんです。共犯者の名前も、特徴もなにも……声さえも。でも……」

「トラウマを負ったせいかしら？」マグダレーナ・ロナンデルが尋ねる。

「いや、ただ単に、ミカエルは一度も共犯者の姿を見たことがないんだ」ヨーナが彼女の目を見て言った。

「つまり、まったく手がかりはないと？」カルロスがささやく。

ヨーナが歩を進める。ヨーナの影が会議室の床に伸び、テーブルにかかった。

「ミカエルは、彼を誘拐した人物を、〝砂男〟と呼んでいます……レイダル・フロストに聞いたところ、母親が寝る前に子どもたちに語り聞かせていたおとぎ話に出てくる人物だそうで……砂男とはつまり、子どもたちの目に砂を投げつけて眠らせるという、ある種、睡魔が擬人化された存在です」

「そうだわ」マグダレーナが言い、笑った。「砂男が来たことは、あとで目覚めた時に目の中に砂粒があるからわかるのよね」

「砂男ね」ナータンが物思いにふけるように言い、黒いノートになにか書きつけた。

アーニャがヨーナの携帯電話を受けとり、ワイヤレス・ステレオにつなぐ作業をはじめた。

「ミカエルとフェリシアは、ドイツ人とのハーフです。母親のロセアンナ・コーラーはシュヴァーバッハの出身で、八歳のときにスウェーデンに来ました」ヨーナが説明する。

「ニュルンベルクの南の町だな」カルロスが言う。

「母親が語った砂男の話は、ヨン・ブルンドの言い伝えを彼女なりにアレンジしたものです。夜の祈りの時間の前に、母親は毎晩、子どもたちに少しずつ砂男の話を語って聞かせていました。年月を経るうちに、母親自身が子どもの頃に聞いたストーリーに、独自の空想や、E.T.A.ホフマンの小説にある、晴雨計を売り歩き、機械仕掛けの娘と暮らす砂男の物語とがないまぜになっていったようです。ミカエルとフェリシアは、そのとき十歳と八歳で、ふたりとも自分たちをさらったのは砂男だと思っていたんです」

テーブルについた全員が、録音されたミカエルの供述を再生しようと準備するアーニャを真剣な表情で見守っていた。ユレック・ヴァルテルの餌食となりながら、ただひとり生還した被害者の話を今はじめて耳にすることができる。

「つまり、共犯者の特定はできません」ヨーナが言う。「残るは犯行現場です……もしミカエルがわれわれを犯行現場に導くことができれば……」

五〇

スピーカーから、ざあざあとノイズが流れる。がさがさと紙がこすれるような大きな音に混じり、かろうじて音声が聞こえる。供述がフェリシアの宇宙カプセルの空想話に及んだときなど、ところどころでミカエルの音声にレイダルの嗚咽がかぶさった。

録音を聞きながら、ナータン・ポロックは手帳になにかを書きつづけ、マグダレーナ・ロナンデルはとぎれることなくパソコンのキーボードを打ちつづけた。

《さっき、逃げだすことはできないと言ったね》ヨーナの真剣な声がスピーカーから流れる。《でも、きみは、脱出に成功した》

《ちがう。そうじゃない》ミカエルが早口で答える。

《どういうことだい？》

《砂男に砂をかけられて、そのあと目が覚めたら、ぼくはもう〝カプセル〟とはちがう部屋にいたんだ》ミカエルの声がつづく。《真っ暗でなにも見えなかったけど、でも音の聞こえ方で、ここが今までとはちがう部屋だとわかったんだ。そして、フェリシアがそばにいないことも感じた。手探りで進むと、取っ手のついたドアがあって……ぼくはドアを開けて、外の廊下に出た……そのときは、これで逃げられたとは考えていなかったと思う。ただ、とにかく前に進まなくちゃって……その先にあったドアには鍵がかかっていて、行き止まりになった。ぼくは罠にかかったんだと思った。だって、砂男が今にも戻ってくることはわかっていたから……ぼくはパニックになって、ドアにはまっていたガラス窓を手で叩き割って、外側からドアの鍵をはずした……ほこりの積もったセメント袋や段ボール箱がたくさん置いてある倉庫を走り抜けた……そのとき、右側の壁はただのビニールシートが貼られているだけだってことに気づいて……ぼくは息が苦しくて、手からも血がたくさん出ていたけど、なんとかビニールシートをひっぱり下ろした。手は窓ガラスを割ったときに怪我をしたんだ。でも、そんなことどうでもよかった。ぼくは広いコンクリートの床を歩いた……そこはまだ建設中の部屋で、そのまま歩きつづけると雪の中に出た……外は夕方で……ぼくは青い星のマークのついたブルドーザーの脇を走って、森に入った。そのときにやっと、ぼくは自由になったとわかったんだ。ぼくは森を走った。木々や茂みを抜けて、雪が落ちてきて、でも振り返らずに、畑をまっすぐに横切って、そこから少しのぼって林に入ったあたりで身動きがとれなくなった……折れた木の枝の先が脚の付け根に刺さって、動けなくなったんだ。ぼくは、ただそこに立っていた。靴の中に血が流れこんできて、すごく痛かった。刺さった枝を抜こうとしたけど、うまくいかなくて……枝を折ろうと思って、何度もやってみたけど折れなくて、力も入らなくて、ぼくはただそこに立っているしかなかった。そしたら、砂男が指をチリンチリンと鳴らす音が聞こえた気がして……うしろを振り返ろうとしたときに、足がすべって倒れて、そのはずみで刺さっていた枝が抜けた。もう意識がなくなりかけていたかもしれない……体がゆっくりとしか動かなかった。でも、ぼくは立ちあがって、坂をのぼって、つまずいて倒れて、もうこれ以上は無理だと思ったけど、なんとか這って進むうちに鉄道の線路に出たんだ。どれくらい歩いたのかわからない。凍えそうだった。でも、ぼくは歩きつづけた。ときどき遠くのほうに家が見えた。でも、ぼくは疲れ切っていて、ただ、線路をたどって歩きつづけた……雪がどんどん降ってきて、ぼくはほとんど意識をなくしたまま歩いていた。立ち止まっちゃいけないと思った。ただ遠くへ行かなきゃって……》

五一

ミカエルの供述が終わるとスピーカーからノイズが消え、会議室は静まり返った。カルロスが立ちあがった。親指の爪を噛みながら、まっすぐに宙をにらんで言う。「行方不明になった彼らを死んだものと決めつけ、なに食わぬ顔で今までやってきたわけだ」「われわれはふたりの子どもを見捨てたんだ」カルロスは声を低めた。

「みんな、そうとしか思えなかったんですよ」ベニーがやさしく言った。

「ヨーナは捜索をつづけたがってたけど」アーニャが低い声で言う。

「でも最後には、ぼくも彼らが生きているとは思っていなかった」ヨーナが言った。

「そして、手がかりはなにも残されていないと」ナータンが言う。「なんの痕跡も、目撃者も……」

カルロスは土気色の顔で片手を首もとにやり、シャツのいちばん上のボタンをはずそうとした。

「だが、彼らは生き残った」その声はささやき声になっていた。

「ええ」ヨーナが答える。

「いろんな事件を見てきたが、しかし、これは……」カルロスは言い、手でシャツの襟首を広げた。「理由がわからない。いったいなんのために? わからん。私は……」

「理解なんてできませんよ」アーニャがやさしく言ってカルロスを会議室の外へ連れていこうとした。「お水でも飲んだほうがいいわ」

「なぜふたりの子どもを、十年以上も監禁する必要がある?」カルロスが声を荒らげた。「ただ死なせないように、それだけのために。脅迫するでもなく、乱暴したり傷つけることもなく……」

会議室の外へ連れだそうとするアーニャをさえぎって、カルロスはナータンの腕をとった。

「女の子を見つけるんだ」彼は言った。「今日にも彼女を見つけだせ」

「いや、しかし……」

「見つけだせ」カルロスはそう言うと、会議室を出ていった。

しばらくして、カルロスといっしょに出ていったアーニャが戻ってきた。残ったメンバーはぶつぶつとつぶやきながら、書類に目を落としていた。トミー・クフードが苦笑いを浮かべている。ベニーは口を開けたまま、ぼんやりとマグダレーナのスポーツバッグを足の先でつついている。

「どうしたの、あなたたち」アーニャが一喝した。「長官の命令が聞こえなかったの？」

その言葉ですぐに段取りが決められた。マグダレーナとトミーは特殊部隊と鑑識チームの編成に当たる。ヨーナはセーデルテリエ南駅の南方で優先的な捜索対象範囲の割りだし作業を指揮することになった。

ヨーナは、最後に撮られたフェリシアの写真を見つめた。いったい、何度この写真を眺めたことだろう。濃い茶色の大きな瞳、長い黒髪、ところどころもつれた三つ編みを片側に垂らした少女。乗馬用ヘルメットを抱え、カメラに向かっていたずらっぽい笑みを浮かべている。

「供述によれば、ミカエルは日没の少し前から歩きはじめたことになる」ヨーナが壁にかかった大きな詳細地図を眺めて言った。「運転士から通報があったのは、正確には何時だった？」

ベニーがパソコン画面をのぞいて答えた。

「午前三時二十二分」

「ミカエルが見つかったのはここだ」ヨーナは言い、イーゲルスタ橋の北側を丸で囲んだ。「怪我をして、レジオネラ症を発症していたことを考えると、ミカエルが時速五キロ以上の速度で歩けたとは考えにくい」

アーニャは速度と地図の縮尺から最大歩行距離を割りだし、ヨーナが地図上につけた印から定規でまっすぐ南方の地点をとって、そこを支点に大きなコンパスで円を描いた。二十分後には、彼らはミカエルの供述に合うような工事中の建物や建設現場を五カ所割りだし、地図上に印をつけていった。

会議室に設置された横幅二メートルのプラズマディスプレイに、地図と衛星写真を合成した画像が映しだされた。ベニーが苦労しながらパソコンに情報を入力する。彼のパソコンの画面は二分割され、片方にプラズマディスプレイとおなじ画像が映っている。アーニャがとなりにすわり、携帯電話を二台使って補足情報を収集した。ナータンとヨーナは割りだした建設現場について意見を交わした。

大画面に映る地図上の五つの赤い円は、捜査対象範囲内に存在する建設現場の位置を示していた。そのうちの三つは建物の密集した地区にあった。

ヨーナは地図の前に立ってミカエルが歩いたとおぼしき鉄道線路を目でたどると、へんぴな場所にあるふたつの建設現場のうち、エリベリエットの森近くにあるほうを指さして言った。

「ここだ」

ベニーがヨーナの指さした円をクリックすると、該当地点の緯度と経度が表示された。アーニャが情報を読みあげる。NCCという企業がフェイスブックのための新しいデータセンターを建設中だが、環境に関する訴訟問題のために一カ月前から作業が中断されていた。

「建設中の建物の設計図を入手しましょうか?」アーニャが尋ねる。

「現場に直行しよう」ヨーナが言った。

五二

森を貫くでこぼこ道は新雪に覆われていた。木々が伐採された広い土地が現れる。

排水管やケーブル用のパイプが地中に埋めこまれ、雨水溝が設置されている。四万平方メートルにわたる建物の基礎部分はすでにコンクリートが打たれていた。いくつかある別棟の一部はほとんど施工が終わっていたが、まだ壁の支柱だけがたてられたまま工事が中断している部分もあった。ブルドーザーやダンプカーの上には雪が積もっている。

エリベリエットに向かう途中、ヨーナの携帯電話に現場の見取り図が送られてきた。都市整備局に保管されていた建築許可申請時の書類から、アーニャが見つけだしたものだ。

マグダレーナ・ロナンデルと特殊部隊は地図を入念に確認したあと、車をおり、三方向に分かれて現場に近づいた。

部隊は建設現場を取り囲む森の中を前進した。木々のあいだは暗く、雪で覆われた地面にはあちこちに大きな穴が開いている。隊員たちはすばやく各自の所定位置につくと、開かれた土地に向かって慎重に距離を縮めながら、現場を偵察した。

一帯には、奇妙にまどろむような雰囲気が漂っていた。地面にぽっかりと開いた大きな穴のそばに、ブルドーザーが静かに置かれている。

マリータ・ヤコブソンが走りでた。うずたかく積まれた防爆マットのそばで立ち止まり、片ひざをつく。中年の経験豊富なベテラン警視であるマリータは、建設現場全体を小型照準器越しに慎重に調べたのち、部隊に前進の合図を送った。

ヨーナは拳銃を手に、部隊とともに屋根の低い別棟の陰にまわりこんだ。雪が屋根から吹き下ろし、きらきらと光りながら空中を舞う。

部隊は全員がセラミック製の防弾ベストとヘルメットを身につけ、うち二名はヘックラー&コッホのアサルトライフルを装備していた。

露出した支柱に沿って音もなく進み、むきだしのコンクリートの基礎に上がる。

ヨーナは風に吹かれて揺れ動く養生シートに照準を合わせた。シートは紐がはずれ、二本の支柱のあいだにだらりと垂れさがっている。

部隊はマリータにしたがって一直線に倉庫を横切り、つきあたりの壁にあるドアまで進んだ。ドアにはめこまれたガラス窓が割れている。床と戸板に黒い血痕があった。

ミカエルが逃げだした場所は、ここにまちがいない。

ガラスの破片がブーツの底で砕けた。部隊は廊下に進入し、次々にドアを開けてすばやく内部を確認していった。

どの部屋も空っぽだった。

空き瓶の入った箱がひとつだけ置かれた一室があったが、ほかはなにもない。

ミカエルが目覚めたときにいた部屋を特定することはできないが、まちがいなく廊下に面した一室であると思われた。

複数に分かれた部隊は迅速に建物を移動し、すべての空間をくまなく確認し終えると、車両に戻った。

次は鑑識の出番だ。

そのあとは、森の中を捜索犬チームが調べあげるだろう。

ヨーナは手にヘルメットをもち、地面に広がる雪のきらめきを見ながら考えた。

ここにフェリシアがいないことはわかっていた。ミカエルが〝カプセル〟と呼んだ部屋は、金属製の網で補強された分厚いコンクリート壁に囲まれ、蛇口と、食べ物を差し入れる開口部が設置されていたという。それは人を監禁するためにつくられた部屋だ。

医師たちが作成したミカエルのカルテには、脂肪組織に吸入麻酔薬のセボフルランの痕跡がみとめられたという記述があった。ミカエルはおそらく薬物を投与され、意識を失っているあいだにここに移送されたのだろう。目覚めたらちがう部屋にいたというのはそういうことだ。ミカエルはカプセルで眠らされ、ここで目覚めたのだ。

長い監禁生活を強いられたのち、なんらかの理由でミカエルはこの場所に移された。棺に入れられる直前のタイミングで、脱出に成功したのだろうか。

車両に戻る警官たちを見守るあいだに、気温はさらに下がった。マリータ・ヤコブソンが疲れた顔に険しい表情を浮かべ、悲しんでいるように見える。

もしミカエルが薬で眠らされていたのなら、〝カプセル〟のある場所まで道案内をすることなど不可能だ。

彼はなにも見ていないのだから。

ナータン・ポロックがヨーナに手を振り、引きあげの合図をした。ヨーナも答えようとして片手をあげかけたが、ふいに動きを止めた。

こんなふうに終わりにすることはできない。終わりにしてはいけない。ヨーナは手で髪をかきあげた。

残る手段はなにか?

車両に向かって歩くヨーナの脳裏には、その問いに対するおぞましい答えがすでに浮かんでいた。

五三

ヨーナはQパークの駐車場になめらかに車を乗り入れると、駐車券をとり、奥へ進んで車を停めた。シートにすわったまま、隣接する大きな食料品店から男性が出てきてカートを集めるのを眺める。

駐車場から人けがなくなると、ヨーナは車を降りて、窓がスモークガラスの黒光りするワゴン車に近づき、ドアを開けて中に乗りこんだ。

ドアは音もなく閉まり、ヨーナは車内にいたカルロス・エリアソン国家警察長官と、ヴェルネル・サンデーン公安警察長官に小声で挨拶をした。

「フェリシア・コーラー＝フロストは、真っ暗な部屋に囚われている」カルロスが話しはじめた。「彼女は兄とともに、そこに十年以上ものあいだ監禁されていた。そして今はたったひとり取り残されている。フェリシアを見捨てるか？ 死んだと言い張って、そこに閉じこめられたままにしておくのか？ 病気にでもかからなければ、あと二十年は生きつづけるぞ」

「カルロス」ヴェルネルがなだめるように言った。

「入れこみすぎなのはわかっている」カルロスはほほ笑み、さえぎるように片手をあげた。「しかし今回は、あらゆる手立てを尽くしたいんだ」

「大規模なチームが必要です」ヨーナが言った。「五十名配置してもらえれば、かつて入手した手がかりや行方不明事件をすべて洗いなおすことができます。結果につながるかどうかはわかりませんが、それしか手立てはありません。ミカエルは共犯者を目撃していないし、移送される前には薬で眠らされていた。彼には〝カプセル〟の場所を説明することはできません。もちろんミカエルの聴取はつづけますが、この十三年間、自分がどこにいたかをわかっているとは思えない」

「しかし、フェリシアがまだ生きているなら、おそらくカプセルにいるんだろう」ヴエルネルがよく響く低音で言った。

「ええ」ヨーナが答える。

「どうやって探しゃいいんだ？　不可能じゃないか」カルロスが言う。「カプセルがどこにあるのか、だれも知らないんだ」

「それを知っているのはユレック・ヴァルテルだけです」

「そいつは取り調べ不能ときている」ヴェルネルが言う。

「はい」

「今も精神に異常をきたしたまま……」

「彼が精神に異常をきたしたことはありません」ヨーナが言った。

「おれは司法精神医学局が作成した報告書の内容しか知らん」ヴェルネルが言う。

「報告書には、統合失調症の精神性障害、錯乱があり、きわめて暴力的とあったが」

「それは、単にユレックがそのように書いてほしかっただけです」ヨーナが穏やかに言った。

「つまり、あいつは健康体だというのか？　ほんとうに？　あいつは正常なのか？」ヴェルネルが尋ねる。「どういうことだ。それなら、なぜ取り調べをしない？」

「ユレックは隔離が必要なんだ。高裁の判決で……」カルロスが言う。

「そんな判決はどうとでもなるだろう？」ヴェルネルはため息をつき、長い脚を伸ばした。

「まあな」カルロスが言う。

「おれの部下に、テロの容疑者を尋問した有能な……」

「ヨーナにやらせよう」カルロスがさえぎった。

「いえ、ぼくにはできません」ヨーナが答える。

「ユレックを追いつめて逮捕したのはきみだ。きみは公判前にユレックと話をした唯一の人間だ」

ヨーナは首を振り、暗い窓ガラスから、外のさびれた駐車場に視線をさまよわせた。

「やってはみたんです」ヨーナがゆっくりと言った。「でも、ユレックをだますことはできない。彼はほかのだれともちがう。彼には不安がない。共感もいらない。なにも話さない」

「もう一回やってみたらどうだ？」ヴェルネルが言う。

「いえ、できません」ヨーナが答える。

「なぜできない？」

「怖いからです」ヨーナがあっさりと答えた。

カルロスが心配そうに彼を見つめて言った。

「冗談だろう？」

ていた。

ヨーナはカルロスを見つめ返した。その目は険しく、濡れた石板のような灰色をしていた。

「檻に入ったおっさんを怖がるこたあないだろう」ヴェルネルはいらいらと額を掻いた。「怖がるのはあっちのほうだ。まったく、部屋に押し入って床に叩きつけて、死ぬほどびびらせてやりゃあいいんだ。容赦はいらん」

「そんなことをしても無駄です」ヨーナが言う。

「いつだって効果抜群の方法がある」ヴェルネルがつづけた。「なにせうちには、グアンタナモにもいた秘密部隊がいるんだ」

「これは実際には存在しない会議だから、そのつもりで」カルロスがあわてて言った。

「おれが出る会議なんて、だいたいそうさ」ヴェルネルは低く響く声で言い、身を乗りだした。「うちの部隊は、水責めや電気ショックにかけてはお手のものだ」

「ユレックは痛みを怖がらない」ヨーナが言う。

「じゃあ、あきらめるのか？」

「いいえ」ヨーナが座席にもたれた。背後でばねがきしむ。

「だったら、どうすればいいと言うんだ」ヴェルネルが尋ねた。

「ユレックにまともに話しかけたとしても、嘘が返ってくるだけです。ユレックは会話を支配し、われわれの目的を理解するや巧妙な駆け引きを仕かけてくる。結局われわれのほうが利用されて、後悔することになるんです」

カルロスは目を伏せて、いらいらと膝の裏を掻いた。

「ほかにどんな方法がある？」ヴェルネルが低い声で尋ねた。

「可能かどうかはわかりませんが」ヨーナが言う。「彼とおなじ隔離施設に、潜入捜査官（エージェント）を患者として送りこむことができれば……」

「それ以上は聞きたくない」カルロスがさえぎる。

「ユレックがまちがいなく接近してくるような人物を選ぶんです」ヨーナがつづけた。

「なんだと」ヴェルネルがつぶやく。

「患者としてか」カルロスがささやいた。

「ユレックにとって利用価値がありそうな人間というだけでは、不十分です」ヨーナが言う。

「つまり、なにが言いたい？」

「ユレックが純粋に好奇心を抱くような、特別な人物をエージェントに選ぶ必要があります」

五四

サンドバッグからため息のような音が漏れ、チェーンがじゃらじゃらと鳴る。サーガ・バウエルはしなやかにサイドステップを踏み、サンドバッグの揺れに体の動きを合わせ、再びパンチを繰りだした。ぱん、ぱんと乾いた音のあと、どすんと重い響きが空っぽのジムにこだまする。

左フックをすばやく上下に二回、つづけて右フックの強打。サーガはこのコンビネーションを繰り返していた。

黒いサンドバッグが揺れ、留め具がきしむ。サンドバッグの影が顔の上をよぎり、サーガはすばやく三回、パンチを放つ。両肩をまわしながらうしろに下がり、サンドバッグを回転させ、再び打つ。

腰のすばやいひねりに長いブロンドの髪が左右に揺れ、顔を叩く。

トレーニング中、サーガは時間を忘れ、さまざまな思考から解き放たれる。二時間前から、ジムには彼女ひとりきりだ。ほかのメンバーは、サーガが縄跳びをしているあいだに帰っていった。リング上の照明は消され、自動販売機の白い光が入り口から差しこんでいる。雪が窓の外に渦を巻き、クリーニング屋の看板の明かりや、歩道の上を舞っている。

視界の隅に、車が一台、ボクシングジムの外の通りに停車するのが見えた。サーガはそのままコンビネーションをつづけ、力の限り打ちつづけた。床に落ちたパンチングボールのそばに、汗のつぶが飛び散る。

ステファンが入ってきた。彼は足を踏み鳴らして雪を落とし、しばらく静かに佇んでいた。コートの前が開いて、明るい色のスーツと白いシャツがのぞいている。

サーガがトレーニングをつづけていると、彼は靴を脱いでジムに入ってきた。サンドバッグと、チェーンの音だけが響いている。

もっとトレーニングをつづけたい。まだ集中をとぎれさせたくない。ステファンがサンドバッグの向こう側に立ったが、サーガは額を沈め、テンポを乱さず、すばやくコンビネーションを打ちつづけた。

「もっと強く」ステファンが言い、サンドバッグを支える。

右ストレートを繰りだす。強烈なパンチに押され、ステファンは思わず一歩うしろに下がった。サーガはこらえきれずに笑い、彼がバランスを立てなおす前にもう一発打った。

「しっかり支えて」声にいらだちがにじむ。

「もうそろそろ行かないと」

サーガは表情を変えず、サンドバッグを連打した。顔が熱い。サーガは怒りにわれを忘れやすい。怒りを感じると、無力感に襲われる。しかし、その怒りの感情こそが、周囲があきらめても戦いつづけるサーガの闘志の源でもあった。

強力なパンチの連続にサンドバッグが小刻みに揺れ、チェーンが鳴る。まだまだつづけられたが、サーガは自分を抑えた。

息を切らしながら、二、三歩うしろに下がる。サンドバッグは揺れつづけている。天井の吊り具から、細かいコンクリートの粉が舞い落ちた。

「満足したわ」サーガは笑い、歯を使ってグローブを手からはずした。

ステファンはサーガについて女子更衣室に入ると、手からバンデージをはずすのを手伝った。

「怪我してるよ」ステファンがささやく。

「大丈夫よ」サーガは言い、手を見つめた。

洗いざらしのスポーツウェアは汗でびしょぬれだった。濡れたブラジャーに乳首がくっきりと浮き、筋肉は膨れあがって赤く充血している。

サーガは公安警察の警部として、国家警察所属のヨーナ・リンナとふたつの大きな事件で協力した経験がある。エリートレベルのボクサーであるだけでなく、射撃の名手でもあり、高度な尋問技術の専門教育も受けていた。

二十七歳のサーガは、夏の空のような青い瞳、長いブロンドの髪にカラフルなリボンを編みこみ、現実離れした美貌の持ち主だった。彼女を見た者の多くは、不思議な喪失感を覚える。彼女をひと目見ることは、かなわぬ恋に落ちるようなものだった。

熱いシャワーから湯気が立ちのぼり、鏡が曇った。サーガは脚を大きく開いて静かに立ち、両手を垂らしてシャワーに打たれた。太ももにある大きな青あざが黄色く変色しかけ、右手の甲からは血が流れていた。

顔を上げ、手で水をぬぐうと、ステファンが立って彼女を見つめていた。

「なにを考えてるの？」サーガが尋ねる。

「きみとはじめてセックスしたとき、雨が降ってたなって」ステファンが静かに言った。

サーガはその日の午後のことをよく覚えていた。昼間にふたりで映画を見たあと、メドボリヤル広場に出ると雨が土砂降りだった。ふたりはステファンのスタジオに向かってサンクト・パウル通りを走り、ずぶぬれになった。そのときのことを、ステファンはよく思い出しては語った。スタジオにつくと、サーガは迷うことなく堂々と服を脱ぎ、濡れた衣服を暖房器具にかけ、立ったままピアノの鍵盤を叩いた。暗い炉の中で溶けゆくガラスのように、サーガの裸身は光り輝いて部屋を照らし、見てはいけないと思いながらもステファンの目はくぎづけになった。

「来て」サーガがステファンをシャワーに誘った。

「時間がないよ」

サーガが、眉間にしわを寄せて彼を見つめる。

「わたしって、ひとりなの？」彼女が唐突に尋ねた。

「どういう意味？」ステファンが笑う。

「わたしって、ひとりなの？」

ステファンがタオルを差しだして言った。

「もう、おいでよ」

五五

〈グレン・ミラー・カフェ〉の外でタクシーをおりると、雪が舞っていた。サーガは空を見あげて目を閉じ、ほてった顔に雪が落ちる感触を味わった。

せまい店内はすでに客でいっぱいだったが、運よくテーブルがひとつ空いていた。曇りガラスのキャンドルホルダーの中でろうそくの明かりが揺れている。ブルン通りに面した窓ガラスに雪が当たってすべり落ちる。

ステファンは椅子の背にバッグをひっかけ、カウンターに注文をしにいった。

サーガの髪はまだ濡れていて、緑色のパーカの背中には大きなしみができていた。パーカを脱ぐと体がぶるっと震える。

周囲の客がサーガを振り返った。まちがえてだれかの席にすわってしまったのかと、思わず不安になる。

ステファンがふたり分のウォッカ・マティーニとピスタチオの入った皿をひとつテーブルに置いた。向かいあってすわり、静かに乾杯をする。お腹(なか)がすいたとサーガが言おうとした瞬間、丸眼鏡のやせた男が近づいてきた。

「ヤッキー」ステファンはおどろいた。

「猫の小便のにおいがすると思ったぜ」ヤッキーと呼ばれた男が笑う。

「おれの彼女だよ」ステファンは言った。

ヤッキーはサーガをちらっと見たが、挨拶もせず、ステファンになにかささやいて笑った。

「いや、まじめな話、おまえもこいよ」ヤッキーがつづける。「ミニもいるぜ」

彼が指さす方向にはがっしりとした男が、カフェの一隅に向かって歩いていた。その先には黒々としたコントラバスとギブソンのセミアコースティックギターが置かれている。

サーガには会話がよく聞きとれなかったが、伝説のセッションだとか、これまでで最高の契約、究極のカルテットといった言葉が聞こえた。サーガは会話が終わるのを待ちながら、店内に視線をさまよわせた。ステファンがサーガになにかささやく。ヤッキーがステファンを椅子からひっぱって立ちあがらせた。

「演奏するの？」サーガが尋ねる。

「一曲だけ」ステファンは笑いながら大声で答えた。

サーガは手を振ってステファンを見送る。ヤッキーがマイクを手にとり、ステファンを紹介すると、店内のざわめきが静まった。ステファンがピアノの前にすわる。

「『四月のパリ』」ステファンは短く言い、演奏をはじめた。

五六

ステファンはうっすらと目を閉じた。ピアノの音色が空間をのみこむ。空気が濃密になり、ほの暗い照明がつやめいて、やわらかく光る。サーガは鳥肌が立つのを感じた。

ヤッキーがそっとギターのコードを重ね、ベースの低音が加わる。

ステファンがこの瞬間を心から楽しんでいることはわかっていた。だが、サーガの胸には不満がくすぶっていた。今夜こそは、ゆっくりと語りあおうとふたりで決めたはずなのに。

今日のデートを、サーガはこの一週間ずっと楽しみにしていたのだ。ステファンがのろのろとピスタチオをつまみ、手で殻を寄せて小さな山をつくり、ステファンが戻るのを待つ。

ステファンがあっさりと彼女の前から立ち去ったことで奇妙な不安が芽生え、サーガは急にひやりとした。どうも感情的になっているようだ。いったいどうしたのかと戸惑いながら、幼稚なふるまいはやめるよう自分に言い聞かせる。

グラスが空になり、ステファンのマティーニに手を伸ばす。もうぬるくなっていたが、かまわず飲んだ。

ふと店の入り口を振り返った瞬間、頬を赤くした男が携帯電話を彼女に向けて写真を撮った。サーガは疲れを感じた。家に帰って休みたい。だが、まずステファンと話をしたい。

サーガは彼らが何曲演奏したのかわからなくなった。ジョン・スコフィールド、マイク・スターン、チャールズ・ミンガス、デイヴ・ホランド、ラーシュ・グリーン、そして名前は覚えていないが、ビル・エヴァンズとモニカ・セッテルンドのアルバムにあった曲のロングバージョン。

サーガは、ピスタチオの白い殻の山を、マティーニグラスに入ったつまようじを、そしてテーブルの向こうの空っぽの椅子を見つめた。立ちあがってカウンターに行き、グロールシュ（オランダのビール銘柄）を注文する。それも飲みほしてしまうと、彼女はトイレに立った。

鏡の前で女性が数人、化粧を直している。トイレは満室で、サーガは少しのあいだ列に並んで待った。やっと個室がひとつ空いた。中に入って鍵を閉め、腰を下ろして目の前の白いドアを見つめる。

古い記憶がよみがえり、サーガは突然の無力感に襲われた。サーガの母が、病にやつれた顔で寝室の白いドアを見つめている。サーガはまだ七歳だった。母を元気づけようと、すぐによくなるからと話しかけた。しかし、母がサーガの手をにぎることはなかった。

「やめてよ」トイレの中でサーガは自分にささやいた。しかし記憶の再生はつづいた。

母の体調は悪化し、サーガは薬を探した。錠剤を口に入れるのを手伝い、水の入ったグラスをもつ母の手を支える。

サーガは床にすわって、母を間近に見つめた。寒けを訴える母に毛布を運び、母が請うたびに父に電話をかけた。

母がやっと眠りにつくと、サーガは枕もとの小さなランプを消し、ベッドによじのぼって母の腕の中にもぐりこみ、横になった。

いつもなら考えないことだ。思い出さないように蓋をしたはずの記憶が、今はただ頭に浮かんでくる。トイレを出るとき、サーガの胸の鼓動は激しく打っていた。

ふたりの席にはだれもすわっていなかった。空になったグラスがふたつ、テーブルに残っている。ステファンはまだ演奏していた。ヤッキーと互いに目くばせしながら、まるで戯れるようにアドリブの応酬をつづけている。

サーガの判断力が鈍ったのは、アルコールのせいか、あるいはその古い記憶のせいだったのかもしれない。サーガは演奏中の彼らにずかずかと近づいていった。ステファンが、長くとりとめのないアドリブソロに没頭している真っ最中に、彼の肩に手を置いた。

ステファンがぎくりとして振り返り、いらついたようにかぶりを振った。サーガは彼の腕をとって、演奏をやめさせようとした。

「行きましょう」サーガが言う。

「彼女をちゃんと見張っとけ」ヤッキーが声を荒らげた。

「演奏中だ」ステファンが厳しい表情でささやく。

「だけど、わたしたち約束したじゃない……今日はふたりで……」サーガはそう言おうとして、自分でも驚いたことに涙があふれてくるのを感じた。

「失せろ」ヤッキーがサーガに向かって怒鳴った。

「もう家に帰りたい」サーガは、ステファンの首筋に手をやった。

「うるさい」ステファンが吐き捨てる。

サーガはあとずさりし、誤ってアンプの上に置いてあったビールグラスを倒した。グラスが床に落ち、粉々に砕ける。

ビールがステファンの服に飛び散った。

サーガは立ちすくんだ。しかし、ステファンの視線はピアノの鍵盤とその上をすべる指先に向けられたままだった。彼の頬を汗がつたう。

サーガはしばらくそこに立ちつくしていたが、やがてテーブルに戻った。ふたりの席は数人の男に占領されていた。サーガの緑色のパーカが床に落ちている。サーガは震える手でそれを拾いあげると、雪が舞う店外に飛びだした。

五七

翌日の午前中、サーガは同僚の捜査官四名、三名の分析官、官房からきた二名の職員とともに、公安警察の会議室にいた。参加者のほとんどは目の前にパソコンやタブレットを置いている。会議室の壁にかかった灰色のモニターには、直近の一週間に国境を越えて行われた有線通信のトラフィックを示す図が表示されていた。

会議では、通信傍受で得られたデータの解析結果や、新たに浮上した検索ワード、急な過激化の兆候を示す暴力的イスラム過激主義者約三十名について、議論が行われていた。

「ただ、アル・シャバブがアル・キーマ・イスラム・ネットワークを最大限に利用していたとしても」サーガは言いながら、肩にかかった長い髪をうしろに払った。「そこを探ってもたいした結果は出ないと思います。もちろん調査は続行すべきですが、やはり周辺から女性グループによる潜入調査をはじめたほうが……以前、言及したとおり……」

会議室のドアが開き、ヴェルネル・サンデーン公安警察長官が入ってきて、片手をあげた。

「邪魔をして申し訳ない」ヴェルネルががなり声で言いながら、サーガの視線をとらえた。「ちょっと散歩しようと思ったんだが、きみもいっしょにどうだ」

サーガはうなずくと、ログアウトした。そのままパソコンをテーブルに残し、ヴェルネルについて会議室をあとにする。

ポールヘム通りに出ると、雪がきらきらと空から舞い降りた。外は凍える寒さだ。空中の雪の結晶がおぼろな日の光に満たされている。ヴェルネルが大股で歩くとなりを、サーガは子どものように早足でついていった。

無言のままフレミング通りを歩く。医療センターの入り口を抜け、尖塔が建てられた円形の公園を突っ切ってその先の階段をおり、氷に覆われたバーンヒュース湾の海辺に出た。

不自然な状況だったが、サーガはなにも聞かなかった。

自転車専用レーンにさしかかるとヴェルネルが手で小さく合図し、ふたりは左に曲がった。

目の前を小さな野ウサギが数羽はね、雪で覆われた茂みの中に隠れた。一面の銀世界だ。公園のベンチも雪に覆われ、やわらかな形状を描いている。

しばらく行くと、ふたりはクングスホルムの海岸沿いに立ち並ぶ背の高い建物のあいだを奥へ進み、アパートの入り口に立った。ヴェルネルが認証コードを押し、ドアを開けてサーガを中に入れ、エレベーターまで案内した。

傷だらけの鏡に、きらきらと雪をまとったサーガの長い髪が映った。雪の結晶が解け、光を反射する水滴に変わっていく。

エレベーターがきしんだ音をたてて停止し、ヴェルネルが鍵を取りだした。玄関ドアの鍵穴には、空き巣に狙われたとおぼしき傷がついている。ヴェルネルは鍵を差しこんでドアを開け、うなずいてサーガを中に入れた。

空っぽのアパートに足を踏み入れる。内部は、住民がつい最近引っ越していったばかりのようだった。壁のあちこちに額縁や本棚を取りはずしたあとの穴が開き、擦り切れた床には大きな綿ぼこりとイケアの組み立て用工具が落ちていた。

水を流す音が聞こえ、トイレからカルロス・エリアソン国家警察長官が出てきた。彼は濡れた手をズボンで拭いてから、サーガとヴェルネルに挨拶した。

「キッチンへ行こう」カルロスが言った。「なにか飲み物でもどうだい？」

キッチンへ入ると、カルロスはプラスチック製のコップの包装を破いて水道の水をそそぎ、サーガとヴェルネルに差しだした。

「ランチのお誘いとでも思ったかね」カルロスは、サーガのいぶかしげな表情を見て言った。

「いいえ、でも……」

「のど飴(あめ)がある」カルロスが急いで言いながら、レーケロル（スウェーデンののど飴の商標）の小さな箱を取りだして開けた。

サーガは首を振ったが、ヴェルネルは手を伸ばしてのど飴をつまみ、口に入れた。

「パーティーだな」ヴェルネルが笑う。

「サーガ、すでにおわかりだと思うが、これは完全に非公式なミーティングだ」カルロスはそう言うと、咳払いした。

「いったいなにがあったんですか？」サーガが尋ねる。

「ユレック・ヴァルテルを知っているか？」

「いいえ」

「彼を知る者は多くない……そのほうが、好都合だがな」ヴェルネルが言った。

五八

キッチンの汚れた窓に日差しが反射し、光の模様を描いている。カルロスがサーガに向かってファイルを差しだした。表紙を開くと、ユレック・ヴァルテルの淡い色の瞳と目が合った。サーガは写真を脇に寄せ、十三年前に作成された調書を読みはじめた。顔から血の気が引いていく。床にすわり、壁に背をあずけた。書類に目を走らせ、数枚の写真を見てから、司法解剖記録や判決文、収容措置に関する書類に目を通す。

サーガがファイルを閉じると、カルロスは、十三年前に失踪したミカエル・コーラー＝フロストがイーゲルスタ橋を歩いて帰ってきた状況を説明した。

ヴェルネルが携帯電話に保存したミカエルの供述を再生する。監禁生活や脱出時のようすを語るミカエルの声に、サーガは耳をすませた。妹について語るミカエルの絶望に沈んだ声を聞くと、サーガの頬は紅潮し、心臓が重い鼓動を打ちはじめた。サーガはファイルにはさまれた写真を見つめた。髪の三つ編みはもつれ、乗馬用ヘルメットを抱えた小さな女の子が、なにかいたずらを思いついたとでもいうような笑みを浮かべている。

ミカエルの声が消え、サーガは立ちあがった。空っぽのキッチンを行ったり来たりしたあと、窓の前で立ち止まる。

「国家警察による捜査は、十三年前から一歩も前に進んでいない」ヴェルネルが言った。

「われわれはなにも知らない……フェリシアの居場所と共犯者について知っているのはユレック・ヴァルテルだけだ」

ヴェルネルは、通常の尋問ではもちろん、心理学者や牧師に頼ったとしてもユレックから真実を引きだすことは不可能だと説明した。

「拷問でさえ効果がないんだ」カルロスが窓のサッシに腰かけようとしながら言った。

「じゃあ、なんでいつもどおりにやらないんです？」サーガが尋ねる。「内部の職員を情報提供者として雇えばいいのでは？　だいたい、うちの組織が唯一やることといったら、いつだって……」

「ヨーナはな……すまん、話の途中で」ヴェルネルが言う。「しかしヨーナが、そんな職員を差し向けてもユレックに八つ裂きにされて終わりだと言うんだ」

「じゃあ、いったいどうしろと？」

「われわれに残された方法はただひとつ。訓練を受けたエージェントをユレックとおなじ施設に、患者として送りこむことだ」ヴェルネルが言った。

「相手が患者ならユレックが口を割るとでも？」サーガが疑わしげに尋ねる。

「ヨーナが、ユレックが思わず好奇心を抱くような、特別な人物をエージェントに選ぶようにと言ってきた」

「好奇心を抱くとは、どういう意味で？」

「ひとりの人間として……脱走のために利用できそうな人物というだけでなく」カルロスが答える。

「ヨーナが、わたしの名前を出したんですか？」サーガの声が真剣になる。

「いいや。だがわれわれの考える第一候補はきみだ」ヴェルネルはきっぱりと言った。

「第二候補は？」

「いない」カルロスが言う。

「具体的に、どうやってエージェントを送りこむつもりですか？」サーガの声がかすれた。

「役所的な手続きなら、すでに進行中だ」ヴェルネルが言う。「決裁手続きをいくつか済ませて、きみが任務を承諾してくれれば、あとは電車に乗りこみ、出発進行……」

「まあ、すてき」サーガがぼそっとつぶやく。

「きみのための判決文も用意する。カーシュウッデン病院付属の隔離施設にただちに措置入院を命ずる、という内容だ」

ヴェルネルは蛇口をひねって自分のコップに水をついだ。

「実は、カルロスとふたりで調査するうちに、かつてレーヴェンストレムスカ病院に閉鎖病棟の設置を定めたときの古い県議会決議文が利用できることに気づいたんだ。われながら、なかなか冴えていた」

「決議文には、隔離施設には三名の患者を収容すること、と規定されているんだ」カルロスがつづける。「だが、この十三年間、施設の利用者はユレックひとりだった」

ヴェルネルがのどを鳴らして水を飲みほし、コップを握りつぶしてごみ箱に捨てた。

「病院側は複数の患者の受け入れをずっと避けていたようだ」カルロスが言う。「しかし、規定もあることだし、直接要求されれば、彼らも拒否するわけにいかんからな」

「そういうことだ……まもなく矯正保護庁委員会の臨時会議が招集される予定だ。それによりセーテル病院の隔離施設から一名、カーシュウッデン病院から一名の患者が、レーヴェンストレムスカ病院に移送されることになる」

「カーシュウッデンからの患者がきみというわけだ」カルロスが言う。

「この任務を承諾したら、わたしは危険な患者として収容されることになるんですか？」

「そうだ」

「犯罪者記録を書き換えて？」

「記録の書き換えは裁判所事務局のデータベースだけで十分だと思うが」ヴェルネルが言う。「ただし、地方裁判所の判決文と司法精神医学局による所見を作成するにあたって、きみのためにまったく新しいプロフィールを用意しようと思っている」

五九

サーガは空っぽのアパートの一室で、ふたりの長官を前にして立っていた。心臓は重く打ち、体中の筋肉が拒否すべきだと叫んでいる。

「これは違法行為にあたりませんか？」サーガは尋ねた。口の中がからからに渇いている。

「もちろん違法行為だ……そしてこれは極秘の任務でもある」カルロスが真顔で答える。

「極秘？」とサーガは繰り返し、薄く笑った。

「国家警察はこの件を極秘案件に指定する。したがって、公安警察が関連文書を閲覧することはできない」

「そして、公安もこの件を極秘案件に指定する。よって、国家警察がこれに関する文書を閲覧することはできない」ヴェルネルが言った。

「人の目に触れるものといえば、せいぜい行政当局からの通知が一件くらいだ。それ以上はだれにもなにも知られることはない」カルロスが言った。

日の光が汚れた窓から室内に差しこんでいる。サーガは隣接する建物の屋根の修繕跡を見つめた。煙突の上に設置された換気扇が、陽光をぎらりとはね返す。サーガは振り返ってふたりを見つめた。

「なぜ、こんなことを？」

「女の子を助けるためだ」カルロスは笑顔だったが、その目は真剣だった。

「国家警察長官と公安警察長官が組んでこんなことを……」

「ロセアンナ・コーラーとは知り合いなんだ」カルロスが言った。

「女の子の母親の？」

「アドルフ・フレデリック学校でおなじクラスだった。とても仲がよかった……私たちは……なんと言えばいいのか、私たちは……」

「つまり、私情がからんでいるわけですね」サーガはそう言うと、一歩うしろに下がった。

「いや、そうじゃない……これは、われわれに残された唯一の手段なんだ、それはわかるだろう?」カルロスはファイルを手で指した。

サーガが表情を変えずにいると、カルロスはつづけた。

「まあ、正直に言えば……もちろん仮定の話ではあるが、もし個人的な関係がなかったら、ここでこうして、三人でいたかはわからない」

カルロスは流し台の蛇口を指でもてあそびはじめた。サーガはそのようすをじっと観察し、彼がなにかを隠しているという確信を抱いた。

「個人的な関係って、どういう?」

「それは大事なことじゃない」カルロスがあわてたように言った。

「ほんとうに?」

「大事なのは……われわれが、この任務をただちに実行に移すことだ。それが正しいこと、唯一の正しいことなんだ……そうすればきっと女の子を助け出せる」

「つまり、われわれはできるだけ早急にエージェントを一名送りこむ……それだけのことだ。大がかりな作戦でもなんでもない」ヴェルネルが言う。

「もちろん、ユレック・ヴァルテルがなにかを打ち明けようとするかはわからない。しかし、可能性はある……あらゆる見地から検討したが、これがわれわれに残された唯一のチャンスなんだ」

　サーガは長いあいだ目を閉じて、静かに立っていた。

「わたしがこの任務を断ったら、どうなりますか?」サーガが尋ねる。「あの〝カプセル〟の中で、女の子が死んでいくのをただ待つんですか?」

「ほかのエージェントを見つけるよ」ヴェルネルがあっさりと答えた。

「じゃあ、すぐにそうしてください」サーガは答え、きびすを返して玄関に向かった。

「少し考えてくれないか」カルロスが声をあげる。

　サーガはふたりの長官に背を向けたまま立ち止まり、首を横に振った。リボンを編みこんだ豊かな髪を、陽光が貫いた。

「いやです」サーガは答え、アパートを出た。

六〇

　サーガはスルッセン駅で地下鉄をおり、サンクト・パウル通りにあるステファンの部屋までの短い道のりを歩いた。セーデルマルム広場で赤いバラのブーケを買う。もしかしてステファンも彼女のためにバラの花束を買っているかもしれない、と思いながら。

閉鎖病棟に潜入してユレック・ヴァルテルから情報を引きだすという困難な任務を断ったことで、心は軽くなっていた。

大股で階段をのぼり、ドアの鍵を開ける。ピアノの音色が聞こえ、サーガはひとりほほ笑んだ。部屋に入り、ステファンがピアノを弾いている姿を見て足を止める。青いシャツのボタンがだらしなくはだけている。そばにビール瓶が置いてあり、部屋には煙草のにおいが充満していた。

「ねえ、ステファン」しばらくしてから、サーガが言った。「ごめんなさい……昨日のこと、悪かったと思ってる……」

ステファンはピアノを弾く手を止めず、やわらかく、きらびやかな旋律を奏でている。

「ゆるして」サーガは真剣な口調になった。

ステファンが顔を向こうにむけたまま言った。

「今は、きみと話したくない」

サーガは花束を前に差しだし、笑顔をつくって繰り返した。

「ゆるして。ほんとうに、昨日のわたしはどうかしてた。でも……」

「演奏中だ」ステファンがさえぎる。

「でも、昨日のこと、話しあいたいの」

「出ていけよ」ステファンが大声をあげた。

「ごめんなさい、わたし……」

「ドアを閉めて出ていけ」

ステファンが立ちあがり、玄関のほうを指さした。サーガは花束を床に落とし、ステファンに近づくと、彼の胸を手で強く押した。ステファンははずみでうしろによろめいた。椅子が倒れ、楽譜が散乱する。サーガはさらに彼に迫り、反撃があればすぐにパンチを打てるように構えた。だが、ステファンは両腕を力なく下げたまま、サーガの目を見つめて言った。

「もう無理だよ」

「今、気持ちが少し不安定で」

サーガの弁解を聞きながら、ステファンは倒れた椅子を起こし、散らばった楽譜を集めた。不安で胸が押しつぶされそうになりながら、サーガは一歩あとずさった。

「きみを悲しませたくないけど」ステファンの声はうつろだった。サーガの不安はパニックへと変わった。

「なんなの?」吐き気を感じる。

「このままじゃ無理だ。いっしょにはいられない。ぼくたち……」

ステファンがそこで口をつぐんだ。サーガは笑顔を浮かべ、なんとか取りつくろおうとしたが、額には冷や汗がにじんだ。めまいがする。

「わたしが昨日、ひどいことしたから？」なんとか声を絞りだす。

ステファンが、はにかむような目を彼女の視線に合わせた。

「きみみたいな美人には会ったことがない。きみぐらいきれいな人はほかにいないよ……頭もいいし、面白いし、ぼくみたいな幸せ者はいないと思う……きっと一生、後悔するだろう。だけど、もう終わりにしたいんだ」

「どうしてなの？」サーガの声がかすれた。「……わたしが怒ったから……演奏中に、邪魔したから？」

「いや、それは……」

ステファンは椅子に腰を下ろし、頭を振った。

「わたし、変わるから」サーガはステファンをしばらく見つめていたが、やがて言った。「でも、もう遅すぎる。そうなのね？」

ステファンがうなずく。それを見たサーガはくるりと背を向け、部屋を出た。玄関に向かって歩きながら、ダーラナ（スウェーデン中部に位置する地方）製の古い椅子をもちあげ、壁にかかった鏡に叩きつける。大きな鏡の破片がタイル製の床に落ち、粉々に砕け散った。玄関のドアを力任せに押し開き、階段を駆けおりて、サーガは冬の青くまぶしい光の中に出ていった。

六一

堆積した雪と建物の壁にはさまれた細い歩道を、サーガは大通りに向かって走った。氷のように冷たい空気を深く肺に吸いこむと、胸が切られるように痛い。車道を横切り、マリア広場を駆け抜け、ホーン通りの向こう側に出る。路上に駐車された車の屋根から雪を手ですくい、ひりひりと熱く痛む目に押しつけ、自宅までの道を走っていった。

玄関の鍵を開ける手が震える。アパートに入り、うしろ手にドアを閉めると、うめくようなすすり泣きの声が漏れた。

鍵の束を床に放り、靴を蹴って脱ぎ、部屋をまっすぐに横切って寝室に入る。

電話機を手にとって番号を押し、立ったままじっと応答を待つ。信号音が六回聞こえたあと、ステファンの留守番電話に切り替わった。サーガは彼の録音された声を聞くことなく、電話を思いきり壁に叩きつけた。

よろめいてキャビネットに手をつき、体を支える。

服を着たままダブルベッドに倒れこむと、サーガは胎児のように身を丸めた。最後にこういう気持ちになったときのことを、はっきりと覚えている。幼い頃、死んだ母の腕の中で目覚めたときのことだ。

母がいつから病気になったのか、もう覚えていない。しかし、母が深刻な脳腫瘍を患っていると知ったのは、サーガが五歳のときだった。病気のせいで、母は人が変わってしまった。抗がん剤の副作用でいつもぼんやりとし、情緒不安定だった。

サーガの父はほとんど家にいなかった。父の裏切りについては考える気力も起きない。おとなになったサーガは、どんな人間も弱さを抱えているものだと自分に言い聞かせ、納得しようとした。しかし、何度そう繰り返しても、父への怒りは鎮まらなかった。幼い娘の肩に重荷を負わせ、自らは関わろうとしなかった父を理解することなど不可能だった。父のことは考えたくもない。人に話すこともない。ただ、怒りだけがわいてくる。

病が母を永遠に連れ去ったその夜、母は疲れ切っていて、大量の薬を飲むのに手助けが必要だった。サーガは次から次へと母に薬を手渡し、キッチンに走ってはグラスに水をついだ。

「ママはもう、だめよ」母がささやいた。

「ママ、がんばって」

「パパに電話して。ママがパパに会いたがってるって伝えて」

サーガは母に言われたとおりに電話をかけ、父に今すぐ帰ってきてほしいと伝えた。

「ママは、パパが帰れないってわかっているはずだよ」父は答えた。

「だめ、帰ってきて。ママは、これ以上がんばれないって……」

夜が更けると、母はぐったりとして薬以外なにも口にしなくなった。サーガが薬の瓶を床に倒すと、母は彼女を叱りつけた。激痛に苦しむ母を、サーガは必死に慰めようとした。

母はひたすら、明日の朝までもたないと父に伝えるよう懇願した。

死なないで。ママが死んだらわたしも生きていたくない。サーガは泣きながら言い、再び父に電話をかけた。涙が口の中に流れこむ。受話器を耳に押しつけたが、聞こえてきたのは自分の泣き声と、父の留守電メッセージだった。

「パパに……パパに電話して……」母がささやく。

「今、電話してる」サーガは泣きながら言った。

母がやっと眠りにつくと、サーガは小さなランプの明かりを消し、しばらくのあいだベッドのそばに立っていた。母の唇は血色を失い、呼吸も苦しそうだ。サーガは母のあたたかな腕の中にもぐりこみ、疲れ切って眠りに落ちた。母によりそって寝ていたサーガは、夜明け前に寒さで目が覚めた。

サーガはベッドを下り、壊れた電話機の破片を見つめた。コートを床に脱ぎ捨て、キッチンに入り、はさみを手にとってバスルームへ向かう。鏡の中の自分を見つめる。ヨン・バウエル（一八八二〜一九一八 スウェーデンの挿絵画家）の描いた妖精姫が映っている。孤独な少女を救いだせるかもしれない。フェリシアを救えるのは、わたしだけかもしれない。サーガは真剣なまなざしで鏡の中の自分を見つめつづけた。

六二

サーガから、気が変わったので任務を引き受けるという連絡がヴェルネルに入り、それからわずか二時間後に会議が招集された。

カルロス・エリアソン、ヴェルネル・サンデーン、ナータン・ポロック、そしてヨーナ・リンナがタント通り七十一番地にあるアパートの最上階の部屋で待っていた。窓からはオーシュタ湾の雪に覆われた氷と、鉄道橋のアーチ形をしたトラス構造の骨組みを臨むことができた。

アパートはモダンな内装で、白いシンプルな家具と、天井にはダウンライトが設置されている。リビングに置かれた大きなテーブルには、〈ノン・ソロ・バー〉からケータリングしたサンドウィッチが並べられていた。サーガが部屋に入ってくると、カルロスは急に動きを止めて立ち止まり、目を丸くして彼女を見つめた。ヴェルネルは話の途中で絶句しておびえたような表情を浮かべ、テーブルについていたナータン・ポロックは悲しげな目つきで椅子に沈みこんだ。

サーガは、長い髪を剃り落としていた。頭皮にはところどころ切り傷ができている。まぶたが涙で腫れあがっている。

蒼白く形のよい頭、小さな耳、長く細い首は、優美そのものだ。

ヨーナ・リンナはまっすぐに部屋を横切って近づき、サーガを抱きしめた。サーガは強くヨーナを抱き返し、しばらくのあいだ彼の胸に頬を押しあて、鼓動の音を聴いていた。

「こんなことをする必要はなかったんだ」ヨーナが彼女の頭を見て言った。

「女の子を助けたいの」サーガは小さな声で言った。

しばらくの抱擁ののち、サーガは彼から離れて部屋へ入った。

「ここにいる全員を知っているな」ヴェルネルが言い、サーガのために椅子を引いた。

「ええ」サーガがうなずく。

サーガは緑色のパーカを床に投げ捨て、椅子にすわった。普段着の黒のジーンズにボクシングクラブのジャンパーをはおっている。

「きみがほんとうに、ユレック・ヴァルテルが収容されている施設での潜入捜査を引き受けてくれるなら、すぐにでも行動を開始するが」カルロスは、はやる気持ちを抑えきれないようすだ。

「きみの雇用条件を見てみたんだが、いろいろと改善の余地がありそうだな」ヴェルネルが急いでつけ加えた。

「それはよかった」サーガがつぶやく。

「きみの給与をもう少し上げても……」

「今はそんなこと、どうでもいいです」サーガがさえぎる。

「この任務が危険をともなうことはわかっているかね？」カルロスが慎重に尋ねた。

「やりたいんです」サーガはきっぱりと言った。

ヴェルネルが鞄から灰色の携帯電話を取りだし、テーブルの上に置かれた自分用の携帯電話のとなりに並べると、短いテキストを打ちこみ、サーガと視線を合わせた。

「手続きをはじめるが、いいか」彼が尋ねる。

サーガがうなずくと、彼はメッセージを送信した。しゅっという送信音が聞こえる。

「これから任務開始までの数時間で、きみの準備を整えよう」ヨーナが言った。

「ええ、はじめましょう」サーガは落ちついていた。

男たちはただちに数冊のファイルを取りだし、パソコンを開き、さまざまな資料をテーブルに広げた。すでにこれだけの準備が整っていたことを知り、サーガの腕に鳥肌が立った。

テーブルはレーヴェンストレムスカ病院周辺の地域を示す大きな地図や、同地区の上下水道を示す管網図、司法精神医学局全体と閉鎖病棟内の詳細な見取り図で覆われた。

「きみはウプサラ地裁の判決により、明日の朝早くクロノベリ拘置所に送致される。そこから明日の午前中には、カトリーネホルムにあるカーシュウッデン病院に移送されることになる。移動には約一時間かかるだろう。到着する頃にはすでに矯正保護庁委員会によるレーヴェンストレムスカ病院への移送決裁が完了しているはずだ」

「きみの症状について概要を作成しはじめたから、目を通してほしい」ナータン・ポロックがサーガに慎重な笑顔を見せて言った。「きみにはそれらしい病歴が必要だ。児童青年精神医学病院での治療、救急対応、病院への移送、薬物の処方など、今日に至るまでの記録だよ」

「わかりました」サーガが答える。

「われわれが知っておくべきアレルギーや病歴はあるかい？」

「いいえ」

「肝臓も心臓も問題なし？」

六三

　タント通りに面したアパートの外に、湿った雪が降りはじめた。水気の多い雪が窓ガラスに当たり、せわしない音を立てる。明るい色の本棚には、プールで遊ぶ家族を写した写真が額の中に飾られている。父親の鼻は日に焼けて赤く、子どもがふたり、笑顔でゴム製のワニを掲げている。

「状況はきわめて切迫している」ナータン・ポロックが言った。

「フェリシアが生きているかどうかもわからない」カルロスが言い、ペンでテーブルをこつこつと叩きはじめた。「生きているとしても、レジオネラ症に感染している可能性が非常に高い」

「そうであれば、猶予は一週間しかない」ナータンが言う。

「最悪、完全に放置されている可能性もある」焦りのにじむ声でヨーナが言った。サーガが尋ねる。

「どういうこと？　もう十年以上も監禁しておいて……」

「そうだ、考えられる理由として」ヴェルネルが割りこんだ。「なぜミカエルが脱走できたのか？　考えられる理由としては、ユレックの共犯者が病気になったか……」

「死んだか、どこかへ行ってしまったか」カルロスが言う。

「間にあわないかもしれない」サーガがささやいた。

「間にあわせるんだ」カルロスが言い返した。

「もしフェリシアが水も飲めない状態なら、どうしようもない。今日か明日には死んでしまうだろう」ナータンが言う。「水は飲めたとして、もしミカエルと同程度の疾患を負っていたら、おそらくあとわずか一週間の命だ。だが、少なくともチャンスはある……勝算は低いが、可能性はゼロではない」

「食べ物がないだけなら、三、四週間の猶予がある」ヴェルネルも言った。

「つまり、状況はほとんどなにもわからないんだ」ヨーナが言った。「共犯者が、なにごともなかったかのようにその場に残っているのか、あるいはフェリシアは土に埋められたか」

「あるいは、あと二十年、〝カプセル〟に監禁されつづけるかもしれない」カルロスが不安げな声で言った。

「確実なのは、ミカエルが脱走したとき、彼女は生きていたということだけだ」ヨーナがつづける。

「耐えられない」カルロスが言って立ちあがった。「ベッドにもぐりこんで泣きたくなる、考えただけでも……」

「今は泣いている時間はない」ヴェルネルがさえぎった。

「いや、私が言いたいのは……」

「わかってる、おれも同感だ」ヴェルネルが声をあげた。「あと一時間と少しで、矯正保護庁委員会の臨時会議がはじまり、レーヴェンストレムスカ病院への患者の移送が決定される。その頃には……」

「わたしの任務の内容がわかりません」サーガが言った。

「その頃には、新しいプロフィールの作成が完了していなければならない」ヴェルネルがサーガをなだめるように片手をあげてつづけた。「きみの病歴や、司法精神科医による所見を作成し、地裁判決文を裁判所事務局の記録に書きこみ、カーシュウッデン病院での臨時収容の準備を終えなければならないんだ」

「急がないと」ナータンが言う。

「サーガが、自分の役割を知りたがっています」ヨーナが言う。

「わたしになにを期待されているのかが具体的にわからないと、説明を聞いても自分の任務にどうかかわってくるのか……」

　ナータンがサーガの目の前でプラスチックのフォルダを掲げた。ヴェルネルが説明する。

「まず初日に、送受信機のついた極小のマイクロフォンをデイルームに設置する」

ナータンが、小型マイクの入ったフォルダをサーガに差しだした。

「これを肛門に隠すんですか?」サーガが尋ねる。

「いいや。施設での体腔検査は念入りだからな」ヴェルネルが答える。

「このマイクを飲みこんで、十二指腸に達する前に吐き戻す……そしてまた飲みこむんだ」ナータンが説明した。

「飲みこんだら四時間以内には吐きだせ」ヴェルネルが言う。

「デイルームにマイクの設置を完了するまで、それを繰り返すわけですね」サーガは確認した。

「職員がワゴン車に詰めて、二十四時間リアルタイムで音声分析に当たる」ナータンが言った。

「なるほど、その部分はわかりました。でも、裁判所の判決や、司法精神科医の所見その他もろもろを準備して……」

「それが必要なのは……」

「つづけさせてください」サーガがさえぎった。「わたしの経歴を用意して、目当ての閉鎖病棟に送りこみ、マイクの設置にも成功したとして……」

サーガの目は険しく、唇から血の気が引いていた。彼女はひとりひとりを見渡して言った。

たりするんでしょうか」

「いったいどうして……ユレック・ヴァルテルが、どうしてわたしになにか打ち明けたりするんでしょうか」

六四

ナータンが立ちあがった。カルロスは両手で顔を覆い、ヴェルネルは携帯を指でもてあそんでいる。

「ユレック・ヴァルテルが、わたしに話しかけてくるとは思えません」サーガは繰り返した。

「一種の賭けであることはまちがいない」ヨーナが言った。

「この病棟には三つの独立した隔離部屋と、共有のデイルームが一室ある。デイルームにはランニングマシンと強化ガラスで防護されたテレビが設置されている」ヴェルネルが説明する。「ユレック・ヴァルテルは十三年ものあいだ、ひとりきりでこの閉鎖病棟にいた。その間、どの程度デイルームを利用していたかは不明だ」

ナータンが閉鎖病棟の見取り図を差しだし、ユレックの部屋とデイルームが一枚のドアで隔てられている部分を指で示した。

「最悪の場合は、職員が患者同士の接触を禁止するかもしれない……職員に対してわれわれが指示を出すことはできないんだ」カルロスが言う。

「それはわかります」サーガが気丈に言った。「ただ、気になるのは、どうやって……いったいどうやってユレック・ヴァルテルに近づけばいいのかということです」

「きみが行政裁判所の代理人との接見を希望し、リスク判定の再審査を要求してはどうかと思っている」カルロスが言った。

「その希望はだれに伝えればいいんですか?」

「ローランド・ブロリーン医長だ」ヴェルネルが言い、一枚の写真をサーガの目の前に置いた。

「ユレックにはさまざまな制約が課せられている」ナータンが言う。「だから、きみの存在はやつにとっては外の世界への窓口になりうる。やつはきみのことをじっくりと観察して、もしかすると情報を得るためにあれこれ質問してくるかもしれない」

「なにを聞いてくるんだろう。彼の望みはなんですか?」サーガが尋ねる。

「脱走だ」ヨーナがきっぱりと答えた。

「脱走?」カルロスが疑わしそうに言い、書類の束を手で叩いた。「やつが脱走を試みたことなんて、この長きにわたってただの一度も……」

「それは、成功する見こみがなかったからです」ヨーナがさえぎる。

「それで、その状況でユレックがカプセルの場所のヒントになるようなことを、わたしに打ち明けると思う?」サーガが不信を隠し切れないようすで言った。

「ユレックには共犯者がいるんだ。それはつまり、ユレックが他者を信用することもあるという事実を意味する」ヨーナが言う。

「やつはパラノイアではないということか」ナータンが言う。

「それは助かるわ」サーガがほほ笑んだ。ヨーナはつづけた。

「ユレックが簡単に情報を出してくるとは、ぼくたちも思っていない。でも、もしきみがユレックとの会話に成功すれば、いずれはフェリシアの居場所に近づくための手がかりとなるようなことも口にするだろう」

「あなただってユレックと話をしたんでしょう?」

「ああ。ユレックがぼくと話をしたのは、ぼくの証言内容を変えさせたかったからだ……もっともその間、彼は個人的な事柄にはいっさい触れなかったがね」

「じゃあ、わたしにだって話すはずがないじゃない」

「きみは特別だ」ヨーナは言い、サーガの目を見つめた。

六五

サーガは立ちあがった。両腕で体を抱きしめ、窓の外に降るみぞれをじっと見つめる。

「やっかいなのは、レーヴェンストレムスカ病院への移送理由だ。犯罪内容や症状の程度を理由にすると、強い薬物の投与を受けるおそれがある」ヴェルネルが言う。

「拘束衣を使われたり電気ショック療法の対象になれば、任務は失敗に終わるだろう」ナータンが淡々と言う。

「くそっ」サーガが小声で言い、彼らのほうに向きなおる。

「ユレック・ヴァルテルは頭がいい」ヨーナが言う。「彼を操ろうとしても一筋縄ではいかない。嘘をつくのは非常に危険だ」

「完璧な人物像をつくりあげねばならん」ヴェルネルがサーガに目を向けて言った。

「いろいろ考えたんだが、基本的に統合失調型パーソナリティ障害ということにするのがいいと思う」ナータンが言い、黒い目を細めてサーガを見た。

「それで足りるか？」カルロスが聞く。

「それに暴力的衝動をともなう反復性の精神病性障害をつけくわえて……」

「なるほど」うなずくサーガの頬に、徐々に赤い斑点が浮かんでくる。

「トリラホン（抗精神病薬）八ミリグラムを一日三回投与すれば落ちつくということにしよう」

サーガが自分から質問しようとしないのを見て、ヴェルネルが代わりに尋ねた。

「この任務の危険性はどういうところにあるんだ？」

「ユレックはきわめて危険な人物だ。そして、サーガと同時に別の病院から移送されてくる患者も危ないやつだ。だが、いったんサーガが施設に入ってしまえば、われわれはいっさい手を出せなくなる」ナータンが正直に答えた。

「つまり、おれの部下の安全はまったく保障されないということか？」ヴェルネルが言う。

「そうだ」カルロスが答えた。

「サーガ、わかってるか？」ヴェルネルが尋ねる。

「ええ」

「このミッションについて知っているのはごく少数の限られたメンバーだけだ。われわれのうち、隔離施設の内部についてくわしい者はだれもいない」ナータンが言う。

「だから、なんらかの理由でマイクからきみの音声が聞こえなくなって二十七時間たったら、ミッションは中止だ。その間、きみはひとりで危険に対処しなければならない」

ヨーナがサーガの目の前に隔離施設の詳細な見取り図を広げ、ペンの先でデイルームを指した。

「見てのとおり、ここに二重扉がある……そっちには自動ドアが三つ」ヨーナが言う。

「簡単にはいかないだろうが、絶体絶命という状況に陥ったら、ここをバリケード代わりにするんだ。ここと、ここも使える……この二重扉の外に出た場合は、オペレータ室か、この倉庫に避難するのがいちばんいい」

「この通路を進めばいいの？」サーガが指をさして尋ねる。

「ああ。だが、ここは通れない」ヨーナはカードと認証コードがなければ開かないドアの上にバツをつけていった。

「きみは閉じこもって、助けを待つ……」カルロスがテーブルの上の書類をあちこちめくりはじめた。「だが、さらにそのあとの段階で問題が起きた場合には、この……」

「ちょっと待って」ヨーナがさえぎる。「見取り図は記憶したかい？」

「ええ」サーガが答える。

カルロスが病院周辺の大きな地図をひっぱりだした。

「まず、救助用の車両がここに向かう」カルロスが言い、病院の裏手の道路を指さした。「この広い休憩所の脇で車両を待機させる。しかし、ここまで来ることが難しそうなら、そのまま森に入ってこの地点まで進め」

「了解」

「特殊部隊がここから進入する……あるいは、状況によっては下水道から」

「きみがこのミッションについて明かさない限り、われわれはきみを救いだしてもとの現実に戻してやれる」ヴェルネルが言う。「なにも起こらなかったも同然だ。裁判所事務局の記録ももとに戻す。きみは判決を受けたこともなければ、どこかに収容されたこともない」

部屋が静まり返った。突如として、この任務の非現実性が不気味な姿を露わにしたように感じられた。

「このミッションが成功すると思う人は、いったい何人いるんでしょうか？」サーガが低い声で言った。

カルロスがあやふやにうなずいて、なにかつぶやく。

ヨーナはただ、首を横に振っていた。

「不可能ではない」ナータンが言った。「しかし、困難で危険をともなう任務だ」

「全力を尽くせ」ヴェルネルが言い、大きな手をサーガの肩に置いた。

六六

サーガはナータンが作成した詳細なプロフィールを手にもち、壁にベラ・ソーンとゼンデイヤの写真が飾られているピンク色の寝室に入っていった。十五分すると、サーガがまた戻ってきた。ゆっくりと歩き、部屋の真ん中で立ち止まる。長いまつげの影が頬に落ち、震える。男たちはだまって、サーガの華奢（きゃしゃ）な体とスキンヘッドを見守った。

「わたしの名前はナタリー・アンデション。スキゾイドパーソナリティ障害のため、内にこもり、人とかかわることが難しい」サーガは言い、椅子に腰かけた。「ただし、これまでに、非常に暴力的な衝動をともなう精神病性障害に襲われたことが何度かあり、そのためにトリラホンを服用している。今は八ミリグラムを一日に三回服用すれば十分。錠剤は小さくて白く……副作用で胸が痛むので、服用後はうつぶせには寝られない。ほかにもシプラミル（抗うつ薬）を三〇ミリグラム……または、セロクサット（抗うつ薬）を二〇ミリグラム」サーガは話しながら、だれにも気づかれることなく、ズボンのウエスト部分に隠していた小型マイクを取りだした。

「これまでいちばん症状がひどかったときには、リスパダールの注射を受けたことがある。そして、副作用を抑えるためのオクサスカンド（抗不安薬、不眠症治療薬）も……」

サーガはテーブルのふちに手を隠して小型マイクの接着部分の保護シートをはがし、すばやくテーブルの下に貼りつけた。

「ウプサラ地裁で判決を受け、カーシュウッデン病院に収容される前は、ボルスタ精神科病棟の外来に通っていた。その最中に、クニーヴスタにあるグレーデルビー学校の裏の公園で、男性を一名殺害し、ついでその十分後にダッグ通り沿いの一軒家に通じる道でもう一名の男性を殺害……」

小型マイクがテーブルの下からはがれて、床に落ちた。

「逮捕されたあと、ウプサラ大学病院の精神科救急に搬送され、ステソリド（抗不安薬、催眠鎮静薬）二〇ミリグラムとシソディノール（抗精神病薬）一〇〇ミリグラムを臀部に注射され、十一時間ベルトで体を拘束されたのちに冷却したヘミネブリン（催眠鎮静薬）を服用。このときは鼻水が出て、ひどい頭痛になった」

ナータンが拍手する。ヨーナが身をかがめて、床に落ちた小型マイクを拾った。

「接着させるためには四秒間押さえておく必要がある」ヨーナがほほ笑む。

サーガはヨーナから小型マイクを受けとり、手のひらにのせて観察した。

「全員、このプロフィールとすることで問題ないな?」ヴェルネルが尋ねる。「七分後には裁判所事務局のデータにきみの情報を登録することになる」

「いいと思う」ナータンが言う。「ただ、今晩中にボルスタ精神科病棟の規則や、職員、その他の患者の顔や名前を覚えておく必要がある」

ヴェルネルがナータンに同意を示すようにうなずき、立ちあがった。深い声で、潜入捜査に当たる者は素性を疑われることのないよう、自らが演じる人物像について、その詳細に至るまで完璧に記憶しなければならない、と語りはじめる。

「与えられた人物像と一体化するんだ。自分に関する情報はすらすらと、よどみなく答えられるようでないといかん。電話番号、架空の家族や誕生日、住所、ペット、パーソナルナンバー、学校、教師、職場、同僚と彼らの習慣……」

「いや、それはちがうと思いますね」ヨーナが言った。

ヴェルネルは絶句して、口を開けたままヨーナを振り向いた。カルロスがそわそわとテーブルの上のパンくずを手のひらで集める。ナータンは椅子の背にもたれて、期待に満ちた笑みを浮かべた。

「それくらい、覚えられるわ」サーガが言う。

ヨーナは穏やかにうなずき、サーガの目を見つめた。彼の瞳は鉛のような暗い色になっていた。

「サムエル・メンデルはもういない。だから、話しても問題ないだろう。彼は長期潜入捜査、いわゆるスパイ活動について驚くほど知識があったんだ」ヨーナが話しはじめた。

「サムエルが?」カルロスが疑わしそうに聞いた。

「くわしくは言えないが、彼は自分の知識に絶対の自信をもっていた」ヨーナが言う。

「モサドだったのか?」ヴェルネルが尋ねる。

「ぼくに言えることは……サムエルが教えてくれたメソッドは、ぼくにも納得のいく内容だった。だから、ぼくはいつも彼のアドバイスを思い出すようにしてきた」

「メソッドなら、もうぜんぶわかってる」ヴェルネルが不機嫌そうに言った。

「潜入捜査中は、なるべく話さないこと。話すとしても、ごく短くだ」ヨーナが説明する。

「短く？　なぜだ？」

ヨーナはサーガに向かって語りかけた。

「自分の気持ちに正直でいること。絶対に感情を偽るな。怒りや喜びを装ってはいけない。嘘をつかず、常に本心を話すこと」

「わかった」サーガが少しためらいがちに言った。

「そして、いちばん大事なのは」ヨーナがつづける。「真実だけを話すこと」

「真実だけを」サーガが繰り返す。

「ぼくたちは、きみの病歴や症状に関するデータをしかるべく準備する。だが、きみは自分は正常だと言い張るんだ」

「それが真実だからか」ヴェルネルがささやいた。

「自分が行った犯罪については知る必要すらない。きみは、すべてでたらめだと言い張れ」

「そうすれば嘘をつくことにはならない」サーガが言った。

「ちくしょう」ヴェルネルが言った。「まいったな」

サーガはヨーナが言わんとするところを理解すると、顔を上気させた。つばをのみこみ、ゆっくりと言う。

「じゃあ、ユレック・ヴァルテルにどこに住んでいたのかと聞かれたら、セーデルマルムのタヴァスト通りと答えればいいのね」

「そうすれば、何度おなじ質問をされても答えをまちがわないだろう」

「ステファンのことについて聞かれたら、ほんとうのことを話すの？」

「話に信ぴょう性をもたせつつ、自分の言ったことを忘れずにいるためには、それが唯一の方法だ」

「仕事はなにをしていたのか聞かれたらどうしよう」サーガが笑った。「公安の警部だって言うの？」

「精神病棟にいるんだから、それでいいんだよ」ヨーナがほほ笑む。「ただ、もし……ほんとうに自分の素性が割れてしまいそうな質問をされたら、答える必要はない。それがきみの、心からの正直な反応なのだから。答えたくない、というね」

ヴェルネルが笑いながら頭を掻いた。室内の雰囲気が急に明るくなった。

「それがいいかもしれない」ナータンがサーガに言った。「われわれは司法精神医学局や裁判所の書類を準備するが、きみはただありのままを答えればいいんだ」

サーガは立ちあがると、穏やかな表情で言った。

「わたしの名前はサーガ・バウエル。いたって健康。なにも悪いことなどしていない」

六七

ヴェルネルは裁判所事務局のデータベースにログインし、十二桁のコードを入力した。ナータンがとなりにすわり、ふたりは協力して起訴や告訴状の受理、公判が行われた日付をそれぞれ入力していった。犯罪の等級、司法精神医学的所見、さらに二件のきわめて残虐な計画的殺人について被告を有罪としたウプサラ地裁の判決文を作成する。

同時にカルロスは、サーガ・バウエルの犯罪、判決、刑罰の内容について国家警察委員会の犯歴者データベースに書き入れた。

ヴェルネルはさらに法医学事務局のデータベースにアクセスし、先に用意した司法精神科医による所見をコピー入力して報告書を記録簿に紛れこませると、満面の笑みを浮かべた。

「時間的にはどうですか？」サーガが尋ねる。

「なかなかいいぞ」ヴェルネルが時計を見て言った。「あとちょうど二分後に矯正保護庁委員会の臨時会議が開かれる。そこで裁判所事務局の案件リストに従い、ふたりの患者をレーヴェンストレムスカ病院の閉鎖病棟へ移送する決定が下される」

「なぜ移送される患者が二名なのか、理由を聞いていませんでした」サーガが言う。

「そのほうが、きみが矢面に立つリスクを減らすことができる」ナータンが答える。

「これまで何年もひとりで過ごしていたところに、突然新しい患者がひとりやってきたら、ユレック・ヴァルテルが疑念を抱くおそれがある」カルロスが説明した。「しかし、まず最初にセーテルの閉鎖病棟から一名、そして一、二日遅れてカーシュウッデンから一名、という具合に移送すれば、少しは注意をそらせるかと思ってね」

「きみの移送理由は、危険度が高いことと脱走を企図していること……もうひとりの患者は、本人が移送を希望しているからだ」ナータンが説明した。

「そろそろサーガを帰らせよう」ヴェルネルが言った。

「明日の夜はカーシュウッデンの病院で過ごすことになる」ナータンが言う。

「家族には、秘密の任務で外国に行くとでも説明しておけ」ヴェルネルが言った。

「支払いとか、ペットの世話とか、鉢植えの水やりなんかを頼んでおかないと……」

「大丈夫です」サーガがさえぎるように言った。

ヨーナは床に投げ捨てられたサーガのパーカを拾いあげ、彼女が腕を通しやすいようにもってやった。

「ルールは覚えたかい？」ヨーナが低い声で尋ねる。

「なるべく話さない。話すなら短く。正直に、真実だけを言う」

「もうひとつルールがあるんだ」ヨーナが言った。「これはかなり個人によるところが大きいようだが、サムエルによれば、自分の両親について話すことは避けたほうがいいらしい」

サーガは肩をすくめた。

「了解」

「なぜそれがそんなに大事なことだとサムエルが思ったのか、理由はわからないけどね」

「サムエルの忠告には従ったほうがよさそうだ」ヴェルネルは静かに同意した。

「ええ、そうですね」

カルロスがサンドウィッチをふたつ、袋に入れてサーガに差しだした。

「もう一度言うが、施設に入ればきみはただの患者だ……つまり警察官としての義務も権限もない」カルロスは深刻な表情で言った。

サーガはしっかりとカルロスを受けとめた。

「わかっています」

「そのことをよく踏まえて行動することだ。あとできみの身分を守りきるためにも」

ヴェルネルは言った。

「家に帰って、少し休みます」サーガは低い声で言い、玄関に向かった。

玄関ホールの椅子にすわって靴ひもを結んでいると、ヨーナがやってきてとなりに身をかがめた。

「あと戻りできなくなるぞ」ヨーナがささやいた。

「やりたいの」サーガが笑顔でヨーナを見つめた。

「わかってる。きっとうまくいくよ。もしきみが、ユレックがどんなに危険な人間かを忘れなければね。ユレックは人を感化し、人格を変え、魂をもぎとって、まるで……」

「わたしの脳内に、ユレックを侵入させない」サーガが自信ありげに言い、立ちあがってジャケットのボタンをとめた。

「あいつは、まるで……」

「わたしは強い女の子だから」サーガがヨーナの言葉をさえぎった。

「わかってるよ」

ヨーナはサーガのためにドアを押さえ、外に出て階段まで見送った。ヨーナがなにかためらっているのを見て、サーガは壁にもたれ、やさしく尋ねた。

「なにか言いたいことがあるの？」

再び静寂が訪れた。エレベーターは停止したまま動かない。外の道路を、一台の車がサイレンを鳴らしながら走り過ぎていく。

「ユレックは脱走のためにあらゆる手段を使うだろう」ヨーナが暗い声で言った。「きみはあいつを逃がしてはならない。サーガ、ぼくはきみのことを妹のように思っている。それでも、ユレックが脱走に成功するくらいなら、きみが死ぬほうがまだましだ」

六八

アンデシュ・レンは、会議室の大きなテーブルに着席して待っていた。時刻はすでに五時半をまわろうとしている。明るく無機質な会議室には、いつものように病院上層部のメンバーが数名、一般精神病棟からの代表が二名、ローランド・ブロリーン医長とセキュリティ部長のスヴェン・ホフマンが顔をそろえていた。

病院理事長のリカルド・ナグレルはまだ電話で話をしながら、秘書からアイスティーのグラスを受けとっている。

低い曇天からゆっくりと雪が落ちてくる。

理事長が空になったグラスをテーブルに置き、口をぬぐって会議のはじまりを告げると、部屋のざわめきが引いた。

「全員そろってよかった。一時間前に、矯正保護庁委員会から電話があったんだ」

最後の雑談の声が消え、会議室が静かになる。

「急な知らせだが、矯正保護庁委員会が当院の閉鎖病棟に二名の患者を移送することを決定した。当院の収容者が一名だけというのはたしかに分が悪い。しかも、おとなしい年寄りの患者ひとりとあっては」

「あいつは機が熟すのを待っているだけです」ローランドが真剣な口調で言った。理事長はローランドの言葉を無視してつづけた。

「会議に集まってもらったのは、きみたちの意見を聞きたかったからだ。患者が二名増えることで、セキュリティや全体的な医療体制の観点からどんな影響がありうるだろうか?」

「移送されてくるのは、どんな患者でしょうか?」アンデシュが尋ねる。

「もちろん二名とも最高レベルのセキュリティが要求される患者だ。一名はセーテルの閉鎖病棟にいた患者、もう一名はカーシュウッデンの司法精神医学局に……」

「無理です。機能しません」ローランドが割りこんだ。

「当院の閉鎖病棟は、三名の患者を受け入れるように設計されているんだ」理事長が辛抱づよく言った。「このご時世、予算の無駄遣いはゆるされない。われわれは……」

「ですが、ユレックは……」

ローランドが押しだまる。

「なんだね？」

「われわれが複数の患者をみることは不可能です」ローランドが言った。

「しかし三名の患者を受け入れることは、当院の義務なんだ」

「なにか口実を考えましょう」

理事長はやれやれというように笑い、首を振った。

「きみはいつもあの患者をモンスターのように言うが、彼は……」

「モンスターなど怖くない」ローランドがさえぎった。「だが、私にはわかる。ユレック・ヴァルテルは恐怖に値する存在なんだ」

理事長が笑みを浮かべてローランドを見ると、秘書になにかをささやいた。

「まだここにきて間がないので、お聞きしたいんですが」アンデシュが言う。「ユレック・ヴァルテルが、これまでなにか問題を起こしたことがあるのですか？」

「スサンネ・イェルムがいなくなったのはあいつのせいだ」ローランドは答えた。

会議室が静まり返った。一般精神病棟からきた医師が、神経質そうに眼鏡をはずし、またすぐにかけなおした。

「その方は休職中と聞いていますが……研究プロジェクトに参加するためだと思って

いました」アンデシュがゆっくりと言った。

「そういうことにしているだけだ」ローランドが言う。

「なにがあったのか、教えてください」アンデシュはそう言いながら、どんよりとした不安がわきあがってくるのを感じた。

「スサンネは、ユレック・ヴァルテルの手紙をこっそり外部に持ち出そうとしたんだ。だが気が変わった」ローランドは目を伏せて言った。「スサンネは私に電話をして、すべてを打ち明けた。彼女は、なんというか……ただひたすら泣いていて、手紙は燃やしたと言っていた……おそらく本当にそうしたんだろう。おびえて、もう二度とユレックの部屋には入らないと繰り返していた」

「そして休職の申請をした」理事長は言い、手もとの書類をめくった。

何人かの笑い声があがったが、残りの者は苦しげな表情を浮かべている。セキュリティ部長のスヴェン・ホフマンが、白いスクリーンに閉鎖病棟の写真を映しだして言った。

「安全性の観点から言えば、複数の患者を受け入れることになんら問題はありません。ただ、最初のうちは警戒レベルを上げて対応することになるでしょう」

「ユレック・ヴァルテルを、ほかの患者と接触させてはいけない」ローランドが主張する。

「だが、そうも言っていられないんだ……とにかく安全性だけは確保してくれたまえ」理事長はそう言いながら、ほかのメンバーを見た。

「無理です……議事録に記録しておいてくれ。私は閉鎖病棟の責任を放棄する。閉鎖病棟は一般精神病棟の下に配置するか、まったく独立した組織として……」

「少し大げさすぎやしないか？」

「ユレック・ヴァルテルは、まさにこのときを待っていたんだ」ローランドは興奮のあまり、肩で息をしながら言った。

そして立ちあがると、それ以上なにも言わずに会議室を出ていった。舞い落ちる雪の淡い影が、壁に設置されたホワイトボードの上をゆっくりと落ちていく。

「症状にかかわらず、三名の患者をコントロールすることは、ぼくは可能だと思います」アンデシュがゆっくりと言い、椅子の背にもたれた。

他のメンバーがとまどったようにアンデシュを見た。理事長はペンを置き、笑みを浮かべた。

「いったいなにがそんなに問題なのかわかりません」とアンデシュは言い、ローランドが出ていったドアに視線をやった。

「それで？」理事長がうなずく。

「投薬で解決できる問題だと思います」

「薬で眠らせるわけにもいかんだろう」スヴェンが笑った。

「ほんとうに必要なら、もちろん可能ですよ」アンデシュが屈託のない笑みを浮かべて言った。「サンクト・シーグフリッド病院での例ですが……ひどい人手不足で、不測の事態に対応する余裕がなくなったときのことです」

アンデシュは、興味深げな理事長の視線を見ると、眉を上げて両手を広げ、軽い調子で言った。「まあ、強い薬は、患者にとっては嫌なものかもしれません……でも、ぼくが閉鎖病棟の医療責任者だったとしたら、リスクはないに越したことはありませんからね」

六九

アグネスが、ミツバチ模様のついた青いパジャマを着て床にすわっている。手に白い小さなヘアブラシをもち、ブラシの毛を一本ずつ数えるようにして指先でさわっている。アンデシュは正面にすわり、バービー人形を手に見守っていた。

「お人形の髪をとかしてあげよう」アンデシュが言う。

アグネスはアンデシュのほうを見向きもせず、ブラシの毛を指で一本一本、一列ごとにゆっくりと、夢中になってさわっている。

遊び方があった。ほかの子どもたちのようにのびのびと遊ぶことはないが、アグネスには自分なりの遊び方があった。アグネスは他者の考えや感情を理解することが苦手だ。バービー人形を与えてもごっこ遊びをするのではなく、足や腕を曲げたり首をまわしたりと、もっぱら人形のもつ機械的な側面にしか興味を示さない。

しかし、アンデシュは自閉症・アスペルガー協会が提供するコースに通い、遊びをひとつひとつの動作に分けてトレーニングする方法を学んでいた。

「アグネス、お人形の髪をとかしてあげよう」アンデシュはもう一度言った。

アグネスはブラシをいじる手を止め、まっすぐに腕を伸ばして人形の金色の髪にブラシを通し、おなじ動きを二度繰り返した。

「わあ、きれいになったね」

アグネスはまたブラシをいじりはじめた。

「見たかい？　お人形さん、きれいになったねえ」

「うん」アグネスは目を伏せたまま答えた。

アンデシュが次にシンディ人形を拾いあげると、なにも言わないうちにアグネスが手を伸ばし、笑顔で人形の髪をとかした。

三時間後、すでにアグネスを寝かしつけたアンデシュは、テレビの前のソファにすわって『セックス・アンド・ザ・シティ』を見ていた。家の外では、黄色い屋外照明の中を重たそうな牡丹雪が降りつづいている。ペトラは職場のパーティーに出かけている。同僚のヴィクトリアが、夕方の五時にペトラを迎えにやってきた。帰りは遅くならないと言っていたが、時計は十一時近くを指していた。

アンデシュはアイスティーをごくりと飲み、ペトラにテキストメッセージを送った。

『アグネスがブラシで人形の髪をとかしたよ』

アンデシュは疲れていたが、ペトラに病院であった会議について話をしたかった。彼が閉鎖病棟の責任者となり、正規職員としての処遇を保証されたということを。

テレビはCMに入り、アンデシュは明かりを消すためにアグネスの部屋へ向かった。せまい子ども部屋には、ほんもののサイズのウサギの形をしたナイトランプが置いてある。それが美しいピンク色の明かりを投げかけ、ベッドシーツやアグネスの穏やかな寝顔にやわらかな影をつくっていた。

床にはレゴブロックや人形、ドールハウスの家具、プラスチックでできたおもちゃの食べ物、ペン、ティアラ、磁器製のティーセットが散乱している。

どうしたらこんなに散らかせるのだろう、とアンデシュは思った。

床に散らばったものを踏まないように、すり足で部屋の奥へ進む。足に触れたおもちゃが木の床をすべり、小さな音を立てた。ランプのスイッチを切ろうと慎重に手を伸ばしたとき、ベッド近くの床にナイフが見えたような気がした。

床には大きなドールハウスが置かれている。その小さなドアが開いた奥に、ナイフの刃がのぞいていた。

アンデシュは慎重にドールハウスに近づき、身をかがめた。ナイフは、前に病院の隔離部屋で見つけたものと似ていた。胸の鼓動が速くなる。

いったいどういうことだ。これは、ローランドに渡したナイフじゃないか。

アグネスが不安そうにうめき、なにか寝言をささやいた。

アンデシュは床に手をついた。腕を伸ばしてドールハウスの小さなドアをいっぱいに開き、ナイフをとろうと手を入れる。

床が小さくきしんだ。アグネスの息づかいが乱れる。

目の前をふさぐドールハウスの窓越しに、ベッドの下でなにかがうっすらと光るのが見えた。テディベアの目が光に反射したのだろうか。

「痛い」アグネスが寝言で言った。「痛い、痛い……」

指先がナイフにとどいたそのとき、ベッドの下のしわだらけの顔に光るふたつの目と視線が合った。

ユレック・ヴァルテル。その名が脳裏をかすめた瞬間、ユレックが稲妻のような速さでアンデシュの手をつかみ、ベッドの下に引きずりこんだ。

びくっと腕が動き、アンデシュは目を覚ました。息をはずませながら、いつのまにかソファで寝てしまっていたことに気づく。テレビを消して、しばらくソファにすわっていた。胸の動悸が激しい。

窓から車のヘッドライトが差しこんだ。タクシーが道路をUターンして走り去っていく。玄関のドアがそっと開いた。

ペトラが帰ってきた。

ペトラが玄関からバスルームへ移動して用を足し、化粧を落とす音が聞こえる。アンデシュはゆっくりと立ちあがって部屋を出ると、浴室のドアから廊下に漏れる光を見つめた。

七〇

アンデシュは暗闇に佇んだまま、洗面台の鏡越しにペトラを見つめていた。彼女は歯をブラシで磨くと口からつばを吐きだし、両手で水をすくって口に入れ、また吐きだした。

鏡に映るアンデシュの姿に気づき、ペトラは数秒のあいだ、おびえた表情を浮かべた。

「起きてたの？」

「待ってたよ」アンデシュが開き慣れない声で言った。

「やさしいのね」

ペトラは浴室の明かりを消した。アンデシュは彼女のあとについて寝室へ入った。

ペトラはベッドに腰かけると、手と腕にクリームをすりこんだ。

「楽しかったかい？」

「まあね……レーナが、新しい仕事が見つかったって」

アンデシュがペトラの腕に手を伸ばし、左手首を強くつかんだ。ペトラが振り返り、アンデシュの目を見た。

「明日の朝は早起きしないと」

「だまって」アンデシュが言う。

手を振りほどこうとすると、アンデシュはもう片方の手もつかみ、ペトラをベッドに押しつけた。

「痛い……」

「だまれ！」

アンデシュは片ひざをペトラの股間に押しつけた。彼女は身をよじって逃れようとしたが、動きを止めて彼の目をじっと見つめた。

「本気で言ってるの。今日はやめて……わたし、もう寝なくちゃ」ペトラが静かに言った。

「ずっと待ってたんだよ」

ペトラはしばらくアンデシュを見つめていたが、うなずいて言った。

「ドアの鍵をかけて」

アンデシュはベッドを離れ、廊下の物音に耳をすませた。静かだった。ドアを閉め、鍵をかける。ペトラは寝間着を脱ぎ、引きだしを開けた。笑みを浮かべながら、柔らかいロープと、鞭（むち）やヴァイブレーター、大きなディルドが入ったビニール袋を取りだす。アンデシュが彼女をベッドに押し倒した。

ペトラがやめるように頼んでも、アンデシュは彼女のショーツを乱暴にはぎとった。尻に赤くこすれた跡がついた。

「アンデシュ、わたし……」

「おれを見るな」

「ごめんなさい……」

ロープで縛られるあいだ、ペトラはおとなしくしていた。ロープを少しきつく締めすぎている。酒に酔ったせいで、いつもより感覚が鈍っているのかもしれない。アンデシュがロープの端をベッドの支柱に巻きつけ、ペトラの脚を無理やり開かせた。

「痛い」ペトラがうめく。

アンデシュが目隠しを取りだし、嫌がって顔を振る彼女の目を覆い隠した。ペトラは逃れようとしてもがいたが、ロープで身動きがとれなかった。大きな乳房が揺れた。

「きれいだよ」アンデシュがささやく。

すべてが終わって縄が解かれたときには、時計の針は四時を指していた。彼女はただ無言で体を震わせ、ひりひりと痛む両手首を手でさすった。髪は汗にまみれ、頰には涙のあとが幾筋も残っている。はずれた目隠しが首からぶらさがっていた。もういやだ、やめてほしいと懇願したペトラの口に、アンデシュは引き裂いたショーツを無理やり押しこんでいた。

七一

時刻が五時をまわり、サーガは眠ることをあきらめた。一時間半後に迎えがやってくる。重い体を起こしてトレーニングウェアに着替え、アパートを出た。数ブロックほどジョギングしたあと、速度を上げてセーデル・メーラシュトランドの海岸まで走る。

この時間、道路を走る車は一台もない。

サーガは静かな通りを走りつづけた。やわらかく積もった新雪は、足で踏んでもなんの感触もない。

今ならまだ辞退することもできる。しかし、彼女は、今日から自らの自由を放棄することに決めた。

セーデルマルムの街はまだ眠っていた。明かりの灯った街灯の上を、漆黒の空が覆っている。

サーガは走りつづけた。結局、彼女のために偽のプロフィールが用意されることはなかった。データベースには本名が書きこまれた。自分に投与されるべき薬物の名称以外、なにも覚える必要はない。リスパダールの筋肉注射、と彼女は小声で繰り返した。副作用にはオクスサカンド、ステソリドにヘミネブリン。

ナータンは、診断名にとくに意味はないと言っていた。ただし、使用薬物については完璧に把握しておかなければならない。ナータンの声がよみがえる。

きみの命がかかっている。きみが生きて帰れるかは、薬物しだいだ。

空っぽのバスが一台、フィンランド行きフェリーのターミナルに入っていく。煌々と明かりに照らされたターミナルに人影はない。

「トリラホン、八ミリグラムを一日三回」走りながら、サーガはつぶやいた。「シプラミル三〇ミリグラム、セロクサット二〇ミリグラム……」

写真博物館のすぐ手前でサーガは方向を変え、島の北岸を走るスタッスゴード通りから岩盤の上につづく急な階段を上がった。見晴らしのいいカタリーナ通りまでのぼりきると、海抜の高い地点で立ち止まり、対岸のストックホルムの街を見渡しながら、ヨーナが話したルールをもう一度反芻した。

なるべく話さないこと。話すとしても最小限に、短く。本心に忠実に、真実だけを話す。

それだけのことだ。サーガはそう思い、ホーン通りを目指して走った。最後の一キロでさらに速度をあげ、タヴァスト通りの自宅アパートまで全速力で走り切る。

アパートの階段を駆けあがり、玄関マットの上でシューズを脱ぐと、まっすぐにバスルームへ行ってシャワーを浴びた。

長い髪を剃ってしまうと、シャワーのあとが拍子抜けするほど楽だった。タオルで体を拭き、頭を一度撫でればそれでおしまいだ。

クローゼットの中からいちばんシンプルな下着を選ぶ。いつもなら生理のときにしか使わない白いスポーツブラとショーツ。ジーンズをはき、黒いTシャツと洗いざらしのジャンパーを身に着ける。

サーガはあまり不安を感じにくい性質だったが、ふいに腹のあたりがふわふわと落ちつかなくなった。

時刻はまもなく六時二十分になる。あと十一分後に迎えがくる。サーガはベッドサイドテーブルに置かれたグラスのとなりに腕時計を戻した。これから向かう場所では、時の流れは止まっている。

サーガはまず、クロノベリ拘置所に向かうことになっていた。そこでの滞在時間は二、三時間だ。その後は矯正保護庁の護送車に乗せられ、カトリーネホルムにあるカーシュウッデン病院へ移動する。そこで一日ほど過ごし、レーヴェンストレムスカ病院への移送命令が執行されるのを待つ。

サーガはアパートの中をゆっくりと歩いて明かりを消し、壁にささったプラグを抜いた。玄関ホールへ行き、緑色のパーカをはおる。

たいして難しい任務ではない、と彼女は再び考えた。

ユレック・ヴァルテルは老人だ。おそらく薬漬けにされて感覚も能力も鈍っているだろう。

彼の犯行内容を思うと身の毛がよだつが、サーガがすべきことは、ただ落ちついてユレックが近づいてくるのを待ち、なにか有用なことを話しだすまで辛抱するだけだ。うまくいかなければしかたがない。

そろそろ行く時間だ。

サーガは玄関ホールの電気を消し、ドアの外へ出た。

腐りそうなものはすべて冷蔵庫から出して捨てた。鉢植えの水やりや郵便物の片づけはだれにも頼まなかった。

七二

ドアについたふたつの鍵を施錠し、アパートの入り口まで階段をおりた。暗い通りに矯正保護庁の護送車が停まっているのが見え、不安がわきあがる。

サーガは車のドアを開け、ナータンのとなりの助手席にすわった。

「ヒッチハイカーを拾うのは危険ですよ」サーガは言い、笑顔をつくろうとした。

「眠れたかい？」

「少し」サーガは答え、シートベルトを締めた。

「わかっていると思うが」ナータンは彼女を横目で見て言った。「無理に情報を引きだそうとするなよ」

ナータンがギアを入れる。車が静かな通りをすべりだした。

「それがいちばん難しいことかもしれない。もしサッカーの話ばかりされたり、あるいはひとことも話しかけてこなかったらと思うと」

「それならそれで、どうすることもできんよ」

「だけどフェリシアが生きていられるのは、あと数日かも……」

「それはきみの責任じゃない。この潜入捜査は一種の賭けだ。みんなわかっている。われわれはそう思っているよ。結果はだれにも予想できない。きみのミッションと、現在進行中の捜査とは切り離して考えている。ミカエル・コーラー＝フロストへの聴取も継続するし、古い情報もすべて再調査して……」

「だけど、みんな……もしユレックがわたしになにか話さなければ、フェリシアを助けることはできないと思っているんでしょう」

「そんなふうに考えるのはやめなさい」ナータンが言う。

「わかりました、やめます」サーガはほほ笑んだ。

「よし」

サーガは足のつま先で床をとんとんと叩きはじめ、いきなり腕で顔を覆ってくしゃみをした。彼女の青い目は、ガラス玉のような空虚さをたたえていた。まるで彼女の一部が一歩うしろに引いて、離れたところから状況を観察しようとしているかのようだった。

窓外を暗い建物が走り過ぎていく。

サーガは自宅の鍵や財布、その他の小物を拘置所指定のバッグに入れた。

クロノベリ拘置所に着く前、ナータンがシリコンカプセルに入った小型マイクと、少量サイズに個別包装されたバターのパックを差しだした。

「脂肪分は消化機能を遅らせるからな。だが、いずれにしてものみこんだあとは四時間以上待たないほうがいい」

サーガはバターの包装をむいて一切れ口に入れて飲みこむと、やわらかなカプセルに入った小型マイクを見つめた。まるで琥珀(こはく)に閉じこめられた昆虫のようだ。背筋を伸ばしてカプセルを口に含み、頭をうしろにそらして飲みこむ。食道に痛みが走った。カプセルがゆっくりと下がっていくにつれ、サーガの全身から汗が噴きだした。

七三

時刻は朝でも、空はまだ夜中のように暗い。クロノベリ拘置所の女性区画では、すべての照明が点灯されていた。

二歩前に進んだところで止まるように言われ、サーガは命令にしたがった。サーガは心を閉ざし、だれのことも見ないようにしていた。

暖房器具がかちかちと音をたてている。

ナータンは、サーガの私物が入った袋を机に置き、サーガに関する書類を職員に手渡すと、受取証を受けとって去っていった。

ここから先は、なにがあろうともひとりで切り抜けねばならない。

自動ゲートが長い時間うなったあと、突然静かになった。

サーガはだれからの視線も感じなかったが、最大限のセキュリティレベルが要求される患者であることを知り、看守たちのあいだに緊張が走るのがわかった。

次の施設への移送まで、サーガは厳重に隔離されることになる。

サーガは黄色いビニールの床に視線を落としたまま、なにを質問されても答えなかった。

服の上からボディチェックを受けたあと、がっしりとした体つきの女性看守二名につきそわれ、廊下をわたって身体検査室へ連れていかれる。

のぞき窓のないドアを開けてサーガを通しながら、看守たちは新しくはじまったテレビドラマの話に花を咲かせている。部屋は小さな診察室のようだった。薄い紙のシートに覆われた幅のせまいベッドがあり、壁には鍵のついたロッカーが備え付けられている。

「服をぜんぶ脱いで」看守のひとりが事務的に言い、手にラテックスの手袋をつけた。

サーガは言われるままに、服を床に脱ぎ捨てた。全裸になり、寒々しい蛍光灯の下に両腕をだらんと垂らして立つ。

サーガの白い体は少女のように華奢で、非の打ちどころがなく、引き締まった筋肉に覆われていた。

手袋をした看守は話の途中でふいに言葉を失い、サーガの体をまじまじと見た。

「オーケー」しばらくすると看守はため息をついて言った。

「え？」もうひとりが振り返る。

「じゃあ、はじめましょうか」

ふたりの看守は懐中電灯でサーガの口の中、鼻、耳の穴を照らし、慎重に調べていった。ひとつひとつの検査項目にチェックを入れながら、ベッドに横になるように指示をする。

「横向きに寝て、上の方のひざをできるだけ胸に引きよせて」手袋をした看守が言う。

サーガはゆっくりと言われたとおりの姿勢をとった。看守が壁とベッドのあいだに入り、サーガの背後に立った。背筋に寒けが走り、全身に鳥肌が立つ。

後ろを振り向こうとすると、ベッドに敷かれた乾いた紙が頬にあたった。サーガは看守がボトルから潤滑油を絞りだすのを見て、目を固くつむった。

「ちょっと冷たく感じますよ」看守が言い、二本の指をサーガの膣の奥のほうまで入れた。

痛くはなかったが、きわめて不快な感覚だった。サーガはゆっくりと呼吸しようとしたが、看守がもう一本の指を肛門に入れたときには、思わずため息が漏れた。

検査は数秒で終わり、看守はすばやく手袋をはずしてごみ箱に捨てた。

サーガに体を拭くための紙を渡しながら、看守は拘置所内では新しい衣服が支給されることを説明した。

ぶかぶかの緑色の服と白いスポーツシューズを身に着けたサーガは、8—4区画にある房に連れていかれた。

サーガの房に鍵をかける直前、看守がやさしい口調でチーズサンドウィッチとコーヒーを希望するかと尋ねた。

サーガは首を振った。

背後でドアが閉まり、鍵がかかる。

看守がいなくなったあとも、サーガはしばらくの間、房の中に立っていた。どれくらいの時間が経過したのかよくわからなかった。サーガは洗面台に行き、両手に水をすくって飲んだ。のどの奥に指を突っこむ。咳きこみ、胃が収縮しはじめる。痛みをともなう激しい収縮を何度か繰り返したあと、小型マイクの入ったカプセルがせりあがってきた。

嘔吐の刺激で涙が自然にあふれ出る。サーガはカプセルを水でゆすぎ、顔を洗った。ベッドに横になり、カプセルを手に隠したままじっとしていた。

廊下は静かだ。

横になったまま、トイレと排水溝の臭気を感じる。天井を見あげ、視線を移し、何年もの時を重ねて壁に彫られたいくつもの言葉やサインを眺めた。

窓から陽光が差しこんでいる。光でできた四角形が壁を左のほうへ移動していく。もう少しで床に届きそうだ。そのとき、廊下に足音が聞こえた。サーガはすばやく口にカプセルを放りこみ、立ちあがって飲みくだした。同時に鍵を開ける音がして、ドアが開いた。

カーシュウッデンへ移送されるときがきた。

制服を着た護送責任者が書類に署名する。サーガの持ち物や書類が護送車に運ばれる。足と手に錠をかけられながら、サーガは静かに立っていた。

七四

警察の捜査本部は総計三十二名で、国家警察の偵察セクション、捜査セクションおよび殺人捜査特別班所属の事務官と警察官から構成されている。

六階の大きなオフィスは、壁面が地図で覆われている。地図には、ユレック・ヴァルテルに関連する事件の被害者の発見現場や失踪地点が記されている。行方不明者のカラー写真も掲示され、そのまわりに家族や親族、職場の同僚や友人との関係を示す図が描かれている。

　被害者の遺族によるかつての供述内容をもう一度洗い直し、改めて遺族に対する聴取を実施することになった。検視調書や鑑識資料を精査し、被害者の周辺人物については近親者から関係の希薄な者までひとり残らず、再度の事情聴取を行う。

ヨーナ・リンナと彼の指揮下にある作業班は、冬の光が差しこむ窓辺に立ち、ミカエル・コーラー＝フロストの最新の供述調書を読んでいた。読み終わると、メンバーの顔に失望の色が広がった。ミカエルの供述には、捜査を進展させる手がかりとなる情報がなにもない。

　ミカエルの語った内容から不安や絶望の表現を取り去ると、具体的な情報はほぼなにも残らなかった。

「情報がなにもない」ペッテル・ネースルンドがつぶやき、書類の束を丸めた。

「ミカエルは妹の動きを感じると言っている。妹は暗闇の中で目を覚ますたびに、ミカエルを探していると」ベニーが悲しげな表情で言った。「妹の、戻ってきてほしいという気持ちを感じると……」

「そんな話は眉唾だ」ペッテルがさえぎった。

「ミカエルの語っていることは、形はどうあれ真実であるという前提に立つべきだ」ヨーナが言う。

「しかし、この砂男とやらは……」ペッテルがあざけるように言う。

「砂男だっておなじだ」

「架空の物語の人物だぞ。晴雨計のセールスマンを全員つかまえて事情聴取するか?」

「実はすでに、晴雨計の製造業者や販売業者もリストアップしてある」ヨーナが笑みを浮かべた。

「なんだって……」

「晴雨計売りは、E.T.A.ホフマンの砂男の小説に出てくる架空の人物だとわかっている。それに、ミカエルの母親が語っていた砂男も、お休み前のおとぎ話にすぎない。でも、だからといって、現実にそういう人物が存在しないということにはならないだろう」

「手がかりなど、なにもないんだぞ。それは事実だろう」ペッテルが言って、ミカエルの供述調書をデスクに放り投げた。

「手がかりは、ほとんど、ない」ヨーナが親切に言いなおす。

「ミカエルは〝カプセル〟に連れてこられたときにも、カプセルから出されたときにも薬で眠らされていたんだろ」ベニーがため息をつき、手でスキンヘッドを撫でた。

「どこの場所なのか見当もつかない。おそらくフェリシアはスウェーデンにいるだろうが、それすら確実とはいえないし」

マグダレーナがホワイトボードに近づき、〝カプセル〟について判明しているわずかな情報を箇条書きにした。コンクリート、電気、水、レジオネラ菌。

ミカエルは共犯者の姿を目撃しておらず、声を聞いたこともないため、共犯者の性別が男性であるということしかわからない。情報はそれだけだ。ミカエルによれば、咳の音が男のものだったという。

その他の共犯者の特徴といえば、すべて子どもたちが想像する砂男に関連するものばかりだった。

ヨーナは部屋を出てエレベーターで下におり、庁舎をあとにした。フレミング通りを歩き、サンクト・エリック橋をわたってビルカスタン地区に入った。

レーシュトランド通り十九番地のアパートの屋根裏部屋には、「アテナ・プロマコス」の面々が集まっていた。

ギリシャの女神アテナは、とくに盾と矛をもった若い美女として描かれる場合、アテナ・プロマコスという名で呼ばれ、戦いの守護神として崇(あが)められる。

サーガの潜入捜査にともない、彼女から送られてくる情報を分析するための秘密捜査班が結成された。「アテナ・プロマコス」と名づけられたこの秘密捜査班は、国家警察や公安警察の書類や予算上には存在しない組織だ。

アテナ・プロマコスは、国家警察からヨーナ・リンナ、殺人捜査特別班からナータン・ポロック、公安警察からコリンヌ・メイルー、そして技官のヨハン・イェンソンの四名で構成されている。

サーガがレーヴェンストレムスカ病院の隔離施設に移送されるのと同時に、彼らは二十四時間体制でこの部屋に詰め、サーガから送られてくる音声情報の分析にあたることになっている。

アテナ・プロマコスには、さらに偵察セクションから三名の警察官が配属された。この三名がレーヴェンストレムスカ病院の敷地内に停められた市営公園事務局所有のミニバスの中に待機し、サーガの小型マイクから送られてくる音声情報を受信する。データは受信と同時にハードディスクに書きこまれ、暗号化されたのち、アテナ・プロマコスのコンピュータにわずか十分の一秒遅れで送信される仕組みだ。

七五

アンデシュ・レンは、もう一度時計を見た。セーテルの閉鎖病棟から、まもなく一名の患者が移送されてくる。つきそいの矯正保護庁の職員から、患者は不安定で攻撃的な状態にあるとの連絡があった。車中で患者にステソリド一〇ミリグラムを投与したという。アンデシュは、さらにステソリド一〇ミリグラム分の注射を準備した。レイフ・ラヤマという名の年配の守衛が注射器の包装をごみ箱に捨て、両足を広げて立ち、患者の到着を待った。

「追加の注射は、必要ないと思いますがね」アンデシュは言い、余裕の笑顔を見せようとしたが、表情にぎこちなさが残った。

「身体検査のときがいちばん大変だ。そのときの状態によるでしょう」レイフが言った。「自分の職務は、苦しむ人々を助けることなんだと考えるようにしていますよ……彼らにとっては迷惑だとしてもね」

強化ガラスの外側で待機する守衛に、護送車が地下駐車場に向かったとの連絡が入った。大きな金属音が壁に反響し、くぐもった叫び声が聞こえてくる。

「この患者で、まだふたりめだ」アンデシュが言う。「三人の患者がそろうまでは、どうなるかわからないな」

「大丈夫でしょう」レイフがほほ笑む。

アンデシュはモニターを見た。広角レンズで撮影された階段が映っている。ふたりの守衛が、ひとりで歩けないようすの患者につきそっていた。患者はがっしりとした体格の男で、金色の口ひげを生やし、細い鼻梁（びりょう）にかけた眼鏡がななめにずり落ちている。目を閉じ、頬には滝のように汗が流れている。ひざががくりと折れ、守衛が男をひっぱりあげる。

アンデシュはちらりとレイフを見た。患者の混乱したわめき声が聞こえてくる。

〝死んだ奴隷〟についてなにか言ったあと、失禁したことを訴えていた。

「ひざまで小便につかっちまって……」

「静かにしろ」同行の守衛が、患者を床に押さえつける。

「痛い、やめろ」男がうめく。

強化ガラスを背に待機していた守衛が立ちあがり、護送責任者から書類を受け取った。

患者は床に伏せたまま、目を閉じて苦しげに呼吸している。アンデシュはレイフにうなずいてステソリドの追加投与は必要ないと告げ、読み取り機にアクセスカードを通してドアを開けた。

七六

ユレック・ヴァルテルが、ランニングマシンの上を単調なリズムで歩いている。背を向けているため顔の表情は確認できないが、背中の動きから強い意志が感じられる。

アンデシュとセキュリティ部長のスヴェン・ホフマンは、病院の監視センターに並んで立ち、デイルームのようすを映しだすモニターを観察していた。

「警報のスイッチと解除の仕方はわかっているね」スヴェンが言う。「守衛が患者と接触するときには、アクセスカードを持っている職員が同行する必要がある」

「ええ」アンデシュが、わずかにいらだった声で言う。「それと、セキュリティドアは、ひとつめを閉めてから次のドアを開けるんでしょう？」

　スヴェン・ホフマンがうなずいた。

「警報が作動したら、守衛が五分後に到着する」

「警報を鳴らすようなことはないでしょうけどね」とアンデシュは言い、モニター越しに新入りの患者が共有のデイルームに入ってくるようすを見た。

　患者は茶色のソファに腰かけ、まるで嘔吐をこらえるかのように片手で口を押さえている。アンデシュはセーテルの病院から送られてきた手書きのカルテを思い返した。攻撃的な言動、反復的な精神性障害、自己愛的かつ反社会的人格障害。

「患者の診断はわれわれも独自に行いますよ」とアンデシュが言った。「少しでも理由があれば、あの患者の薬を増やして……」

　目の前にある大型のモニターは九つの画面に区切られ、施設内に設置された九台の監視カメラの映像をそれぞれ映しだしている。二重扉、セキュリティドア、廊下、デイルーム、そして患者の隔離部屋の内部だ。職員の数が足りず、モニターから一時も任命されていた。


目を離さないというわけにはいかないが、施設内では常時一名がオペレータ責任者に任命されていた。

「きみはほとんど部屋にいることになるんだろうが、防犯システムの機能は全員が知っておいたほうがいいからな」スヴェンが言い、モニターを手で指した。

「患者が増えたら、職員同士で助けあいますよ」

「基本的に、職員は患者全員の居場所を常に把握していなければならない」

スヴェンが画面のひとつをクリックすると、となりに設置されたもう一台のモニター画面いっぱいに選択した監視カメラの映像が拡大表示された。更衣室の内部が大映しになる。看護師のミーが、濡れたダウンジャケットを脱いでハンガーにかけている。

更衣室に設置されたベンチ、金属製の黄色いロッカー五つ、シャワーブース、トイレや廊下につづくドア、そのすべてが驚くほどの鮮明さで画面に映っていた。

死神のイラストがついた黒いTシャツの下に、ミーの豊かな胸の輪郭がくっきりと見える。彼女は急いでやってきたらしく、頬が上気していた。髪についた雪が解けて光っている。制服を取りだしてベンチに広げ、白いビルケンシュトックのサンダルを一足、床に置いた。

スヴェンが別の画面をクリックすると、再びデイルームの映像が大映しになった。

更衣室を映す小さな画面の中で、ミーが黒いジーンズのボタンをはずしはじめる。アンデシュは無理やり視線をそらした。

アンデシュは椅子に腰を下ろすと、平静を装いながら映像はどこかに保管されるのかと尋ねた。

「それは許可されていないんだ。どんな特別の事情があってもね」スヴェンが笑い、ウィンクをした。

「残念」アンデシュは言い、短い茶色の髪を手で撫でた。

スヴェンがすべての監視カメラの設置場所を説明しはじめた。アンデシュはスヴェンの指示にしたがって画面をクリックし、モニターに廊下やセキュリティドア付近の映像を拡大表示していった。

「監視カメラには死角はなく……」

遠くでドアが開く音がした。コーヒーマシンのうなる音がしたあと、監視センターにミーが入ってきた。

「ふたりして、なにしてるの？」ミーがえくぼを浮かべて聞いた。

「セキュリティシステムについて、スヴェンに教えてもらってるんだよ」アンデシュが言った。

「着替えをのぞかれたかと思ったわ」ミーが冗談めかして、安堵のため息をついてみせた。

七七

彼らは無言でモニターに映るデイルームを見つめた。ユレック・ヴァルテルがランニングマシンの上を規則正しいリズムで歩いている。バーニー・ラーションはすわっていたソファからずるずるとすべり落ちて床に尻をつけ、頭をソファの座面にもたせかけた。シャツがずりあがり、太った腹が呼吸のたびに上下する。顔は汗まみれだ。片足をいらいらとゆすり、天井を見あげてなにかしゃべっている。

「なにやってるの？」ミーが言い、アンデシュたちを見た。「ずっと、なにを話してるのかしら」

「さあね」アンデシュがつぶやく。

監視センターには、太陽電池で動く、中国製の金色の招き猫が置かれていた。聞こえてくるのは、その猫がしっぽを振るたびに立てる、かちかちという音だけだ。

アンデシュは再び、セーテルから申し送りのあったバーニー・ラーションのカルテを反芻した。彼は二十一年前、凶暴な連続強姦魔として有罪判決を受け、隔離施設への強制入院を命じられた。

今、バーニーはソファにだらしなくもたれ、天井に向かってなにかわめいていた。

口の端からよだれが垂れている。両手を何度も激しく振り下ろし、ソファの座面のクッションを引きはがして床に落とした。

ユレック・ヴァルテルはいつもとまったくようすが変わらない。ランニングマシンの上を大股で十キロ歩いてから機械を止め、床におりて自分の部屋に戻っていった。

バーニーがユレックの背中に向かってなにか叫んだ。ユレックがドア付近で立ち止まり、デイルームのほうを振り返る。

「どうしたんだろう?」アンデシュが不安げに尋ねる。

スヴェンがすばやく無線を手にとって二名の職員を呼び、急いで監視センターを出ていった。アンデシュは身を乗りだしてスヴェンの姿がモニターに現れるのを見ていた。スヴェンは他の守衛と言葉を交わしながら廊下を進み、二重扉の外側に立ち止まって状況を観察している。

なにも起こらない。

ユレックは、デイルームと自室を隔てるドア口に立ったままだ。顔はちょうど陰になって表情が見えない。ユレックは身動きせずに立っていたが、アンデシュとミーは、彼がなにか話をしているのがわかった。バーニーはソファにもたれたまま、目を閉じてユレックの声を聞いているようだ。しばらくすると、バーニーの下唇が震えはじめた。そうして一分もたたないうちに、ユレックは彼に背を向け、自分の部屋へ入っていった。

「巣穴へお戻り」ミーがつぶやく。

隔離部屋の天井に設置されたカメラが、ユレックの姿をモニターに映しだしている。ユレックはゆっくりと部屋へ入り、カメラの真下に置かれたプラスチック製の椅子にすわって壁を見つめた。

しばらくすると、バーニー・ラーションがデイルームのソファから立ちあがった。何度も手で口をぬぐい、足をひきずって自分の部屋へ戻っていく。

隔離部屋を映しだすモニターにバーニーが現れた。洗面台へ近づき、身をかがめて顔を洗う。しばらく顔から水をしたたらせて突っ立っていたかと思うと、バーニーはデイルームへつづくドアまで戻っていった。そして、手を伸ばしてドア枠に親指を押しつけると、もう片方の手で力任せにドアを閉めた。扉が枠にあたってはね返り、バーニーは悲鳴をあげてひざから崩れ落ちた。

七八

午前十時。冬の陽光が降りそそぐ中、マグダレーナ・ロナンデルがヨガ教室から警察庁舎へ戻ってきた。ペッテル・ネースルンドが、ミカエルとフェリシアが行方不明になった地点に近い、戸建て住宅地の詳細地図を前に立っている。眉間にしわを寄せながら、ペッテルは古い捜査資料から抜きだした何枚かの写真をピンでとめた。マグダレーナは短く挨拶をして椅子にバッグを置き、ホワイトボードへ近づいた。ボードに箇条書きにされたリストから、昨日のうちに確認が済んだ項目を手早く線を引いて消していく。ベニー・ルビーン、ヨニー・イーサクソン、フレドリック・ヴェイレルの三人が会議テーブルを囲み、紙になにかを書きこんでいる。

「ユレックが勤務していた会社で、同時期に働いていた職員全員を洗いなおす必要があるわ」マグダレーナが言った。

「昨日のリカルド・ファン・ホーンの供述内容をまとめておいた」細身の金髪で、八〇年代のロッド・スチュワートのような髪型をした警察官のヨニーが言った。

「今日はだれがレイダル・フロストに電話する?」ペッテルが指でペンをまわしながら聞く。

「その連絡はわたしがつづけるわ」マグダレーナが穏やかに答えた。

「砂男のヨン・ブルンドをまだ探してほしいか、聞いといてくれ」ベニーが言う。

「ヨーナが、砂男についてもまじめに調査するようにと言っていたぞ」ペッテルが言う。

「ユーチューブにめちゃくちゃ面白い動画があったんだ」ベニーはそう言って、携帯電話で動画を探しはじめる。

「あとにしてくれない？」とマグダレーナが言い、テーブルの上の分厚いファイルをもちあげる。

「ピエロがまぬけな警官どもに見つからないように隠れてる動画、見たか？」ベニーが携帯を置いて尋ねた。

「いいや」ペッテルが答える。

「だろうな。あのピエロを見つけられるのは、この部屋ではたぶんおれだけだ」ベニーが笑う。

マグダレーナは思わず笑いながらファイルを開いた。

「アグネータ・マグヌソンの関係者の調査、だれかに手伝ってほしいんだけど」

アグネータ・マグヌソンは、ユレック・ヴァルテルに棺に入れられ、リル＝ヤンの森で生き埋めにされているところを救出された女性だ。近くに埋められたポリバケツの中から遺体で見つかった父子は、彼女の弟と甥だった。

「アグネータ・マグヌソンの母親はその数年前に失踪していて、父親は彼女が発見される直前に行方不明になったのよ」

「家族全員が消えたわけじゃないのかい？」フレドリック・ヴェイレルが尋ねる。

「アグネータの夫は無事よ」マグダレーナがファイルに目を落として言った。

「まったく狂ってるな」フレドリックがささやく。

「彼女の夫はまだ存命で……」

「ヨガをやると体がやわらかくなるのか？」ベニーはそう言って、両手のひらでテーブルをばんと叩いた。

「なんなの、いったい？」とマグダレーナが呆れたように尋ねた。

七九

ドアが開いてがっしりとした体つきの女性が現れた。マグダレーナが挨拶すると、女性の目じりに感じのよい笑いじわが刻まれた。肩には入れ墨で「ソニヤ」という名前が彫られている。

アグネータ・マグヌソンの周辺にいた人物は全員、事件が起こった十三年前に警察から事情聴取を受けていた。彼らの住居はもちろん、別荘、物置小屋、倉庫、車やキャンピングカー、ボートに至るまで、鑑識は入念に調べあげていた。

「前に電話した者です」とマグダレーナは言い、身分証を見せた。

「ええ」女性がうなずいた。「ブロールは居間で待ってます」

マグダレーナは彼女のあとについて、五〇年代様式の小さな家の中を歩いた。キッチンからは玉ねぎとハンバーグを炒めたにおいが漂ってくる。居間には暗い色のカーテンが下がり、ひとりの男性が車椅子にすわっていた。ブロール・エングストレームだ。

「警察か？」男性が乾いた声で尋ねる。

「はい、警察です」マグダレーナはうなずき、ピアノ椅子をひっぱりだして男性の正面に腰かけた。

「もうじゅうぶん話したじゃないか」

彼もまた、十三年前、リル＝ヤンの森で起こった事件について警察の事情聴取を受けていた。その頃からずいぶん年を取ったようだ。

「もう少し、お話をお聞きしたいんです」マグダレーナは丁寧に言った。

彼は首を振った。

「あれ以上話すことはなにもない。みんな、ただいなくなってしまった。たった数年のうちに、みんな消えた。妻のアグネータも……アグネータの弟も、甥っ子も……そして最後には義父のイェレミーも……。イェレミーは、彼らが行方不明になってからは、一言も話さなくなってしまってね……子どもたちや孫がいなくなってからは……」

「イェレミー・マグヌソンさんですね」マグダレーナが言う。

「いい人だったよ……だが、子どもたちがいなくなって、人生に絶望してしまったんだ」

「ええ」マグダレーナが低く言った。

ブロールの濁った瞳が、過去の記憶をのぞきこむように収縮した。

「そしてある日、彼までもいなくなってしまった。そのあと、アグネータが私のもとに帰ってきた。かつての彼女には、二度と戻らなかったがね」

「はい」マグダレーナがうなずく。

「そうだ」ブロールがささやく。

アグネータ・マグヌソンが病院に長期入院中、ヨーナは幾度となく彼女の病室を訪ねていた。アグネータは、会話能力が回復することはなく、四年前に亡くなった。脳の損傷は広範囲にわたっており、意思の疎通は不可能だった。

「イェレミーが所有していた森も売ってしまえばよかったんだが」ブロールが言う。

「思い切れなくてね。義父は、森に行くのは命の洗濯だと言ってたよ。いつも私を森の狩猟小屋に誘ってくれてね。結局一度も行かないままで……その機会は二度となくなってしまった」

「小屋はどこにあるんですか？」マグダレーナは尋ねながら、携帯電話を取りだした。

「ダーラナ地方の北のほうだ。トラヌ山の向こう……たしか地図があった。ソニヤに探してもらおうか」

鑑識が作成した調査対象リストに狩猟小屋は入っていなかった。役に立つかどうかはわからないが、不明な点はどんな些細なことでも明らかにするようにというのがヨーナの指示だった。

八〇

深い積雪の上を、黒松の木々のあいだを縫うように警官と鑑識官の二名がスノーモービルで進んでいく。ときおり土地の境界を示す開けた道や林道に出ると、速度をあげ、背後に雪煙を巻きあげながら前進した。

ふたりはストックホルムの国家警察当局から、トラヌ山の向こう側にある狩猟小屋の調査を依頼されていた。小屋は十三年前に行方不明になったイェレミー・マグヌソンの所有だ。鑑識による狩猟小屋の入念な調査と写真やビデオ撮影に加え、現場で発見された痕跡、生体物質などすべての遺留品を採取し、保存してほしいというのが依頼内容だった。

ふたりは、彼らがイェレミー・マグヌソンとその家族の失踪の解決につながる手がかりを探しているのを知っていた。十三年前にも調査されてしかるべきだったが、その頃は狩猟小屋の存在を把握していなかったようだ。

ローゲル・ヒュセーン警官とグンナル・エーン鑑識官のふたりは、木漏れ日の差す森のはずれ近くの斜面を並んでくだり、陽光に照らされた湿地に出た。目がくらむような白銀の光の中に、手つかずの自然が広がっている。ふたりは凍てついた湿地を速度を上げて走り抜け、北に方向を取り、再び木々が密に茂る森へ入っていった。

トラヌ山の南側は鬱蒼と茂った木々に覆われ、ふたりはあやうく狩猟小屋を見落とすところだった。背の低い丸太小屋はすっかり雪に埋もれていた。地面の雪は窓の上まで積もっている。屋根の上にも一メートル以上の積雪があった。

銀灰色の丸太が数本、積雪の下からかろうじて顔をのぞかせている。

ふたりはスノーモービルからおりると、小屋の入り口まで雪かきをはじめた。

小屋の小さな窓ガラスの内側には、色あせたカーテンが引かれている。

太陽は木々の頂に差しかかり、開けた湿地の方角に傾きつつあった。

やっと小屋の入り口が現れた頃には、ふたりの背中は汗だくだった。グンナルは、帽子に覆われた額のかゆみに耐えた。

風に吹かれた木々が、不気味にきしんだ音を立てる。

ふたりは無言のまま小屋の入り口までビニールシートを広げ、段ボール箱を用意し、踏み板を並べ、防護服と手袋をつけた。

小屋の入り口は施錠されていた。ひさしの下にフックがとりつけられていたが、鍵はぶらさがっていない。

「娘さんが、ストックホルムで生き埋めになっていたところを発見されたそうだ」ローゲルが同僚をちらりと見ていった。

「ああ、聞いたよ」グンナルが答える。「別にどうだっていいさ」

ローゲルはバールを手にもち、鍵穴近くのひび割れをめがけて打ちつけた。ドア枠がきしんだ音を立てる。バールをさらに差しこみ、力を入れて押す。ドア枠に裂け目が入った。ためしに軽くドアを引いてみてから、勢いをつけて全力でひっぱる。ドアが大きく開き、はずみで跳ね返った。

「ひでえな」ローゲルはマスクの下でつぶやいた。

突如として流れこんだ外気にあおられ、室内の床に分厚く積もったほこりが舞いあがる。グンナルは、気にするな、とつぶやいて踏み板を二枚、入り口から暗い室内へ向かって並べた。

ローゲルがビデオカメラを取りだし、グンナルに手渡す。グンナルは背をまるめて低いドアから小屋の中に入りこみ、一枚目の踏み板に立った。

中は暗く、はじめのうちはなにも見えなかった。空気は乾き、ほこりが宙を舞っている。

グンナルはビデオカメラの録画ボタンを押したが、照明がつかない。そのまま撮影をつづけるが、暗がりの中で室内はぼんやりとした輪郭しか見えなかった。

小屋全体が暗く濁った水槽のようだ。モーラ（ダーラナ地方の中心地）の壁時計に似た、奇妙な形をした大きな影が部屋の中央に浮かんでいた。

「どうだ?」ローゲルが小屋の外から叫ぶ。

「別のカメラをくれ」

グンナルはビデオカメラを外にいるローゲルに渡し、代わりにスチルカメラを受けとった。ファインダーをのぞくが、やはり室内は真っ暗な闇に包まれている。グンナルは適当にシャッターを押した。カメラの白い閃光(せんこう)が一瞬、室内を照らす。

グンナルが悲鳴をあげた。目の前に、背の高いやせた人間が立っている。うしろに下がろうとしてつまずき、カメラを床に落とす。転びそうになって腕を伸ばし、コート掛けをひっかけて倒した。

「なんだ、あれは……」

グンナルは小屋から出ようとあとずさりして、後頭部をドア枠にぶつけ、木のささくれですりむいた。

「どうした？　なにがあった？」ローゲルが尋ねる。

「小屋の中にだれか立ってる」グンナルが言い、不安げに顔をしかめた。

ローゲルはビデオカメラの照明をつけた。ドアをそっと開け、背をまるめてゆっくりと小屋の中へ入る。踏み板の下で床がきしんだ。カメラから伸びる照明が、室内のほこりと家具を照らす。木の枝が窓をひっかいて音をたてる。まるで不吉なノックのようだ。

「なるほど」ローゲルは言い、肩で息をした。

ビデオカメラが投げかける白い光の中に、天井の梁からロープにぶらさがった男の姿が浮かびあがった。首を吊ってから、かなりの時間が経過しているようだ。体はやせこけ、顔を覆う皮膚は縮んで骨に貼りついていた。口は黒くぽっかりと開いている。革のブーツが一足、床に落ちている。

グンナルがドアをきしませて、再び小屋に入ってきた。

太陽は木々の向こうに姿を隠し、窓の外は暗くなっていた。ふたりはビニール製の遺体収納袋を床の上に慎重に広げた。

木の枝が風に揺れ、窓ガラスをひっかく。

ローゲルが腕をのばして遺体を支え、グンナルはナイフを使ってロープを切断しようとした。手がロープに吊るされた遺体に触れた瞬間、頭が体から転がり落ちた。首から下の胴体が、ふたりの足もとに崩れ落ちる。頭部が床に当たってどすんと音をたて、ほこりが舞いあがった。古びたロープの輪が音もなく揺れた。

八一

サーガは護送車に乗せられ、身じろぎもせずに窓の外を見つめていた。手錠の鎖が車の揺れにあわせて音を鳴らす。

サーガはこれまで、ユレック・ヴァルテルについて考えることを避けてきた。この任務を引き受けて以来、ユレックから距離をおき、その犯行内容を客観的にとらえることに成功していた。

しかし、これからはそうもいかない。カーシュウッデン病院で単調な三日間を過ごしたあと、矯正保護庁が決定したサーガの移送が執行された。彼女は今、レーヴェンストレムスカ病院の隔離施設へ向かっていた。

ユレックとの対面が近づいている。

サーガの脳裏に、事件ファイルの一ページ目にはさまれていた写真が浮かびあがった。しわの刻まれた顔に、淡く澄んだ瞳。

ユレックは逮捕される日までメカニックとして働き、人目につくことなく孤独な人生を送っていた。事件現場での現行犯逮捕ではあったものの、彼の住居からは犯罪の証拠となるものはなにも発見されていない。

あの日、事件の調書を読み、現場の証拠写真を見つめながら、サーガは全身から脂汗が噴きだすのを感じた。大きなカラー写真には、森の空き地の湿った地面に掘られた墓穴と蓋のはずされた棺が写り、そのまわりを鑑識が置いた番号札がぐるりと取り囲んでいた。

ニルス・〝ノーレン〟・オレンは、二年間生き埋めにされていた女性が負った外傷について、詳細な報告書を作成していた。

サーガは車に酔い、窓の外を過ぎていく車道と並木を見つめた。女性は栄養失調に陥り、褥瘡や凍傷を負い、歯は抜け落ちていた。衰弱してやせ細った女性が、何度も棺から這い出ようとするたび、淡々と中に押し戻していたユレックのようすをヨーナが証言していた。

これ以上考えるべきでないのはわかっていた。

暗い不安の花が、腹の中でゆっくりと頭をもたげる。

どんな状況に陥っても恐れてはならない。サーガは自分に言い聞かせた。状況はコントロールできる。

車がブレーキを踏み、手錠が鳴った。

ポリバケツにも棺にも空気穴が開けられ、地上まで管が通されていたという。なぜ、ひと思いに殺してしまわなかったのか？

まったく理解できない。

サーガはミカエル・コーラー＝フロストが語ったカプセルでの監禁生活に思いをめぐらせ、まだそこにひとり取り残されているフェリシアのことを考えた。胸の鼓動が速まる。もつれた三つ編みの、乗馬用ヘルメットを抱えた幼い少女。

雪はやんでいたが、太陽の姿は見えなかった。空は分厚い雲に覆われている。護送車は古い国道を離れ、ゆっくりと右折して病院の敷地内に進入した。

バス停では四十代くらいの女がビニール袋をふたつ手にしてすわり、せわしなく煙草をふかしていた。

閉鎖病棟を設置するには、行政当局の許可が必要だ。しかし、法の規定上、実際の管理運営にあたっては施設側に広く裁量が委ねられていることをサーガは知っていた。法律や権利は、鍵のかけられた扉の内側では効力をもたない。外部による監督や査察の目もないに等しい。患者が逃げだしでもしない限り、閉鎖病棟では施設の職員が冥界を統べる王として君臨するのだ。

八二

サーガは手首と足首の両方に錠をかけられたまま、武装した二名の守衛に連れられ、人けのない廊下を歩いた。守衛たちはサーガの腕を強くつかんで足早に歩く。もう後悔してもおそい。この先には、ユレック・ヴァルテルが待っている。

廊下の壁紙には無数の傷があり、幅木はすり切れていた。床の白いマットの上に段ボール箱が置かれ、使用済みの靴カバーが入れられている。廊下に並ぶ閉じられたドアの上には、小さな番号札がかけられている。

胃に痛みを感じて立ち止まろうとすると、守衛が彼女を前に押した。

「歩いて」

レーヴェンストレムスカ病院の閉鎖病棟は、通常の隔離施設をはるかに超える高いセキュリティレベルを誇っている。病棟外部からの侵入、内部からの脱出は基本的に不可能だ。隔離部屋のドアは耐火性のスチールでできており、天井板は固定され、壁は厚さ三十五ミリメートルの金属板で補強されている。

重いゲートが背後で音を立てて閉まり、サーガたちは隔離施設へつながるフロアへ向かって階段を下りていった。

二重扉のそばに立っていた守衛がサーガの私物が入った袋を受けとり、書類を見ながらコンピュータのキーを叩いた。二重扉の向こう側には、警棒をベルトにさげた年配の男性職員が立っている。大きな眼鏡をかけて、くせ毛がうねっている。サーガは細かな傷のついた強化ガラス越しに彼を見つめた。

警棒をさげた職員が書類を受けとり、ぱらぱらとページをめくってサーガを見つめ、また書類をめくった。

サーガは激しい胃痛を感じ、立っていられなくなった。呼吸を落ちつけようとしたが胃に激痛が走り、思わず前にかがみこむ。

「動かずに立って」守衛が感情のない声で言った。

白衣を着た若い男性が二重扉の向こう側にいた。機械にカードを通し、認証コードを押すと、こちら側にやってきた。

「アンデシュ・レンだ。医長代理を務めている」男性は乾いた声で言った。

簡単なボディチェックのあと、サーガは若い医師とくせ毛の守衛につきそわれ、二重扉の第一の扉をくぐった。狭い空間の中で、ふたりの男の汗のにおいがする。第二の扉が開く。

施設内の構造は、サーガが記憶した詳細な見取り図と寸分たがわなかった。

彼らは静かに廊下の角を曲がり、施設を監視する狭いオペレータ席までやってきた。

頬にピアスをした若い女性が監視モニターの前にすわっている。彼女はサーガと目が合うと頬を赤らめたが、親しげに挨拶をし、目を伏せて日誌になにか書きこんだ。

「ミー、足の錠をはずしてくれるかい？」若い医師が言った。

女性はうなずき、床にひざをついてサーガの足から錠をはずした。サーガの衣服から伝わった静電気で、女性の髪が逆立つ。

若い医師と守衛はサーガをつれてドアをくぐり、信号音が鳴るのを待ってから、廊下に並んだ三つのドアのひとつに向かって歩いた。

「解錠して」医師が言った。

守衛が鍵を取りだしてドアを開けた。サーガに向かい、部屋の中に入ってドアに背を向けたまま、床の赤い十字の上に立つように指示する。

サーガは守衛の命令に従った。鍵がまわり、ロックのかかる音が聞こえる。

目の前にもうひとつ、金属製のドアがあった。施錠されたこのドアから直接デイルームに入ることができる。

隔離部屋の中は安全性や機能性のみを考慮してつくられていた。部屋にあるのは壁に固定されたベッド、プラスチックの椅子と机、蓋のない便器だけだった。

「十字の上に立ったまま、こちらを向きなさい」

サーガは言われたとおりに動いた。振り向くとドアについた小さなハッチが開いていた。

「ゆっくりこちらに来て、両手をここから出しなさい」

サーガはドアに近づき、小さな穴から両手をそろえて外へ出した。手錠がはずされる。サーガは手をひっこめ、ドアから下がった。

守衛が施設内のルールや日課を説明するのを、ベッドに腰かけて聞く。

「午後一時から四時のあいだは、デイルームでテレビを見たり、ほかの患者と交流することもできます」守衛は最後にそう言ってから少しのあいだサーガを見つめると、ハッチを閉めて鍵をかけた。

サーガはベッドにすわったまま考えていた。ついに施設内に潜入した。任務開始のときがきたのだ。緊張で胃がうずき、腕から足へ鳥肌が広がった。今、自分はレーヴェンストレムスカ病院で、患者として厳重な監視のもとに置かれ、ユレック・ヴァルテルというシリアルキラーのすぐそばにいる。

サーガはベッドに横になり、仰向けの姿勢で天井に備えつけられた監視カメラをまっすぐに見つめた。黒く光る半球体のカメラはまるで牛の目玉のようだった。

小型マイクをのみこんでからかなりの時間がたっていた。そろそろ外に出さなければならない。カプセルが十二指腸に到達すれば手遅れになる。サーガは洗面台に行って水を飲んだ。胃が再びきりきりと激しく痛む。

ゆっくりと呼吸し、排水溝のそばにひざをついてカメラに背を向け、指を二本のどに突っこむ。水を吐きだす。指をさらに奥へ入れ、やっとのことで小型マイクの入った小さなカプセルを吐きだすと、すばやく手の中に隠した。

八三

秘密捜査班アテナ・プロマコスは、サーガがレーヴェンストレムスカ病院へ移送されてから二時間、ひたすら彼女の胃の中の音を聴いていた。

「今だれかこの部屋に入ってきたら、新興宗教かなにかの集まりだと思うでしょうね」コリンヌがうっすらと笑みを浮かべる。

「なかなか美しい光景だよ」ヨハン・イェンソンがうなずく。

「安らぎの時間だな」ナータンがほほ笑む。

捜査員はみな、うっすらと目を閉じてやわらかく泡立つような音に耳を傾けていた。

突然、大きなスピーカーが破れそうなほどの咆哮が響いた。サーガが小型マイクを吐きだしたのだ。ヨハン・イェンソンがコカ・コーラの缶を倒し、ナータンが震えはじめた。

「目が覚めたわね」コリンヌが笑って言い、人差し指で眉をなぞると、ひすいのブレスレットが心地よい音を立てた。

「ヨーナに電話するよ」ナータンが言う。

「おねがい」

コリンヌ・メイルーはパソコンを開き、時間を記録した。コリンヌは五十四歳、フレンチ・カリビアンの生まれだ。スリムな体にオーダーメイドのドレスをまとい、ジャケットをはおっている。きまじめそうな顔に、高い頬骨と細い額が特徴的だ。白髪の筋が混じった黒髪をいつもうなじのあたりにピンでとめている。

コリンヌは二十年間ユーロポールで勤務したあと、七年前にスウェーデンの公安警察に移り、以来ストックホルムに勤務している。

*

ヨーナは病室でミカエル・コーラー＝フロストの前に立っていた。レイダルが椅子に腰かけ、ミカエルの手を握っている。三人は、ミカエルがフェリシアとともに監禁されていた場所につながる新しい手がかりを求めて話しあっていた。すでに四時間が経過している。

とくになにか思いつくこともなく、ミカエルは疲れ切っていた。

「少し休んだほうがいい」ヨーナが言う。

「いやだよ」

「ほんの少しだけでも」ヨーナはほほ笑み、録音を止めた。

ヨーナはドア付近にかけてあるコートに近づいた。ポケットに入れてあった新聞を手にとって戻ると、ミカエルはすでに重い寝息を立てていた。ヨーナは新聞をレイダルの目の前に広げた。

「こういうことをするなとあなたに言われていたのは、わかっています」とレイダルは言い、ヨーナをまっすぐに見つめた。「しかし、可能な限りの手を尽くさずにはいられないんだ」

「わかります」ヨーナがうなずいた。「しかし、これでいろいろと面倒なことになるかもしれない。それは覚悟していてください」

新聞の一ページ全面に、ミカエルに似た若い女性の顔が掲載されていた。昔の写真をもとに、現在の年齢のフェリシアの顔をシミュレーションした画像だ。

高い頬骨と、黒い瞳。真剣な表情の白い顔を、もつれた黒髪が覆っている。

フェリシアの発見につながる情報の提供者には、二千万クローナの報酬を支払うという説明が大きな文字で添えられていた。

「すでに山のようにメールや通話が寄せられています」ヨーナが言った。「裏をとろうとはしていますが……おそらくほとんどの人は善意で、ほんとうになにかを見たと思って連絡してくるのでしょうが、金だけが目当ての輩(やから)も大勢います」

レイダルはゆっくりと新聞をたたみ、なにかをつぶやいてからヨーナを見あげた。

「ヨーナ、私はなんだってする……娘はもう長いこと監禁されて、もしかすると命が……」

レイダルの声がとぎれる。彼はしばらく顔をそむけてから、声にならない声で尋ねた。

「きみに、子どもはいるかね？」

ヨーナが偽りの答えを口にしかけたとき、ジャケットのポケットの中で携帯電話が鳴った。レイダルに断りを入れて電話に出ると、ナータンがやわらかい声で、アテナ・プロマコスが音声の受信を開始したと告げた。

八四

サーガは天井の監視カメラに背を向けてベッドに横になり、小型マイクを覆うシリコン製のカプセルを慎重にはがした。ほとんど手を動かさずに、ズボンのウエスト部分にマイクをはさむ。

った。突然、デイルームに面したドアからうなるような音が響き、電子錠ががしゃりと鳴

デイルームへのドアが解錠された。心臓が激しく打つ。

しなければならない。チャンスは一度だけかもしれない。失敗はゆるされない。身体小型マイクを、今すぐにでも適切な場所に設置検査でもされたらおしまいだ。

サーガには、デイルーム内の家具の配置がわからなかった。ほかの患者はいるのか、監視カメラは設置されているのか、室内に職員がいるのかもわからない。

あるいは、すでにユレック・ヴァルテルが彼女を陥れる罠を仕かけているかもしれない。

いや、ユレックがこの任務を知るはずはない。

サーガは空になったシリコンカプセルをトイレに流して捨てた。ドアに近づいて少しだけ開けてみる。ランニングマシンの上のリズミカルな足音、テレビから流れる楽しげな音声が聞こえてきた。

ヨーナの忠告を思い出し、サーガはいったんベッドに戻って腰かけた。具体的になにをはやる気持ちを悟られてはいけない。彼女は自分に言い聞かせた。

すべきか、はっきりとした目標ができるまでは、なにもしないことだ。

細く開いたドアの隙間から、テレビから流れる音楽やランニングマシンの機械音と

ともに、重い足音が聞こえてくる。

ときおり、いらいらと叫ぶような男の話し声が聞こえるが、それに答える者はだれもいない。

患者はふたりともデイルームにいるようだ。

マイクを設置しに、デイルームに行かなければ。

サーガは立ちあがってドアに近づき、しばらく静かに立ったままゆっくりと呼吸した。

アフターシェーブローションのにおいがする。

取っ手に手をかけ、息を吸いこみ、ドアをいっぱいに開いた。ランニングマシンの足音がはっきりと聞こえる。サーガはうつむいたまま、デイルームの中に二、三歩足を踏み入れた。ほかのふたりが彼女を見ているかどうかはわからなかったが、気にしないふりをした。しばらく顔を伏せたあと、視線を上げた。

手に包帯を巻いた男がひとり、テレビの前のソファにすわっていた。もうひとりの男はランニングマシンの上を大股で歩いている。ランニングマシンの男は背を向けていて顔が見えなかったが、その背中や首筋を見ただけで、彼がユレック・ヴァルテルであることがわかった。

ユレックはしっかりとした足どりで歩きつづけ、リズミカルな足音を部屋に響かせている。

ソファにすわった男がげっぷをし、何度かのどを鳴らしてから頬の汗を拭き、片足をいらいらとゆすった。男は太り、四十代くらいで髪は薄く、金色の口ひげを生やして眼鏡をかけていた。

「オブラヒーム」男はテレビに目を向けたままつぶやいた。

男が足をどんと踏み鳴らし、突然テレビを指さして言った。

「あいつだ。あいつをおれの奴隷にしてやる。骸骨奴隷にな。くそったれが……見ろ、あの唇を……おれは……」

サーガがデイルームを横切り、部屋の片隅に立ってテレビを眺めていることに気づくと、男は急に押しだまった。テレビにはシェフィールドで開催されたフィギュアスケートのヨーロッパ大会の再放送が流れている。強化ガラス越しに見えるテレビは音質も画像もいまひとつだ。サーガはソファにすわる男の視線を感じたが、無視した。

男がサーガに向かって言った。「まず、あいつを鞭で打つ。それから、売女(ばいた)のようにびびらせる……くそったれが……」

男は咳きこんでソファの背にもたれた。痛みをこらえるように目を閉じて両手でのどを押さえ、横になって苦しそうに息をした。

ユレック・ヴァルテルは大股でランニングマシンの上を歩きつづけている。彼は想像していたよりも大きく、頑強な体つきをしていた。ランニングマシンのそばにプラスチック製のヤシの木が置かれている。ユレックのステップにあわせて、ほこりまみれの葉が揺れている。

サーガはマイクの設置場所を探すために、室内を見まわした。なるべくユレックの声を拾う邪魔にならないように、テレビからは遠いほうがいい。ソファの背面も悪くないが、ユレックがそこにすわってテレビを見るとは考えにくかった。

ソファの男が立ちあがろうとして嘔吐しかけ、両手を口にあてて何度かのみくだし、再びテレビに視線を向けた。

「まずは脚からだ。ぜんぶそぎ落とす。皮をむいて、筋肉と腱(けん)をそいで……足の裏は残してやってもいい。歩くときに音がしないようにな……」

八五

ユレックはランニングマシンを停止させると、ほかのふたりには目もくれずに自室へ帰っていった。もうひとりの男がゆっくりと立ちあがった。

「ジプレキサ(抗精神病薬)をやられると、吐き気がするぜ……ステメチル(抗精神病薬)はおれには効かねえ、おれはここで腐っていくんだ……」

サーガはテレビに顔を向けたまましばらくそこに立っていた。フィギュアスケーターがスピードを上げ、エッジが氷を削る音がする。男がサーガをじろじろ見ながら近づいてくるのがわかった。

「おれの名前はバーニー・ラーションだ」男がなれなれしい声で言う。「あいつら、おれが薬のせいで女とやれないとでも思ってるようだが、なにもわかっちゃいねえ……」

男が人差し指をサーガの頰にぐいっと押しつけてきた。激しい胸の鼓動を隠し、サーガはそのまま立っていた。

「あいつら、なにもわかっちゃいねえんだ。脳のいかれたやつらが……」

男は口をつぐみ、よろめいて大きなげっぷをした。

マイクの設置場所は、ランニングマシンのそばにあるヤシの葉の裏がいいかもしれない、とサーガは考えていた。

「おまえの名前は?」バーニーが息を荒くしながらささやいた。

サーガは答えず、ただ目を伏せてテレビのそばに佇み、時間の経過に焦りを感じていた。バーニーがサーガの背後にまわりこみ、うしろから手をまわしてサーガの乳首を強くつねった。サーガは男の手を押しのけながら、怒りがわきあがるのを感じた。

「白雪姫や」バーニーが汗まみれの顔で笑った。「どうした? 頭をさわってもいいか？　つるつるだな。毛のないアソコみたいだ……」

ほんの短時間ではあるが、サーガの見たところ、ユレック・ヴァルテルはデイルームのランニングマシンにしか興味がないようだった。彼は少なくとも一時間はランニングマシンを使い、終わるとまっすぐに部屋に戻っていった。

サーガはゆっくりとランニングマシンへ近づき、台にのぼった。バーニーが後を追い、爪をかんだ。汗が顔から流れ落ち、汚れた床にしみをつくる。

「おまえ、アソコの毛は剃ってるのか？　ちゃんと剃らなきゃいかんぞ」

サーガは振り向いて、じっと男を見つめた。男のまぶたは重く垂れさがり、薬物の影響か酔ったような目をしている。口ひげの中に口蓋裂の治療跡が隠れていた。

「二度とさわらないで」サーガが言った。

「殺してやってもいいんだぜ」バーニーが言い、ぎざぎざにとがった爪でサーガののどもとをひっかいた。

首に痛みを感じた瞬間、スピーカーから険しい声が流れた。

「バーニー・ラーション、うしろに下がりなさい」

バーニーがサーガの股間に手を伸ばしてさわろうとしたとき、ドアが開いて警棒をもった職員が入ってきた。バーニーはサーガから離れ、降参とでもいうように両手を上にあげた。

「体にさわるんじゃない」職員が叱責する。

「ああ、なんだよ、わかってるよ」

バーニーはくたびれたようすでソファのひじかけに手を置き、どすんと腰をおろして目を閉じ、げっぷをした。

サーガはランニングマシンからおり、職員のほうを見て言った。

「弁護士に会わせて」

「そこに立っていなさい」職員がちらりと彼女を見た。

「伝えてくれる？」

職員は無言でドアに向かうと、デイルームから出ていった。まるでサーガが一言も発しなかったかのように。彼女の言葉が耳に届く前に、空中で静止してしまったかのように。

サーガは振り返り、ゆっくりとプラスチック製のヤシの木に近づいた。

ランニングマシンの端に腰かけ、下のほうに生えている一枚のヤシの葉を間近に観察した。葉の裏側にはそれほどほこりがついておらず、四秒間押しあてれば小型マイクがしっかり接着しそうだった。

バーニーが天井を見あげて舌なめずりをし、また目を閉じた。サーガはバーニーを警戒しながら指をズボンのウエスト部分に入れ、隠していた小型マイクをつまみだして手のひらに包んだ。靴の片方を脱ぎ、履きなおすふりをして身をかがめ、手もとが監視カメラに映らないように背中で隠す。少し体を前に傾け、マイクをもった手をヤシの葉に伸ばした瞬間、ソファのきしむ音がした。

「見てるぞ、白雪姫」バーニーが疲れた声で言った。

サーガは素知らぬ顔で手をひっこめ、片足を靴に入れた。マジックテープで靴の甲をとめながらようすをうかがうと、バーニーがじっと彼女を見つめていた。

八六

サーガはランニングマシンに乗って歩きはじめた。小型マイクはバーニーが部屋に戻ってから設置することにした。バーニーがソファから立ちあがる。サーガに向かって二、三歩近づくと、壁に手をついて体を支えた。

「おれはセーテルから来たんだ」バーニーが笑ってささやいた。

サーガは振り向かなかったが、相手がさらに近づく気配を感じた。バーニーの顔から汗が流れ、床へ落ちる。

「ここへ来る前はどこにいた?」

バーニーはしばらく返事を待ったあと、こぶしで壁を数回、力任せに殴りつけた。

そしてまたサーガを見ると、甲高い裏声をつくって言った。

「カーシュウッデンよ。カーシュウッデンにいたんだけど、バーニーといっしょになりたいから、ここに連れてきてもらったの」

サーガは顔をそむけた。その瞬間、三番目の隔離部屋のドア付近に影が落ちているのが見えた。影は小さくなって消えた。ユレック・ヴァルテルがドアの向こうに立って、ふたりの会話を聞いているようだ。

「カーシュウッデンでイェカテリーナ・ストールに会ったか？」バーニーがもとの声に戻って尋ねた。

サーガは首を振った。その名前には記憶がない。患者のことなのか、職員のことなのかもわからない。

「知らない」彼女は正直に答えた。

「イェカテリーナがいるのはサンクト・シーグフリッドだからな」バーニーが笑い、床につばを吐いて尋ねた。

「じゃあ、だれに会った？」

「だれにも」

バーニーは〝骸骨奴隷〟についてなにかつぶやくと、ランニングマシンの正面に立ってサーガを見つめた。

「嘘をついたらおまえの股をさわるぞ」バーニーが言い、金色の口ひげをぼりぼりと搔いた。「そうしてほしいか」

サーガはランニングマシンを止め、しばらく立ったまま考えていた。真実以外は話さない。カーシュウッデンにいたのは事実だ。

「ミッケ・ルンドはどうだ？　カーシュウッデンにいたなら、ミッケ・ルンドに会っただろう？」バーニーが急に笑顔を見せて言った。「背が高くて、身長は百九十一センチ……額に傷があるやつだ」

サーガはうなずいたが、なんと言っていいかわからず、放っておこうと思いながらも答えた。

「知らない」

「そいつは妙だな」

「ずっと部屋でテレビを見てたから」

「あそこの病室にはテレビなんかないぞ。おい、嘘つきやがったな、この……」

「隔離部屋にはある」

バーニーは呼吸を荒くしながら、笑顔を浮かべてサーガを見つめつづけた。彼女の返事をどう思ったのかわからないが、舌なめずりをして再び近づいてくる。

「おまえは、おれの奴隷だ」バーニーがゆっくりと言った。「まったく、最高だな。

おまえはそこに寝て、おれさまの足の親指をなめ……」

サーガはランニングマシンからおりて自室に入った。しばらくのあいだベッドに横たわり、バーニーが彼女の部屋のドアのそばに立ってわめく声を聞いていた。やがてバーニーはデイルームのソファに戻っていった。

「くそっ」サーガは小声で毒づいた。

明日は急いでデイルームに出なければ。ランニングマシンの端にすわり、靴を直すふりをして、葉の裏にマイクを接着するのだ。そのあとはランニングマシンに乗って大股で歩き、だれが来ても振り向かず、ユレックが出てきたら台をおりて自分の部屋へ戻ろう。

サーガはデイルームのソファと、テレビを囲う強化ガラスとその角度を思い描いた。デイルームを映すカメラの視界には、強化ガラスの突きでた部分に隠れて映らない箇所があるようだ。その死角に注意しなければならない。バーニーがサーガの乳首をつねったとき、彼女はちょうどそこに立っていた。職員がなんの反応もしなかったのは、そのためだ。

レーヴェンストレムスカ病院に着いてから五時間もたっていなかったが、サーガはすでに疲労困憊（こんぱい）していた。

部屋を覆う金属の壁が迫ってくるように感じられる。サーガは目を閉じ、自分がここにいる理由を考えた。目の前に写真の少女が浮かぶ。すべては彼女のため、フェリシアのためなのだ。

八七

アテナ・プロマコスの面々は無言でテーブルにつき、閉鎖病棟のデイルームからリアルタイムで送られてくる音声に耳を傾けていた。音質は悪く、音がこもって、ばりばりとひび割れるようなノイズが響いている。

「ずっとこんなふうに聞こえるのかね」ナータンが尋ねる。

「まだマイクを設置できていないからさ。ポケットにでも入れてるんだろ」ヨハン・イェンソンが答える。

「立ち入り検査がなければいいが」

彼らはまたスピーカーに耳を傾けた。サーガのズボンの布がこすれる音とともに、彼女の軽くはずむ息と、ランニングマシンを踏む足音、テレビの音声が入り混じって聞こえた。捜査員たちは、聴覚だけを頼りに隔離施設内のようすを探った。

《オブラヒーム》突然、だらしなく言う声が聞こえた。

捜査員たちに緊張が走る。ヨハン・イェンソンはわずかに音量を上げ、同時に音声にフィルターをかけてノイズを弱めた。

《あいつだ。あいつをおれの奴隷にしてやる。骸骨奴隷に》

「ユレックの声かと思ったわ」コリンヌが笑う。

《くそったれが……見ろ、あの唇を……おれは……》

捜査員たちは無言で、男性患者の攻撃的な言葉に耳を傾け、ついに職員があいだに割って入るようすを聞いていた。職員が立ち去ったあと、しばらく静かになった。それから、男は再びサーガにカーシュウッデンについて、怪しむようにしつこく尋問をはじめた。

「サーガはうまくやってる」ナータンが険しい表情で言った。

サーガはついにマイクを設置することなく、デイルームを去った。

彼女の小声で毒づく声が聞こえる。

そのままなにも聞こえなくなり、しばらくするとドアの電子錠が作動する音がした。

「いずれにしても、技術的な問題はなさそうだ」ナータンが言う。

「かわいそうなサーガ」コリンヌがささやく。

「マイクを設置すればよかったのに」ヨハンがつぶやく。

「状況的に無理だったのよ」

「だけど、ばれたら一巻の終わり……」

「そんなことにはならないわ」コリンヌがさえぎった。

彼女が笑顔を浮かべて両腕を広げると、心地よい香水の香りが部屋中に広がった。

「今のところ、ユレックの声は聞こえてこないな」ナータンが言い、ヨーナをちらりと見た。

「ひとりだけ別の場所に隔離されているんだったら、なんの意味もないよ」ヨハンがため息をつく。

ヨーナはなにも言わなかった。ヨーナには、音を介してなにかが伝わってくるような気がしていた。マイク越しの音声に耳を澄ませていた数分間、まるでユレックがすぐそこにいるような気配を感じた。なにも言葉を発しなくても、ユレックがデイルームにいるように感じた。

「もう一度聞こう」ヨーナが言い、時計を見た。

「なにか用事があるの？」コリンヌが尋ね、黒く濃い眉を上げた。

「人と会う約束があってね」ヨーナが言い、笑顔を見せた。

「やっと恋の話が聞けそうね……」

八八

ヨーナは四方を白いタイルに覆われた広い部屋に入っていった。壁際には幅の広い洗面台が設置されている。オレンジ色のホースから水が落ち、床の排水溝に流れていく。ビニールに覆われた解剖台には、ダーラナの狩猟小屋で発見された遺体が置かれていた。やせこけて茶色く変色した胸部がのこぎりで開かれ、黄色い液体がステンレスの側溝にゆっくりと落ちていく。

「トゥラララララー……キャッチ・ザ・レインボー……トゥラララララー……トゥー・ザ・サン……」ノーレンがひとりで歌っている。

ラテックスの手袋をひっぱりだし、空気を吹きこんだ瞬間、ノーレンは部屋の入り口にヨーナが立っていることに気がついた。

「法医学局でバンドでも組めばいいのに」ヨーナが笑う。

「フリッペは優秀なベーシストなんだ」ノーレンが言う。

天井からの強い照明が、ノーレンのレイバン・サングラスに反射した。白衣の下には白いポロシャツを着ている。

かさかさという音が廊下から聞こえ、しばらくするとカルロス・エリアソンが靴に水色のシューズカバーをつけて入ってきた。

「身元は判明したかね」カルロスは尋ね、遺体ののった解剖台を目にすると急に足を止めた。

ふちのせりあがった解剖台は、干し肉や奇妙な黒い根菜が置かれた流し台のように見えた。遺体は乾燥してねじ曲がり、胴体からはずれた頭部は首の上に置かれている。

「これはまちがいなく、イェレミー・マグヌソンの遺体だ。うちの法歯科医が……こいつはギターをやる男なんだが……国民歯科センターにあった歯科治療記録から歯型を照合した」

ノーレンが背をまるめて遺体の頭部を両手にもち、黒いしわだらけの穴と化したイェレミー・マグヌソンの口を開いた。

「ここに、埋没した親知らずがあって……」

「もうわかった」カルロスが言った。額に汗が浮かんでいる。「そのギタリストを信用する」

「歯茎はなくなっているが、指を当てるとまだ感触が……」ノーレンはそう言いながら、遺体の口をさらに押し広げた。

「なるほど、興味深い」カルロスがさえぎるように言い、時計を見た。「首を吊ってからどれくらい経過している？」

「気温が低かったせいで、通常より少し乾燥の進行が遅れたようだ。だが、目を見ればまぶたの裏側を除いて結膜が急速に乾燥したのがわかる。全身の皮膚の乾燥状態は、ロープに触れていた首の部分を除いては均一だ」

「だいたいのところで言うと？」

「死後変化は時間の経過をあらわす暦のようなものだ。時の流れは死後もその死体に刻まれていく……そうだな、私の読みではイェレミー・マグヌソンが首を吊ったのは……」

「十三年と一カ月と五日前」ヨーナが言った。

「いい勘だ」ノーレンがうなずく。

「ちょうど鑑識から、彼の遺書を写した画像データが届いたところです」ヨーナが携帯電話を取りだした。

「自殺だな？」カルロスが念を押すように言った。

「検視の結果は自殺にまちがいない。時系列で考えて、ユレック・ヴァルテルがそこに居あわせた可能性も否定はできないが」ノーレンが答える。

「イェレミー・マグヌソンは、ユレックに殺害された可能性のある被害者リストに入っていた。自殺であれば除外すべきだな……」カルロスがゆっくりと言った。

その瞬間、とらえどころのないなにかがヨーナの脳裏にひらめいた。今の会話に、なにかヒントが隠されているような気がする。だが、その正体がつかめない。

「遺書にはなんと書いてある？」

「彼が自殺したのは、ぼくとサムエルが、娘のアグネータを森で発見した日の、わずか三週間前のことです」とヨーナは言い、鑑識から送られてきた日付入りの遺書の画像を表示した。


なぜ、私はすべてを失わねばならなかったのか。子どもたち、孫、そして妻。

私は報われないヨブだ。

私は待ちつづけた。それももう、今日で終わりだ。


イェレミー・マグヌソンは、愛した者すべてを奪われたと信じて自らの命を絶った。あとほんのわずか孤独に耐えることができれば、娘は戻ってきたのに。アグネータ・マグヌソンは心臓がその鼓動を止めるまで、フッディンゲ病院で治療を受けながら数年間生きつづけた。

八九

〈ヌードル・ハウス〉に料理のデリバリーを頼んだレイダル・フロストは、病院のロビーで大量の袋を受け取った。コリアンダーの入った肉団子からは、湯気が立っている。生姜(しょうが)が香る春巻き、野菜やトウガラシのみじん切りがトッピングされたフォー、ポークフライにチキンスープもあった。

ミカエルの好みがわからなかったため、レイダルは八種類もの料理を注文していた。エレベーターをおりて廊下を歩きはじめたとき、携帯電話が鳴った。

レイダルは袋を足もとに置いて、電話を取りだした。非通知番号からの着信だった。急いで電話に出る。

「レイダル・フロストです」

しばらくの沈黙のあと、ばりばりとひび割れるような音が聞こえた。

「どなたですか?」レイダルが尋ねる。

電話の向こう側から、うめき声が聞こえた。

「もしもし?」

電話を切ろうとしたとき、声がささやいた。

「パパ？」

「もしもし？」レイダルは繰り返した。「どなたですか？」

「パパ、わたしよ」奇妙にか細い声が答えた。「フェリシアよ」

レイダルの足もとで床がぐるぐるとまわりはじめる。

「フェリシア？」

電話の向こうの声は、聞きとれないほどかすかになった。

「パパ……こわいよ、パパ……」

「どこにいる？　フェリシア、今どこに……」

突然くすくすと笑う声が聞こえ、レイダルの全身に鳥肌が立った。

「ねえパパ、二千万クローナちょうだい……」

レイダルは、電話の相手が男で、少女の声に似せた裏声で話していることに気づいた。

「二千万くれれば、パパのおひざに乗ってあげる。それから……」

「娘のことを、なにかご存じなんですか？」レイダルは尋ねた。

「あんたはほんとにつまらん作家だな。反吐がでる」

「ああ、そのとおりだ……もし、なにか娘のことで……」

通話がとぎれた。レイダルは警察の連絡先を画面に表示しようとするが、両手が震えてうまくいかない。必死で気持ちを落ちつける。たとえなんの手がかりにならなくても、自業自得だと思われようとも、今の通話を警察に報告しなければと考えていた。

九〇

アンデシュ・レンは夜になっても病院に残っていた。三番目にやってきた若い女性患者のことが気になって仕方がなかった。

患者はカーシュウッデンから移送されてきた。職員と意思疎通をしようとする気配がまったくない。司法精神医学局から送られてきた所見の内容に比して、彼女に処方されている薬物は非常に軽いものだった。

レイフはすでに家に帰り、ピア・マッドセンという名のどっしりとした体格の女性が当直に入っていた。ピアはあまり話をせず、ほとんど椅子にすわったままで、あくびをしながら犯罪小説を読んでいる。

アンデシュはいつのまにか、またモニターに映る三番目の患者に目を奪われている自分に気づいた。

その女性患者は並外れた美貌の持ち主だった。日中も、アンデシュはまばたきをするのも忘れて彼女を見つめ、目が乾いてしまったほどだ。

彼女は危険で脱出願望があるとされ、残虐な犯罪で有罪認定を受けている。

頭ではそれが事実だとわかっていても、彼女の姿を見ていると、アンデシュにはとてもほんとうのこととは思えなかった。

バレリーナのように華奢な体で、髪の剃り落とされた頭蓋が繊細なオーラを放っている。

カーシュウッデン病院での処方薬物がトリラホンとステソリドのみにとどまっているのも、彼女の美しさのせいではないかとアンデシュは思った。

アンデシュは病院上層部との面談を経て、この閉鎖病棟においてほぼ医長に等しい権限を与えられていた。

当面、ここの患者についての決定権は彼が握っている。

アンデシュは第三十病棟を担当するマリア・ゴメス医師と相談した。患者の移送後、通常はしばらく観察期間をおくが、彼は今すぐにでもハルドール（抗精神病薬）を投与したかった。そのことを考えただけで気もそぞろになり、重く奇妙な期待感で胸がいっぱいになる。

ピア・マッドセンがトイレから出てきた。まぶたは半分閉じられ、片方の靴の底にトイレットペーパーの長い切れ端がくっついている。緊張感のない顔で足をひきずるように歩きながら、廊下の向こうから近づいてきた。

「そんなに疲れてませんって」アンデシュの視線に気づくと、ピアは笑って言った。

彼女は靴にひっかかったトイレットペーパーを取ってごみ箱に捨て、アンデシュのとなりのオペレータ席にすわり、時計を見た。

「子守歌でも歌いましょうかね？」ピアはそう言うと、コンピュータを操作し、患者の部屋の照明を消した。

しばらくのあいだ、アンデシュの脳裏には三人の患者の残像が映った。部屋の明かりが消される直前、ユレックはすでにベッドに仰向けに横たわっていた。バーニーは床にすわり、包帯の巻かれた手を胸に押しつけていた。サーガはベッドの端に腰かけていた。冷酷でありながら、ガラスのような繊細さを身にまとっていた。

「三人とも、もう家族同然ね」ピアがあくびをしながら言い、再び小説を手にとった。

九一

九時になり、天井の照明が消えた。サーガはベッドの端に腰かけていた。小型マイクは再びズボンのウエスト部分に隠している。デイルームへの設置に成功するまでは、こうして肌身離さず持っていたほうが安全だ。マイクがなくなれば、任務そのものが無意味になる。しばらくして目が慣れると、暗闇の中に灰色の四角形が浮かんだ。ドアにはめこまれた分厚いガラス窓だ。さらにしばらくすると、部屋の輪郭が霧に覆われた景色のように浮かびあがってきた。サーガは立ちあがり、部屋の中でいちばん暗い隅へ行き、冷たい床に横たわって腹筋をはじめた。三百回数えたあと、今度は腹ばいになって慎重に腹筋をストレッチする。それが終わると、腕立て伏せをはじめた。

突然、だれかに見られているという感覚がした。なにかがちがう。彼女は動きを止めて視線を上げた。ドアのガラス窓がさっきよりも暗く、光がさえぎられている。サーガはすばやくズボンに手を入れて小型マイクを取りだしたが、指をすべらせて床に落とした。

あわてて床を手で探り、マイクを見つけ、拾って口に入れた瞬間、天井の明かりがついた。

「十字の上に立ちなさい」女性の守衛のきびしい声がした。

サーガは口にマイクを含んだまま、四つん這いの姿勢になっていた。口の中につばを集めながら、ゆっくりと立ちあがる。

「急いで」

サーガはのろのろと十字の印に向かって歩き、天井を見あげ、また床を見下ろした。十字の上に立ち、素知らぬ顔でドアに背を向け、また天井を見あげると小型マイクをのみこむ。機械がゆっくりと下っていくにつれ、食道がきりきりと痛む。

「昼間にお会いしたね」ものうげな男の声がした。「ぼくはここの医長だ。きみの薬はぼくが処方することになっている」

「弁護士に会わせて」サーガが言う。

「上着を脱いで、ゆっくりドアに近づきなさい」守衛が言った。

サーガはシャツを脱いで床に落とした。まわれ右をして、洗いざらしのブラジャーだけの姿でドアに近づく。

「立ち止まって両手をあげて、腕を横にまわして。口を大きく開けなさい」

指示にしたがうと、金属製のハッチが開いた。サーガは片手を穴から出して、コップと錠剤を受けとろうとした。

「きみの処方を変更しておいた」医師がなにげない口調で言った。

医師の手の中に、ミルク色の不透明な液体を充塡した注射器があった。サーガは突如として、この職員たちの暴力に身をさらすことの意味を理解した。

「ハッチから左腕を出して」守衛が言う。

拒否することはできない。左手を差しだしながら、脈がしだいに速まっていくのを感じる。ドアの向こうで腕をつかまれ、医師が親指で彼女の腕の筋肉を探った。手を振りほどきたい衝動に駆られる。

「トリラホンの投与を受けていたようだね」医師がサーガを見た。その視線からは医師がなにを考えているのか読みとれない。「八ミリグラムを一日三回。でも、ぼくはそれより別の薬を試してみようと……」

「いやだ」

サーガは手をひっこめようとしたが、守衛に強く腕を押さえられた。守衛が重い体重をかけてサーガの腕を下にひっぱったため、彼女はつま先立ちになった。

呼吸を落ちつけようとする。なんの薬を打たれるのだろう。白濁した薬液が一滴、注射針から落ちる。サーガはまた腕を引こうとした。医師の指が、筋肉を覆う薄い皮膚を撫でる。ちくりと痛みが走り、針が刺しこまれた。もう腕を動かすことはできない。冷たい感覚が体に広がっていく。注射針を抜き、止血テープを貼る医師の手の動きを、サーガは見つめた。守衛が腕を放す。サーガは腕を引いてドアから後ずさった。ガラス越しに人影がふたつ見える。

「さがって、ベッドにすわりなさい」守衛が険しい声で言った。

注射針を刺された跡が、やけどのようにひりひりと痛んだ。体がだるい。床に落ちたシャツを拾いあげる気力もなく、サーガはよろめいて一歩ベッドに近づいた。

「リラックスするために、ステソリドを投与した」医師が説明する。

部屋がぐらぐらと揺れる。サーガは支えを求めて手を伸ばしたが、壁に届かない。

「くそっ」サーガの呼吸が乱れた。

体が倦怠感に襲われる。ベッドに横にならなければと考えた瞬間、両ひざががくりと折れた。サーガは床に倒れこみ、落下の衝撃を全身で受けとめた。

「今から部屋に入るよ」医師が言った。「すごく効果のある抗精神病薬を試してみようと思ってね。ハルドール・デポという薬だ」

「いやだ」サーガは低い声で言い、横向きになろうとして体をねじった。

めまいに負けまいと目をこじ開ける。床に倒れた衝撃で腰の片側が痛んだ。両足から悪寒が這いあがり、しだいに体の感覚がなくなっていく。立ちあがろうとするが、力が入らない。思考が緩慢になっていく。体が思うように動かない。

九二

重いまぶたを必死でこじ開けると、天井の明かりが奇妙にもやがかかったように見える。スチール製のドアが開き、白衣を着た男が入ってきた。あの若い医師だ。細い手になにかを持っている。医師の背後でドアが閉まり、鍵のかかる音がした。サーガは乾いた目をしばたたき、医師がテーブルに黄色いオイルの入ったアンプルを二本置くのを見た。医師は慎重な手つきで注射器を覆うビニールの包装をはがした。サーガはベッドの下に隠れようとしたが、体がゆっくりとしか動かない。医師が彼女の足首をつかんでひっぱった。抵抗しようとしたが体が反転して仰向けになり、床を引きずられた。ブラジャーがずりあがり、胸が露わになる。

「きみはまるで、お姫様のようだね」医師のささやく声が聞こえた。

「なに？」

サーガは視線を上げ、医師の濡れたような目を見た。胸を隠そうとするが手に力が入らない。

サーガは再び目を閉じ、あきらめたように静かに横たわった。

突然、医師がサーガをうつぶせに転がし、彼女のズボンとショーツをひきずり下ろした。眠りに落ちかけながら、サーガは右の臀部にちくりと痛みを感じた。さらにその少し下に、もう一度刺すような痛みが走った。

目覚めると、サーガは暗闇の中、冷たい床に横たわっていた。体には毛布がかけられている。頭が痛み、手の感触はほとんどなかった。上体を起こし、ずりあがったブラジャーを直して胃の中の小型マイクのことを考えた。

急がなければ。

寝ているあいだに数時間たったかもしれない。

サーガは排水溝へ這っていき、指を二本のどに押しこみ、すっぱい胃液を吐いた。

つばをのみこみ、もう一度指を突っこむ。胃が収縮したが、なにも上がってこなかった。

「ああ……」

マイクは明日、デイルームに設置しなければならない。十二指腸に達するまでに外に出さなくては。サーガは震える足で立ちあがり、洗面台の蛇口を開いて水を飲んだ。再び床にひざをついて身をかがめ、指を二本のどに入れる。飲んだ水がせりあがってくるが、そのまま指を入れて耐えた。胃から出た薄い吐瀉物がひじをつたう。肩で息をしながら指をさらに奥へ突っこみ、再び嘔吐中枢を刺激した。胆汁がこみあげ、口の中が苦い味でいっぱいになる。咳きこみ、さらに指を押し入れると、ついにマイクがせりあがってきた。のどもとを通過し、口の中に出てくる。闇にまぎれてなにも見えないはずだったが、サーガは小型マイクを手のひらに隠した。立ちあがってマイクを水で洗い、ズボンのウエスト部分にはさむ。口の中の胆汁と粘液を吐きだす。口と顔をゆすいでまたつばを吐き、少し水を飲んでベッドに戻った。

足と指先が冷たく、感覚が鈍っている。足の親指がかすかに痛い。ベッドに横になってズボンを直したとき、サーガはショーツが裏返しになっていることに気がついた。自分で裏返しのままはいたのか、寝ているあいだになにかが起こったのか。サーガは毛布にもぐりこみ、そっと下腹部をさわった。痛みはなく、傷もないようだったが、奇妙に感覚が麻痺(まひ)していた。

（上巻終わり）

◉訳者紹介
瑞木さやこ（みずき・さやこ）
大阪外国語大学デンマーク・スウェーデン語学科卒。ウプサラ大学スウェーデン語課程修了。フリーランスでスウェーデン語・デンマーク語の翻訳を手がける。

鍋倉僚介（なべくら・りょうすけ）
横浜市立大学国際文化学部卒。早稲田大学大学院文学研究科日本語日本文化専攻修士課程修了。英語翻訳者。訳書に『CHOCOLATE：チョコレートの歴史、カカオ豆の種類、味わい方とそのレシピ』（共訳、東京書籍）ほか。

砂男（上）

発行日　2020年1月10日　初版第1刷発行

著　者　ラーシュ・ケプレル
訳　者　瑞木さやこ／鍋倉僚介

発行者　久保田榮一
発行所　株式会社 扶桑社
〒105-8070
東京都港区芝浦1-1-1 浜松町ビルディング
電話　03-6368-8870（編集）
03-6368-8891（郵便室）
www.fusosha.co.jp

DTP制作　アーティザンカンパニー 株式会社
印刷・製本　図書印刷株式会社

ISBN 978-4-594-08366-3 C0197